MAINZ KRIMI
2

Emons Verlag

Heidrun Immendorf, Jahrgang 1962, studierte Germanistik und Geschichte, arbeitete bei Hörfunksendern in Berlin und Frankfurt und lebt als Literaturkritikerin in Mainz. »Falters Schrei« ist ihr erster Roman.

Heidrun Immendorf

Falters Schrei

Emons

Umschlaggestaltung: Atelier Schaller, Köln
Umschlagzeichnung: Heribert Stragholz
Umschlaglithografie: Media Cologne GmbH, Köln
Druck und Bindung: Clausen & Bosse GmbH, Leck
Printed in Germany 2002
ISBN 3-89705-243-1

www.emons-verlag.de

Für Josh und Luis

EINS

Benno Falters Tag entscheidet sich morgens kurz nach sechs. Er schlägt die Augen auf und weiß, dass es sechs ist. Er braucht nicht auf die Uhr zu schauen. Er verlässt das Bett, öffnet das Fenster des Schlafzimmers, blickt hinaus, atmet tief ein und schreit.

Es ist nur ein einziger, langer Schrei, der sich aus der Lunge mit Wucht nach oben schiebt und den Rachen mit einem rauen Röhren verlässt. Es kann Hoffnung in diesem Schrei liegen, Zuversicht und Kraft für den Tag. Es kann ein Vertreiben dunkler, schwerer Träume sein, die Falters Nacht belastet haben. Es kann auch ein Mut machender Schrei sein, ein Aufpeitschen, ein Motivieren, hinauszugehen und den Tag zu nehmen. Meistens ist es das.

Falters Schrei gehört zum frühen Klang des Ortes. Nur der letzte noch lebende Hahn antwortet ihm jeden Morgen mit seinem alt gewordenen Krähen. Wenn es wieder still ist, blickt Falter noch hinaus. Die Häuser stehen eng in diesem Stadtteil von Mainz, ein Dorf eigentlich mehr, und deshalb begehrt bei den Städtern, die Behaglichkeit suchen, ohne sich zu weit vom Zentrum zu entfernen. Es ist viel gebaut worden hier in den letzten Jahren. Die weitläufigen Hinterhöfe und Gärten, in denen früher ein bisschen Kohlrabi und Möhren, auch Obst und Kartoffeln wuchsen, sind verschwunden, und jetzt stehen dort Eigentumswohnungen mit Balkonen und Tiefgaragen. Von Falters Fenster sind es nur sechs Meter bis zum Badezimmer der Brendels gegenüber. Wenn Ernst Brendel den Rollladen hochzieht, nur wenige Minuten nach Falters Schrei, dann schauen sich beide kurz an. Zwei Männer in Schlafanzügen mit müden Augen und dem sauren Geschmack der Nacht im Mund. Sie nicken sich zu. Mehr nie. Das enge Wohnen hat nicht Nähe geschaffen, sondern Distanz.

Noch am Fenster raucht Falter die erste Zigarette des Tages. Nach dem Frühstück wird eine zweite hinzukommen. Erst am

Abend, wenn Falter heimkehrt, wird es eine dritte und eine vierte geben. Nie mehr als fünf jedenfalls.

Die braun-beige Hose seiner Uniform hängt ordentlich über der Stuhllehne. Falter hat festgestellt, dass es das Bügeln spart, wenn Hosen abends exakt über Lehnen gelegt werden. Auch wenn das nicht seinem Wesen entspricht, exakt zu sein. Bügeln allerdings noch weniger. Die frischen Hemden, die er für seine Uniform braucht, holt er sich aus der Wäscherei. Falter ist froh, dass er sich nicht mit Dingen belasten muss, die ihn vom Denken abhalten. Falter denkt viel. Er denkt über den Tag nach, der vor ihm liegt. Über die Tage, die hinter ihm liegen, und was das eigentlich alles soll, das Leben.

Heute Morgen sollte Falters Schrei ein Vertreiber dunkler Träume sein. Falter hat keine klaren Bilder der Nacht mehr in sich, nur dieses Gefühl, als griffen kalte Hände in seine Wirbelsäule. Solche Träume kommen oft in sein Bett. Sie legen sich auf ihn und ziehen in ihn ein wie Creme in die Haut. Manchmal hilft nicht mal der Schrei, sie wieder aus seinem Körper zu werfen. Was Falter am frühen Morgen nicht losgeworden ist, wird ihn den ganzen Tag über quälen. Heute hat der Schrei seine Wirkung verfehlt, genau wie die Zigarette und die Dusche danach. Er wird diesen Tag hinter sich bringen müssen und darauf hoffen, dass es morgen besser wird.

Kurz vor acht verlässt Falter das Haus. Es ist noch ruhig in den schmalen Gassen, die zur Ortsmitte führen. Die Reinigung, die beiden Apotheken, die sich gegenüberliegen, und die Metzgerei sind noch geschlossen. Früher hat sich Falter im Schreibwarenladen seine Zeitung geholt. Aber seit sie dort auch Kaffee, Unterhosen, Spaghettizangen und Thermohandschuhe verkaufen, geht er nicht mehr hin. Er mag es nicht, wenn seine Zeitung nach Kaffee riecht. Falter ist Teetrinker. Er geht jetzt lieber zu Helene und ihrem Lädchen an der Straßenbahnstation, auch wenn das ein Umweg ist.

Die Eingangstür ist aus dünnem alten Holz. Die geriffelte Glasscheibe schlackert in ihrem Rahmen, und Falter fürchtet jeden Morgen, sie könne herausfallen. Im Inneren ist es immer dunkel. Die Fenster sind mit Gardinen und Aufklebern bedeckt. Hinter der Theke steht Helene, eingeklemmt zwischen Zeitschriften und Lottoscheinen vor sich und Bonbongläsern dahinter. Die Gläser sind für Falter Kindheit. Manchmal kauft er sich eine Tüte Brausebonbons. Orange, pink und gelb. Danach ist ihm genauso schlecht wie damals als Junge. Helene ist dick. Das kommt von den Bonbons hinter ihr und der Enge um sie herum. Sie kann sich kaum bewegen.

»Guten Morgen, Herr Kommissar«, sagt Helene jeden Morgen, wenn Falter durch die klappernde Tür in den Laden tritt. Sie ist stolz auf ihren Kunden, den hier jeder kennt. Falter ist Bezirksbeamter, eine Art Stadtteilpolizist, der dem Bürger tatsächlich ein Freund und Helfer sein soll. Helene winkt schon mit der »Allgemeinen Zeitung« und macht ein Gesicht, als habe sie extra für Falter das beste Exemplar herausgesucht.

Auf dem Weg zum Büro kommt Falter am Kindergeschäft vorbei. Im Sommer hatten sie dort einen großen Korb mit leuchtend buntem Sandspielzeug vor das Schaufenster gestellt. Eine rote Schaufel hatte Falter besonders angezogen. Er hatte sie jedes Mal berühren müssen. Das feste Plastik hatte sich in der Sonne erhitzt und wunderbar warm in seiner Hand gelegen. Jeden Tag hatte Falter überlegt, die Schaufel zu kaufen. Einfach so. Er hatte keine Kinder. Dann war die Schaufel weg und der Sommer auch bald vorbei.

Falter hört das Telefon schon auf der Treppe. Er muss bis in den zweiten Stock hinauf und nimmt mehrere Stufen auf einmal. Er ärgert sich, dass er sich von Frau Stockmann hat aufhalten lassen und jetzt vielleicht zu spät zum Telefon kommt. Frau Stockmann leitet seit einigen Monaten die Gemeindebibliothek im Erdgeschoss. Sie wartet jeden Morgen auf Falter, obwohl ihr Dienst erst später beginnt. Falter ist früher gern hinunter in die kleine Bücherei gegangen, deren literarisches Angebot ihn rührt. Der warme, muffige Geruch, der in den Büchern und den alten Sesseln steckt, erinnert ihn an die Leihbibliothek, in der er sich als Kind wohler fühlte als zu Hause.

Seit Frau Stockmann in der Bibliothek arbeitet, sind Falters Besuche seltener geworden. Er mag ihre bemühte Freundlichkeit nicht, mit der sie ihm durch die Bücherreihen folgt und ihn auf diesen oder jenen Titel aufmerksam macht. Manchmal bleibt Falter jetzt abends länger im Büro und wartet, bis die Bücherei schließt. Nun lauert Frau Stockmann morgens auf ihn. Sie erwartet Falter mit Büchern auf dem Arm, die sie ihm entgegenstreckt wie ein kostbares Schmuckstück. Aber Falter weiß, dass es doch wieder nur vergilbte Ortschroniken und drittklassige Krimis sind. Frau Stockmann glaubt, Falter müsse Krimis lieben, wo er doch Polizist ist. Irgendwann würde er ihr klar machen müssen, dass er nicht interessiert ist an Büchern, die die Qualität einer Rote-Kreuz-Sammlung haben. Und an Frau Stockmann noch weniger. Aber jetzt klingelte erst mal das Telefon. Mit den Büchern unter dem Arm schließt er sein Büro auf und läuft zum Apparat.

»Falter, Bezirksdienststelle.«

»Ich bin's, Erika. Du musst kommen, Margarethe liegt in der Küche.«

»Was ist passiert?«

»Ich weiß es nicht. Ich habe den Notarzt gerufen. Ich glaube, sie ist tot.« Die Stimme von Erika Hess ist kaum noch zu verstehen. Sie weint.

»Ich komme sofort.« Falter legt auf und hastet die Treppe wieder hinunter. Es hat angefangen zu regnen, aber er will keine Zeit damit verlieren, noch seinen Schirm von oben zu holen. Im Schutz der Häuser läuft er die Treppen zum Rathaus hinunter und dann weiter zu Margarethe Körners Haus. Es ist das älteste. Der Putz müsste erneuert werden. Die Rollläden auf beiden Etagen hängen schief vor den Fenstern. Auf dem Bürgersteig steht schon der Notarztwagen mit seinem grellen Blaulicht.

Falter kennt den Weg zur Küche. Er ist oft hier. Erst gestern. Er hat mit Margarethe Körner Malzkaffee getrunken und Marmorkuchen gegessen. Wie jeden Sonntag. Später war noch Erika Hess von nebenan vorbeigekommen, und sie hatten sich »Das Fenster zum Hof« auf Video angesehen. Das waren Falters Sonntage. Er brachte den Videorekorder mit, sie tranken Malzkaffee, aßen Kuchen und schauten alte Filme. Er ist längst über den Punkt hinaus, sich darüber Gedanken zu machen, ob er seine Zeit anders verbringen könnte. Er will es nicht.

Margarethe Körner liegt auf dem Rücken. Über ihr kniet der Notarzt. Er zieht das Stethoskop vom Hals und schüttelt den Kopf. Erika Hess weint laut auf. Ihre beste Freundin ist gerade gestorben. Falter führt sie zum Küchentisch und drückt sie sanft auf einen Stuhl. Dann geht er zu der Toten. Wie klein und alt sie plötzlich wirkt. Er kniet sich neben den Notarzt. »Dr. Kugel« steht auf dem Schild, das er an der Brusttasche trägt.

»Ich bin Kommissar Falter. Was ist mit ihr, Doktor?«

Dr. Kugel zuckt die Achseln. »Herzstillstand. Vielleicht ein Herzschlag. Wissen Sie, wie alt sie war?«

Erika Hess nimmt Falter die Antwort ab. »Sie wäre morgen neunundsechzig geworden.«

»Na ja, in dem Alter ist ein Herzinfarkt nicht so ungewöhnlich. Andererseits, einfach so ...«, sagt Dr. Kugel und erhebt sich. Auf seinem Gesicht liegt die graue Schicht einer anstrengenden, langen Nacht.

»Ich verstehe das nicht. Gestern ging es ihr noch so gut«, sagt Falter und steht ebenfalls auf. Manchmal hatte Margarethe über Schwindel geklagt, aber das hatte er nicht ernst genommen, weil sie es auch nicht tat. Das ist wahrscheinlich leichtsinnig gewesen, und jetzt tut es ihm Leid. Und noch etwas anderes fällt ihm ein, das der Arzt wissen sollte.

»Frau Körner war Diabetikerin. Kann das eine Rolle gespielt haben?« Er will den Arzt nicht so gehen lassen.

»Möglich. Wissen Sie, bei alten Menschen kann Diabetes problematisch sein. Vor allem, wenn die Dosierung nicht stimmt«, erklärt Dr. Kugel und räumt seine Notfalltasche ein.

»Welche Dosierung?«, fragt Falter.

»Die Dosierung des Insulins. Ich nehme an, die Tote hat sich Insulin gespritzt«, sagt der Arzt.

»Ich glaube schon«, sagt Falter und schaut rüber zu Erika Hess. Sie nickt.

»Und wenn die Dosierung nicht stimmt, stirbt man?«, fragt Falter weiter. Er braucht Erklärungen.

»Nicht unbedingt.« Dr. Kugel seufzt. Er ahnt wohl, dass er hier nicht so schnell wegkommt. »Wenn man dem Körper zu viel Insulin gibt, unterzuckert er. Das kann im schlimmsten Fall zum Kollaps führen, und man stirbt. Meistens muss aber schon eine Kreislauf- oder Herzschwäche vorliegen.«

»Das heißt, es ist wahrscheinlich, dass Frau Körner zu viel Insulin bekommen hat.«

»Das wäre zumindest eine Erklärung. Ich kann nur feststellen, dass Frau Körner an Herzversagen gestorben ist.«

»Und wie stellt man fest, ob es am Insulin lag?«

»Dafür müsste ich eine Blutprobe entnehmen.« In Kugels Stimme schwingt Unwille mit.

»Würden Sie das tun?«, fragt Falter und lächelt ihn schief an.

»Ist das jetzt eine polizeiliche Anweisung?«

»Ich glaube nicht, dass das nötig ist, oder, Doktor?« Falter lächelt jetzt über das ganze Gesicht.

Der Arzt murmelt etwas, das Falter nicht versteht, aber er wirkt ungehalten. Trotzdem holt er eine Spritze aus seiner Notfalltasche und drückt die Nadel in die Armvene der toten Frau.

Erika Hess sitzt kopfschüttelnd am Tisch und winkt Falter zu sich.

»Was soll denn das mit der Blutprobe? Die Margarethe war doch nicht verkalkt. Die kam gut klar mit der Spritze.«

»Ich will wissen, warum sie gestorben ist. Ich verstehe das alles nicht, und dir geht es doch bestimmt genauso, oder?« Falter streichelt ihr beruhigend über den Rücken. Er würde jetzt auch viel lieber heulen, als sich über Insulin und Herzversagen Gedanken zu machen. Es ist so schwer, diesen Tod zu ertragen.

Dr. Kugel ist fertig.

»Wann werden Sie das Ergebnis der Blutprobe haben?«, fragt Falter im Hinausgehen.

»Rufen Sie mich am Donnerstag an.« Kugel hält ihm seine Karte hin. Heute ist Montag.

*

Zur Beerdigung von Margarethe Körner ist fast der ganze Ort gekommen. Wer nicht mehr in die Leichenhalle hineinpasst, muss draußen stehen. Der Pfarrer spricht in feierlichem Ton über den wunderbaren Menschen, der eine große Lücke hinterlassen habe. Keine Kinder habe sie gehabt, die Margarethe Körner, aber ein großes Herz für Kinder. Deshalb habe sie auch gewollt, dass aus ihrem Haus einmal ein Jugendheim werden sollte.

Falter fragt sich, woher der Mann das weiß. Er schaut zu Erika Hess hinüber. Sie lächelt ihm kopfnickend zu. Neben Erika Hess sitzt Margarethes Bruder Walter Pfaff. Als der Pfarrer von dem Haus und dem Jugendheim spricht, wechselt Pfaff einen kurzen Blick mit seinem Sohn Thomas. Beide schütteln fast unmerklich den Kopf.

Seit gestern weiß Benno Falter, dass im Blut von Margarethe Körner zu viel Insulin war und sie an Herz-Kreislauf-Versagen gestorben ist. Falter war hinausgegangen zum Haus von Walter Pfaff und hatte ihm das Untersuchungsergebnis persönlich mitgeteilt. Die Familie hatte die Erklärung des Notarztes akzeptiert. Margarethe Körner habe sich wohl versehentlich eine Überdosis gespritzt. Das komme vor in dem Alter. Falter hatte die Möglichkeit weiterer Untersuchungen angedeutet, war von Walter Pfaff aber schnell unterbrochen worden.

»Wir müssen ihren Tod nehmen, wie er ist. Auch wenn's schwer fällt«, hatte er zu Falter gesagt und ihm den Arm um die Schulter gelegt. Die vertrauliche Geste war Falter unangenehm gewesen. Er war innerlich ganz steif geworden. Aus Pfaffs Achselhöhlen stieg der Geruch von süßlichem Schweiß und teurem Deo auf. Falter hatte immer geglaubt, wer viel Geld für Deos ausgeben könne, brauche nicht zu riechen. Dann hatte er schnell das Haus verlassen.

Walter Pfaffs Haus liegt mitten in den Feldern, die sich in einem Halbkreis um den Ort ziehen. Weiß und irgendwie fehl am Platz steht es dort zwischen den abgeernteten Äckern und den baumlosen Feldwegen. Der üppige Mitteltrakt mit Terrasse und Balkonen wird eingerahmt von zwei Seitenflügeln. Im rechten sind die Schwimmhalle und der Wellness-Bereich untergebracht. Wenn Walter Pfaff Wellness sagt, spritzt ihm die Spucke aus dem Mund. Im linken Flügel wohnen sein Sohn Thomas und dessen Frau Yvonne. Die Leute im Ort nennen Walter Pfaffs Haus »Kartoffel-Tara«.

Auf Kartoffel-Tara findet nach der Beerdigung der Leichenschmaus statt. Falter hat zwar keine Einladung, aber Erika Hess hat ihn wie selbstverständlich untergehakt, und gemeinsam machen sie sich auf den Weg. Sie gehen lange schweigend. Jeder für sich nimmt Abschied von der Toten. Mit jedem Schritt wird der Abstand zu ihrem Grab größer. Der Schmerz bleibt.

Falter ist der Erste, der in die Stille spricht. »Warum hast du dem Pfarrer von dem Jugendheim erzählt?«, fragt er Erika Hess.

»Weil jeder wissen soll, was Margarethe mit dem Haus vorhatte. Und damit der Walter gleich weiß, dass er leer ausgeht.«

»Wieso Walter? Was hat der damit zu tun?«

»Was er damit zu tun hat? Er ist Margarethes Erbe, der einzige lebende Verwandte. Sie hatte doch sonst niemanden mehr.«

»Das heißt, wenn Margarethe ihr Haus der Stadt Mainz vermacht, dann erbt Walter Pfaff nichts.«

»Genau«, sagt Erika Hess und grinst.

»Ich glaube, du freust dich zu früh.« Falter ist stehen geblieben und schaut Erika Hess ernst an. »Margarethe ist noch nicht beim Notar gewesen.«

»Das kann nicht sein. Sie hat mir gesagt, an ihrem Geburtstag wäre alles erledigt.«

»Sie wollte an ihrem Geburtstag zum Notar. Aber da war sie schon tot. Ich habe dort angerufen, und es wurde mir bestätigt, dass Margarethe einen Termin hatte, aber nicht erschienen sei.«

»Und jetzt?«

»Jetzt gilt die gesetzliche Erbfolge, und die begünstigt wohl Walter Pfaff, wenn es stimmt, was du sagst.«

»Verdammt. Das heißt, dieser Halunke bekommt doch noch Margarethes Haus.«

Falter kennt Erika Hess' Abneigung gegen Walter Pfaff, hat aber nie den Grund dafür erfahren. Vielleicht gehört sie einfach nur zu den vielen Leuten im Ort, die Pfaff auch nicht mögen. Ein bisschen zu schnell reich geworden ist er, der Bauer. Falter hat Pfaffs Aufstieg vom Kartoffelkönig zum Grundstückshändler nicht mitbekommen. Das war vor seiner Mainzer Zeit. Aber er hat viel gehört über Pfaffs Methoden, den anderen Bauern ihre Felder billig abzuhandeln und teuer als Bauland zu verkaufen. Pfaff musste schon früh einen Riecher gehabt haben, dass das Land südlich des Ortskerns mal als Wohngebiet ausgewiesen werden würde. Oder gute Informanten. Wahrscheinlich das.

Damals hatte Pfaff auch Land von seiner Schwester Margarethe und ihrem Mann Hans gekauft. »Zehntausend Mark hat er uns für den ausgelaugten Acker bezahlt. Und für eine Million hat er ihn später wieder verkauft«, so hatte es Margarethe Körner Falter einmal erzählt. Sie hatte nicht bitter geklungen, eher erstaunt, dass ihr eigener Bruder einen solchen Instinkt für gute Geschäfte hatte. Margarethe Körner und ihr Mann hatten immer bescheiden gelebt und Pfaff den neuen Reichtum nicht geneidet. Das war es nicht. Was Margarethe wirklich gestört hatte, war die Entwicklung des Ortes, der sich durch Pfaffs Grundstücksgeschäfte grundlegend veränderte. Die Neubaugebiete vor der Ortsgrenze, diese Reihen gleich aussehender weißer Häuser mit roten Dächern, waren noch nicht mal das Schlimmste. Mit Wehmut sah sie, dass im Ort selbst die alten Häuser und Hinterhöfe verschwanden und mit ihnen die Menschen, die Freunde seit Jahren. Sie werde sich nicht vertreiben lassen, hatte sie noch vor ein paar Monaten zu Falter gesagt. Sie hatten nebeneinander am Küchenfenster gestanden und auf das Haus gegenüber geschaut, in das ein Bagger immer größere Wunden riss. Jahrelang hatte ihr Bruder ihr immer neue und bessere Angebote für ihr Haus und vor allem für das Grundstück dahinter gemacht. Zwölfhundert Quadratmeter bestes Bauland mitten in einem der begehrtesten Stadtteile von Mainz.

Man konnte dieses Land aber auch mit Margarethe Körners Augen sehen. Und die sahen einen alten Obstgarten, wie ihn niemand mehr besaß im Umkreis von Kilometern. Aprikosen und Kirschen, Erdbeeren, Brombeeren und Himbeeren wuchsen hier schon seit hundert Jahren. Den Walnussbaum hatte Margarethes Vater zu ihrer Geburt gepflanzt. Riesige Holunderbüsche, glänzend grüner Mangold, rote und weiße Johannisbeeren und Bäume mit duftenden Äpfeln waren mit den Jahren hinzugekommen. Im hinteren Teil war ein Beet für Salat, Möhren, Kohlrabi und Küchenkräuter abgesteckt. Sobald es warm wurde, traf man Margarethe Körner immer nur in ihrem Garten an. Er hatte einen Grad der Verwilderung angenommen, wie Falter es nur von Gärten kannte, die er in französischen Filmen gesehen hatte. Dort saßen die Sonntagsgesellschaften an langen Tafeln unter Bäumen, kleine Mädchen spielten in duftigen Kleidern zwischen den hohen, wilden Blumen, und der Patron brachte einen Korb voll mit Flaschen seines besten Rotweins. Vollkommenes irdisches Glück war das.

»Mir ist die Lust auf Leichenschmaus vergangen«, sagt Erika Hess und klopft Falter auf den Unterarm. »Ich geh nach Hause. Ich will nicht dabei sein, wenn sich Walter und sein Sohn über ihr Erbe freuen.«

»Vielleicht weiß der Pfaff noch gar nichts von seinem Glück. Es kann doch sein, dass er glaubt, Margarethe vermache das Haus tatsächlich der Stadt.«

»Das wäre das erste Mal, dass der Walter etwas nicht vor allen anderen weiß. Nein, der hat seine Verbindungen überall. Ich bin mir sicher, dass der schon Bescheid wusste, bevor du beim Notar angerufen hast.«

»Ich glaube, Erika, du siehst Gespenster.«

»Nein, mein Junge, ich sehe die Tatsachen. Wenn es einen Mann in Mainz gibt, der seine Informanten überall hat, dann ist es der Pfaff. Du glaubst doch nicht, dass der von sich aus so reich geworden ist. Ich bin mir sicher, dass es in der Stadtverwaltung keinen einzigen wichtigen Beamten gibt, den Pfaff nicht geschmiert hat. Der hat doch schon das Monopol auf Baugenehmigungen.«

»Das sind sehr ernste Anschuldigungen, die du da aussprichst. Wenn du keine Beweise hast, solltest du vorsichtig sein mit dem, was du sagst.« Falter hat sich bisher wenig für Walter Pfaff interessiert. Beruflich hatte er noch nie mit ihm zu tun. Es gab natürlich immer Neider, die Pfaff Schlechtes nachsagten, aber ihn gleich für kriminell zu halten, ging doch etwas zu weit.

»Ich weiß, was ich weiß«, beharrt Erika Hess.

Für einen Moment steht zwischen ihnen ein trotziges Schweigen.

»Weißt du, was mich wirklich interessiert?«, fragt Falter schließlich. »Mich interessiert, ob es tatsächlich ein Versehen war, dass sich Margarethe zu viel Insulin gespritzt hat.«

Erika Hess schaut ihn überrascht an. »Was willst du damit sagen?«, fragt sie vorsichtig.

»Das weiß ich nicht genau. Aber ich habe ein verdammt komisches Gefühl. Findest du das nicht auch alles ein bisschen viel Zufall? Margarethe stirbt plötzlich, bevor sie ihr Testament ändern kann. Im Blut eine Überdosis Insulin. Du hast selbst gesagt, sie kam gut klar mit der Spritze. Warum also dann dieser Tod?«

Erika Hess ist ein Stück den Weg zurückgegangen. Sie hält die Arme vor der Brust verschränkt und den Kopf gesenkt. Falter sieht ihr nach, wie sie in ihrem dünnen, dunkelbraunen Mantel und den derben Schuhen zögernd einen Fuß vor den anderen setzt. Fast glaubt er schon, sie wolle ohne ein Wort des Abschieds gehen, da dreht sie sich um. Ihre Wangen sind unnatürlich rot, aber das wundert Falter nicht, so kalt, wie es ist. Sie schaut ihn an, ohne ihn zu sehen.

»Du meinst, es könnte ihr jemand zu viel Insulin gespritzt haben?« Ihre Stimme zittert, aber nicht vor Kälte.

»Das klingt unglaublich, ja. Aber vielleicht war es so.«

»Jetzt hast du wohl ein bisschen viel Fantasie. Ich bitte dich. Wer sollte denn ein Interesse an ihrem Tod haben?«

»Wie wäre es mit dem da?«, sagt Falter und zeigt auf das große weiße Haus am Ende des Weges. Er hat das einfach so gesagt, ohne sicher zu sein. Und weil es am nächsten liegt. Pfaff hätte sicher den größten Vorteil vom Tod seiner Schwester.

Erika Hess hat sich wieder weggedreht. Von Falter und von Kartoffel-Tara. Als könne sie beide nicht ertragen. Falter sucht in ihrer Körperhaltung nach einer Bestätigung für seinen Verdacht. Aber er sieht nur diesen dunkelbraunen, dünnen Mantel und das blondierte, dichte Haar, das glatt über den Kragen hängt. Plötzlich hier, auf dem feuchten Weg, inmitten von lehmigen Feldern, über die sich bereits eine bläuliche Dämmerung legt, schaut er sie an wie zum ersten Mal. Die Haare sind gefärbt, das ist klar. Wahrscheinlich wären sie grau. Falter schätzt Erika Hess auf Ende sechzig. Etwa so alt wie Margarethe. Er geht langsam auf sie zu, schließt zu ihr auf und betrachtet ihr Profil. Wie glatt ihre Haut ist. Nur um die Augen liegt ein Kranz von kleinen Fältchen.

»Du sagst gar nichts«, flüstert er.

»Du bist gut. Du machst mir Vorwürfe, weil ich Walter alles zutraue, und dann verdächtigst du ihn, seine Schwester ermordet zu haben. Was soll ich dazu sagen?« Erika Hess blickt Falter ernst an. Über ihrer Nasenwurzel stehen zwei steile, tiefe Rillen. »Aber du könntest Recht haben. Wenn jemand von Margarethes Tod profitiert, dann Walter. Die Frage ist nur, wie willst du das beweisen?«

Falter hat keine Antwort. Unschlüssig schaut er zum Horizont. Hinter der Autobahn steigen die Wiesen sanft an. Im Sommer ist Falter dort regelmäßig gejoggt. Vorbei an den duftenden Obstbäumen, dem Zaun, der das ZDF-Gelände vom Publikum abschirmt, weiter bis zum Oberolmer Wald. Selbst auf diese Entfernung und in der heraufziehenden Dämmerung wirkt das ZDF-Hochhaus klobig und finster wie ein Brikett, das ein Riese auf dem Lerchenberg vergessen hat. Falter kneift die Augen zusammen und zählt die Stockwerke. Es sind vierzehn. Im obersten sitzt der Intendant. Immerhin der Ausblick muss schön sein.

»Siehst du, du kannst es nicht«, sagt Erika Hess in die Stille.

»Warum sollte ich es nicht können«, antwortet Falter hastig. »Ich bin schließlich Polizist.«

Es ist ein kurzes, hohes Lachen, das wie ein Pfeil aus Erika Hess' Mund schießt und ihn unerwartet trifft.

»Du bist doch kein Polizist«, sagt sie und lacht immer noch, aber leise. Ihre Worte hängen in der Luft wie gefrorener Atem. Falter würde sie am liebsten mit den Händen fangen und zerbrechen, als seien sie aus dünnem Glas.

»Du bist kein Polizist.« Der Satz ist direkt in Falters Herz gesprungen. Da sitzt er und krallt sich fest. Es tut so weh. Falter steht auf einem matschigen Feldweg, es riecht nach verfaultem Rosenkohl und Maische. Seine braun-beigen Hosenbeine sind bis zu den Knien vollgespritzt, und der Dienstpullover mit V-Ausschnitt unter der grünen Uniformjacke hält die Kälte kaum ab. Wenn er sich jetzt hier auf den Acker sinken ließe, würde er überhaupt nicht auffallen. Er würde eins werden mit Schlamm und verrottetem Gemüse, und sein Körper würde sich langsam zersetzen und in dem lehmigen Boden versickern. Niemand würde es bemerken, niemand würde ihn vermissen. Er würde keine Spur auf dieser Welt hinterlassen.

Erika Hess ist ganz nah an Falter herangetreten und fasst ihn am Arm. »Es tut mir Leid, Benno. Ich habe das nicht so gemeint.«

»Doch, du hast es so gemeint. Und es stimmt. Ich bin kein Polizist. Ich bin ein kleiner Dorfschupo, der beim St. Martinszug den Verkehr regelt.«

Es ist der Moment, vor dem Falter sich seit Jahren fürchtet. Von dem er immer gehofft hat, dass er nicht kommt. Und gegen den er alles getan hat. Er kann jetzt so weitermachen wie bisher, morgens aufstehen, schreien, seinen Dienst tun, sein Leben fließen lassen. Er kann aber auch die Tür zu einem früheren Leben aufdrücken und sich daran erinnern, dass er vor zwanzig Jahren mal Polizist werden wollte, weil er Unrecht nicht ertragen konnte. Dass das der dümmste Grund überhaupt ist, war ihm später klar gemacht worden. Vielleicht glaubt er trotzdem noch daran. Aber das herauszufinden, würde Kraft kosten, und die hat Falter schon lange nicht mehr.

»Du hast wahrscheinlich Recht. Ich kann es wirklich nicht. Lassen wir es bleiben.«

Erika Hess atmet tief ein und zieht die Schultern mit einem Ruck nach unten. Sie kennt Benno Falter seit fast fünf Jahren, seit er nach Mainz kam, um dort Bezirksbeamter zu sein. Ihre erste Begegnung war dienstlich gewesen, nachdem ihre Wohnung aufgebrochen worden war. Erst als die Kriminalpolizei eingetroffen war, hatte sie gemerkt, dass ihr Schmuck aus dem Badezimmerschrank fehlte und auch das Portemonnaie aus der Küchenschublade. Einige Tage später hatte Benno Falter sie besucht. Groß und freundlich und überraschend jung für einen Bezirksbeamten hatte er vor ihr gestanden und gefragt, ob sie Hilfe brauche. Erst hatte sie nicht gewusst, was er wollte, dann aber erkannt, dass Falter gekommen war, um ihr die Angst zu nehmen. Je älter Menschen würden, hatte Falter gesagt, desto ängstlicher würden sie. Wer einmal überfallen oder ausgeraubt worden sei, der traue sich meist nicht mehr aus dem Haus. Mit der Wirklichkeit habe das aber nichts zu tun. »Wir können alle unsere Angst überwinden, wenn wir uns an die Fakten halten«, dieser Satz war Erika Hess im Gedächtnis geblieben, und er hatte bewirkt, dass sie nicht vorsichtiger lebte als vor dem Einbruch. Fast jedenfalls.

»Kannst du dich noch daran erinnern, was du mir bei unserem ersten Treffen gesagt hast?« Erika Hess wartet Falters Antwort nicht ab. »Du hast gesagt, wir könnten alle unsere Angst überwinden, wenn wir uns an die Fakten hielten. Ich habe dir damals geglaubt, dir und deinen Statistiken, dass alte Leute nicht öfter überfallen werden als andere. Vor allem aber wolltest du mir damit sagen, dass man keine Angst vor der Angst haben darf. Keine Angst vor etwas, das man nicht benennen kann. Und jetzt sag mir, wovor du Angst hast.«

»Ich glaube, ich habe Angst vor der Wahrheit.«

»Vor welcher Wahrheit? Dass Margarethe nicht einfach so gestorben ist?«

»Ja, das auch. Aber vor allem vor meiner Wahrheit. Ich habe so lange ein, sagen wir, unwahres Leben gelebt. Wenn ich jetzt wieder so tue, als sei ich ein Polizist, dann wird mein Leben sich wahrscheinlich verändern. Und ich weiß nicht, ob ich das aushalte.« Falter glaubt nicht, dass Erika Hess versteht, was er meint, er versteht es ja selbst nicht genau. Er weiß nur, dass etwas auf ihn zurollt, dem er nicht mehr aus dem Weg gehen kann.

»Wenn dein Leben so unwahr ist, wie du sagst, dann wird es verdammt noch mal Zeit, dass du es in Ordnung bringst. Worauf wartest du denn noch? Es geht schließlich um Margarethe.«

»Ich brauche etwas Zeit zum Nachdenken. Das Einzige, was wir haben, ist ein Verdacht. Ich kann da doch jetzt nicht einfach reinspazieren und Walter Pfaff fragen: ›Haben Sie Ihre Schwester umgebracht?‹«

»Etwas mehr Fingerspitzengefühl erwarte ich natürlich schon von dir. Du sollst dich umhören, vielleicht schnappst du etwas Brauchbares auf. Plauder mit Thomas oder mit Yvonne. Aber mach was.« Erika Hess hat sich auf dem matschigen Feldweg von Falter weggedreht. Es ist alles gesagt. Falter ist dran.

ZWEI

Benno Falter steht am offenen Fenster. Es ist sechs Uhr am Samstagmorgen. Falter ist auch an Wochenenden früh auf. Nur sein Schrei hat dann Pause. Ein Zugeständnis an ein Ruhebedürfnis, das er nicht hat, aber andere.

Er atmet tief ein und aus. Sein Atem hinterlässt kleine Wolken in dem noch dunklen Morgen. Falter stützt sich auf das Fensterbrett und blickt hinunter in den kleinen Hof mit den Mülltonnen. Dann schnellt sein Kopf hoch, und er schreit. Falter schreit vier Mal. Verzweifelt, wütend, wie unter Schmerzen. Der Rollladen gegenüber schießt krachend hoch. Ernst Brendel reißt das Fenster auf.

»Ist was passiert?«

Es ist das erste Mal, dass er mit dem Mann von gegenüber spricht. Falter hebt die Hand und winkt ab.

»Tut mir Leid, dass ich Sie geweckt habe. Am besten schlafen wir noch eine Runde.« Das soll munter klingen. Falter schließt sein Fenster wieder. Mit dem Rücken sinkt er an die Heizung darunter und will nie mehr aufstehen. Seine Beine zittern und schlackern hin und her. Er kann nichts dagegen tun. Er kreuzt die Arme vor der Brust, als wolle er sich selbst umarmen. Die Heizung wärmt ihm langsam den Rücken.

Mit einer Gruppe Trauergästen hatte Falter gestern Pfaffs Haus betreten. An Walter Pfaff war er nicht herangekommen. Der stand mit dem Ortsvorsteher Hermann und anderen Honoratioren zusammen und redete auf sie ein. Pfaffs Sohn Thomas saß auf einer Sofalandschaft, die mindestens zwanzig Personen Platz geboten hätte, und trank in langen Zügen ein Glas Wein. Er machte nicht den Eindruck, als sei er ansprechbar. Falters Blick ging suchend umher. Wo war Yvonne?

Im Esszimmer stand der Leichenschmaus. Dunkle Blutwürste hingen an baumähnlichen Holzgestellen. Rosafarbene Fleischwürste stapelten sich neben Laugenbrezeln und eingelegtem Handkäse, dessen Geruch Falter tatsächlich an ungewaschene Füße in Turnschuhen erinnerte. Auf einem silbernen Rechaud schwitzte ein warmer Leberkäse von der Größe eines Ferkels. Falter nahm sich eine frische Brezel und etwas Spundekäs. Während er aß, blickte er sich suchend um. Sie war nicht da.

Die Tür zur Küche stand offen. Falter schlenderte langsam darauf zu und schaute hinein. In ihrem schwarzen Hosenanzug wirkte Yvonne Pfaff noch schlanker als sonst. Ihre blonden Haare hingen wie eine helle Schneise über dem schwarzen Rücken. Fast bis zur Taille. Von hinten hätte man Yvonne Pfaff für attraktiv halten können. Ihr Haar hatte die Farbe von rohem Holz, ein bisschen rötlicher vielleicht. Falter kannte sich zu wenig aus, aber von weitem sah es ganz natürlich aus. Als er vorsichtig »Hallo« sagte, drehte sich Yvonne Pfaff kurz zu ihm um und deutete ein Lächeln an.

»Ah, der Kommissar. Kommen Sie rein.« Von vorne zeigte sie das Gesicht einer Frau, die ausschließlich an die verschönernde Wirkung von Sonnenbank und Kosmetik glaubt. Die Kontur ihrer schmalen Lippen war mit einem dunklen Stift nachgezogen, und Falter musste daran denken, dass er als Kind nur Blumen mit schwarzem Rand und leuchtend roten Blüten gemalt hatte. Rotschwarze Blumen, als hätte es keine anderen Farben für ihn gegeben.

Falter stellte sich neben Yvonne Pfaff an den Küchentisch und sah ihr dabei zu, wie sie einen Ring Fleischwurst mit der Routine der Fleischfachverkäuferin bearbeitete. Sie schlitzte die Pelle der Länge nach mit einem langen Messer auf und riss sie mit einem Ruck herunter. Falter hatte sich oft gefragt, ob Metzger eher zum Mord neigten als andere Berufsgruppen, aber noch nie eine Statistik gefunden, die das belegt hätte.

»Ein schönes Haus haben Sie«, sagte Falter, weil ihm nichts Besseres einfiel. Yvonne Pfaff schaute ihn skeptisch an und schnitt dann die Wurst in Scheiben. Das Messer musste sehr scharf sein. Es glitt durch die feste Wurstmasse wie durch Pudding.

»Aber bestimmt nicht Ihr Geschmack, Kommissar, habe ich Recht?«

»Das Haus Ihrer Tante gefällt mir besser. Das stimmt«, sagte Falter und biss ein Stück von seiner Brezel ab.

»Margarethe Körner war nicht meine Tante.«

»Mochten Sie sie trotzdem?«

»Ich habe sie kaum gekannt. Was ich über sie weiß, haben mir mein Schwiegervater und mein Mann erzählt.«

»Und was haben die über Frau Körner gesagt?«

»Dass sie 'ne nette alte Frau war. Reichen Sie mir mal die silberne Platte rüber? Danke.« Yvonne Pfaff begann, die Wurstscheiben in Reihen anzuordnen. Gleich würde sie mit der Platte aus der Küche gehen und sich wieder den Gästen widmen.

»Dann sind Ihr Mann und Ihr Schwiegervater bestimmt sehr traurig über Margarethe Körners Tod.«

»Ja, das kann man so sagen.«

»Und was geschieht jetzt mit dem Haus?«

»Keine Ahnung. Hat der Pfarrer vorhin nicht davon gesprochen, dass ein Jugendheim oder so was draus gemacht wird?« Ihre Worte sollten locker klingen, ahnungslos, aber Falter bemerkte das Zucken um ihre Mundwinkel.

»So hatte es Margarethe Körner gewollt. Aber nach meinen Informationen starb sie, bevor sie ihr Testament machen konnte.«

»So ein Pech. Ihr Tod kam für uns alle unerwartet.« Die schwarze Lippenkontur zuckte erneut. Unterdrückte Yvonne Pfaff ein Lächeln?

»Ja, Pech. Aber ein Glück für Sie. Beziehungsweise für Ihren Schwiegervater. Denn jetzt wird er wohl erben.«

»Das überrascht mich. Vor allem, woher Sie das wissen wollen. Aber im Grunde ist es doch schön, dass das Haus in der Familie bleibt, finden Sie nicht?«

Falter fühlte, wie sich ein kalter Zorn in seinem Magen ballte und seine Speiseröhre hochkletterte wie Sodbrennen. Sie machte sich lustig über ihn, genoss die Überlegenheit der reichen Frau, die Falter nicht wichtiger nahm als die Fleischwurst vor sich.

»Das klingt, als wollten Sie dort einziehen.«

»Nein, das nun nicht gerade.« Sie schaute ihn an, als hätte er ihr angeboten, Kartoffel-Tara gegen eine Gartenlaube einzutauschen.

»Was dann? Das Gleiche wie immer? Abriss und Eigentumswohnungen? Plus Tiefgarage?«

»Das wäre doch zumindest eine optimale Raumausnutzung.« Yvonne Pfaff nahm die Platte mit den Wurstscheiben. »Lassen Sie sich einfach überraschen, Herr Kommissar.« Sie ging hinaus und ließ ihn stehen.

Falters Beine sind nun ganz ruhig. Die Wärme der Heizung hat sich im ganzen Körper ausgebreitet und die Wut gedämpft. Er war sich gestern in dieser Küche wie ein Idiot vorgekommen. Er hatte alle Regeln einer sachlichen Befragung missachtet und sich seinen Zorn anmerken lassen. Beschämt hatte er Kartoffel-Tara verlassen und war nach Hause gelaufen. Hatte er tatsächlich geglaubt, Antworten zu finden, die ihm weiterhelfen würden?

Heute sieht er das anders. Sein Schreien hat die Anspannung in seinem Körper gelöst, und als Falter sein Gespräch mit Yvonne Pfaff noch einmal in Gedanken durchgeht, fühlt er, dass es nicht vergebens gewesen war. Falter ist sich sicher, dass die Pfaffs von Margarethe Körners Plänen mit dem Haus gewusst hatten. Und dass sie es nicht mehr geschafft hatte, ihr Testament zu machen. Das war ein Anfang.

Falter ist hungrig. Seit der Brezel gestern bei den Pfaffs hat er nichts mehr gegessen. In seinem Kühlschrank findet er nichts, was ihn reizt. Er war in den letzten Tagen zu sehr mit Margarethes Tod beschäftigt, um in die City zu fahren und auf dem Wochenmarkt einzukaufen. Frische Nudeln sind nicht mehr im Kühlschrank und nichts, woraus sich eine gute Sauce machen ließe. Er wird auch noch zu dem italienischen Lebensmittelgeschäft in der Neustadt müssen. Falter verlässt seine unbequeme Position vor der Heizung und geht zum Bad hinüber. Er putzt sich fünfzehn Minuten lang die Zähne, wie jeden Morgen. Danach noch Zahnseide. Er lächelt sich im Spiegel zu und spült den Mund mit Wasser aus. Für die Rasur benutzt er einen dicken Pinsel aus Wildschweinborsten, Schaum, den er in einer weißen Keramikschale anrührt, und das Rasiermesser, das er noch von seinem Vater hat. Es schabt kratzend über Falters Wangen. Am Kinn muss er aufpassen, weil sein Grübchen die Bahn des Messers behindert. Die Oberlippe zieht er ein Stück in den Mund hinein, damit sich die Haut strafft. Drei kurze Striche, und die letzten Schaumspuren bleiben am Messer hängen. Er spült es im warmen Wasser ab, das er vorher ins Becken hat laufen lassen. Falter versteht Männer nicht, die die tägliche Rasur als Last empfinden. Ihm geben die morgendlichen Rituale Sicherheit. Zähneputzen und Gesichteinschäumen genauso wie das Duschen und das Wiegen danach. Die Wiederholungen sind die Funktionstests seines Lebens.

Im Schlafzimmer zieht sich Falter braune Cordhosen und einen sandfarbenen Rollkragenpullover aus Wolle an. Es soll wieder kalt werden. Aus der Küche holt er den Einkaufskorb, steckt Geld ein und nimmt seinen Wintermantel vom Haken.

Die Bahn hält am Fastnachtsbrunnen. Von dort sind es nur ein paar hundert Meter bis zum Marktplatz vor dem Dom. Falter geht langsam darauf zu, die »Lu« runter, wie die Mainzer ihre Ludwigsstraße nennen. »Lu«, das klingt für Falter ein bisschen wie »Kö«. Aber Düsseldorf ist weit weg. Falter könnte auch schneller gehen, denn hier ist wenig, was seine Aufmerksamkeit beansprucht. Normalerweise will er die »Lu« schnell hinter sich bringen, aber er hat Zeit heute und will sich nicht hetzen. Ein Kind läuft in die Mitte der Straße und kann von seinem Vater gerade noch weggerissen werden, bevor der Bus vorbeirollt. Seit es in der »Lu« keine Bürgersteige mehr gibt, ist es auch Falter schon passiert, dass er sich der trügerischen Sicherheit einer breiten Einkaufsstraße hingegeben hat und in die Druckwellen vorbeischießender Busse geraten ist. Gegenüber dem Theater, hinter dem Denkmal für Gutenberg, stehen die blattlosen Gerippe junger Bäume. Sie waren an die Stelle ihrer großen, schattenspendenden Vorgänger gepflanzt worden. Falter hatte nie begriffen, warum. Er versteht vieles nicht, was in der Stadt passiert. Seit fünf Jahren lebt Falter in Mainz. Er hatte sich damals gefreut auf die Hauptstadt, die er nur von schnellen Besuchen kannte. Kam selbst aus einem mittelgroßen Dorf in der Pfalz. Hatte nach der Polizeischule Streifendienst in Alzey und Bingen geschoben und sich auf den Posten eines Bezirksbeamten in Mainz beworben. Dom, Gutenberg-Museum, Chagall-Fenster, das alles wollte er sich in Ruhe ansehen. Wie heute war er mit der Straßenbahn ins Zentrum gefahren, war die »Lu« langgegangen und zwischen zwei Brezelständen hindurch auf den damals leeren Marktplatz getreten. Er hatte sich ganz genau umgesehen und sich einmal um sich selbst gedreht. 360 Grad. Alles war viel kleiner gewesen, als er gedacht hatte. Nur der Dom war so groß wie in seiner Vorstellung, etwas niedriger vielleicht, dafür aber breiter, weitläufiger. Mehr wie ein Märchenschloss aus rotem Sand, dem man immer neue Kuppeln, Türmchen und Seitenflügel anpappt. Das Ausmaß des Doms hatte ihn beeindruckt, und er war einmal um ihn herum geschritten, erstaunt über die Umwege, die man dafür nehmen musste. Er war nicht hineingegangen. Bis heute nicht. Kirchen interessieren ihn nur von außen. Sobald er sie betritt, schrumpfen ihre Dimensionen.

Nach seiner Runde um den Dom hatte er einen Passanten nach dem Weg zum Gutenberg-Museum gefragt und war an einem Gebäude mit belangloser Fassade vorbeigeschickt worden und dann nach links, etwa hundert Meter. Es war ein Schock gewesen, und zuerst hatte Falter geglaubt, man habe ihn narren wollen und ihn zur Rückseite eines Parkhauses umgeleitet. Er war näher herangetreten an diese Mauern, die aus der Epoche des Sichtbetons zu stammen schienen und deren raue Oberfläche er nicht berühren mochte. Falter hatte an Bücher denken müssen und wie wundervoll sie in der Hand liegen und wie zart sich das Papier anfühlt, wenn man über die Seiten streicht. Und dann hatte er an Gutenberg gedacht, der das alles erst möglich gemacht hatte, und war wütend geworden, dass man ihm kein passenderes Museum gebaut hatte. Er hatte sich erst wieder beruhigt, als er von einer Frau, die sein entsetztes Gesicht richtig gedeutet hatte, zum alten Teil des Museums geführt worden war. Weiter war er an diesem Tag nicht gekommen. Wochen später erst war er zwischen die Mauern des Einkaufszentrums »Am Brand« geraten, das offensichtlich eine stilistische Fortsetzung des Parkhauses weiter unten sein sollte. Wegen seiner grau-grünen Fassade war es Falter wie eine finstere Festung vorgekommen, die nicht eingenommen werden wollte, und er hatte sich daran gehalten.

Falter ist am liebsten in der Altstadt oder auf dem Marktplatz, der jetzt dicht voll steht mit Obst- und Gemüseständen, Blumenhändlern, Biobäckern und Geflügelwagen. Er kauft nur dort, wo man ihn kennt. Eier holt er bei einem alten Ehepaar, das seine Ware stets neben einer eisernen Säule aufbaut. Mann und Frau sind namenlos geblieben für Falter, trotz der Jahre, die er bei ihnen kauft. Die Hand der Frau zittert seit einiger Zeit, wenn sie die Eier für zwanzig Cent das Stück in Falters mitgebrachten Karton einordnet. Falter hat oft darüber nachgedacht, wie die beiden Alten wohl leben, wenn sie nicht auf dem Mainzer Wochenmarkt stehen und Eier verkaufen. Seit die Frau zittert, hat Falter damit aufgehört. Er erträgt es nicht, das Elend anderer zu kennen und nichts dagegen tun zu können.

Obwohl es erst Anfang November ist, gibt es überall schon Tannenzweige und Adventskränze zu kaufen. Falter bevorzugt gelbe Teerosen. Zwanzig Stück jeden Samstag. Pierre, der Blumenhändler, macht manchmal auch dreißig draus.

Falters Korb füllt sich mit Obst und Gemüse, hausgemachte Nudeln holt er bei einem Händler aus der Pfalz. Zum Italiener will er heute nicht mehr gehen. Der neue Aufruhr in seinem Leben hat ihn angestrengt. Seine Nacht ist unruhig gewesen, und gegessen hat er immer noch nichts. In dem neuen Café am Platz trinkt er die erste Tasse Tee des Tages und isst ein bröckelndes Croissant dazu. Von seinem Platz am Fenster hat er einen schönen Blick auf den Dom, dessen Spitzen fast bis in den tief hängenden Himmel reichen. Durch die Lücken in der Wolkendecke kann Falter ein Flugzeug erkennen, das in einem Bogen über den Markt Richtung Frankfurt fliegt. Die Türen des Cafés sind geschlossen, deshalb kann er den Lärm nicht hören, den das Flugzeug zum Boden schickt. Aber an der Reaktion der Leute auf dem Platz erkennt er, dass es wieder sehr laut ist. Sie schauen hoch zu den Wolken, vergessen für einen Moment, von ihren warmen Brezeln abzubeißen, und gehen dann wieder ihren Einkäufen nach. Bis zum nächsten Flugzeug, das schon wartet.

Am Tisch neben Falter haben zwei ältere Frauen Platz genommen. Sie schauen sich um und rutschen steif auf ihren Stühlen hin und her. Wahrscheinlich sind sie zum ersten Mal hier und haben ihren Entschluss schon bereut, nicht wie sonst im Café gegenüber eingekehrt zu sein. Falter holt sich eine der Zeitungen, die an einem Ständer hängen, und versucht zu lesen. Er zupft die Krümel von seinen Hosen, schiebt die Teetasse von einer Tischkante zur anderen, liest wieder ein paar Zeilen und schaut aus dem Fenster. Was soll er als Nächstes tun?

Die Frauen am Nebentisch unterhalten sich über den Kuchen, der gegenüber viel besser schmeckt, und den Kaffee, der nicht heiß genug ist, und ihre Krankheiten, die wahrscheinlich gar keine sind, denkt Falter, weil er sich ärgert, dass er jedes Wort mithören muss. Die eine bekommt jeden Tag Spritzen gegen Arthrose, ihre Freundin klagt über zu hohen Blutdruck. Dann ist Kaffee ja ganz falsch, würde Falter ihr am liebsten sagen, aber dann wäre er bald mittendrin in einem Plausch zu dritt, und darauf hat er nun überhaupt keine Lust. Am besten geht er nach Hause und kocht sich etwas. Vielleicht Nudeln mit Gemüse. Als er aufsteht und seine Jacke anziehen will, sieht er, dass seine Tischnachbarin ein Hosenbein hochgezogen hat und der Freundin ihr geschwollenes Knie zeigt. Mit dem rot lackierten Nagel ihres Zeigefingers deutet sie auf bläuliche Flecken, die die Einstiche der Spritzen hinterlassen haben. Falter starrt auf das blanke Knie und kann den Blick nicht wenden. Ein unfertiger Gedanke ist ihm durch den Kopf geschossen und sofort wieder verschwunden. Er ist wichtig gewesen, und Falter will ihn mit seinem Starren auf das Knie wieder heraufbeschwören. Es gelingt ihm nicht, und die beiden Frauen haben jetzt bemerkt, wie er dasteht, die Jacke halb angezogen, und sie anblickt. Falter legt Geld auf seinen Tisch und verlässt eilig das Café, kehrt um, weil er seinen Korb vergessen hat, und steht endlich draußen auf dem Platz. Am liebsten würde er schreien. Das ordnet die Gedanken. Seine Augen wandern hoch zur Spitze des Doms. Irgendwann wird er dort hinaufsteigen und seinen Schrei über Mainz ausgießen und danach für immer schweigen. Aber das hilft ihm jetzt nicht weiter. In seinem Kopf ist ein blinder Punkt, der keine Konturen annehmen will. Falter kennt diese Momente, und sie machen ihn zornig, weil er sich hilflos fühlt. Sein Kopf ist betäubt wie nach einer überstandenen Migräne. Langsam geht er zurück zum Fastnachtsbrunnen. Den Kopf hält er gesenkt, als könne er die Lösung auf dem Pflaster finden. Aber da ist nichts, außer einem wirbelnden Taschentuch und einer zertretenen Orange.

Als er in der Straßenbahn sitzt, lehnt er den Kopf gegen die Scheibe. Er ist erschöpft. Er möchte ausruhen und nicht denken müssen. Das gleichmäßige Scharren der Räder auf den Schienen überführt ihn in einen Halbschlaf, der abrupt endet, als Falter erschreckt hochfährt. Die Spritze. An Margarethes Spritze hatte er gedacht, als er das geschwollene Knie der Frau im Café sah.

Falter hat es jetzt sehr eilig. Als die Straßenbahn hält, springt er hinaus und geht bepackt wie er ist zum Haus von Erika Hess. Sie öffnet nach einiger Zeit und entschuldigt sich für ihr Aussehen. Mittagsschlaf.

»Komm trotzdem rein. Für dich muss ich mich ja nicht schön machen.«

»Ich halte dich nicht lange auf. Ich brauche Margarethes Schlüssel. Hast du den noch?«

»Schade, ich dachte, du erzählst mir, wie es gestern war.«

»Später, jetzt brauche ich Margarethes Schlüssel.«

»Ich hab ihn noch. Hab ihn nicht hergegeben, obwohl die Yvonne schon hier war und ihn holen wollte. Aber ich hab ihr gesagt, sie soll erst mal erben, dann sähen wir weiter. Die hat ein Gesicht gemacht.«

»Ich möchte Margarethes Spritze holen. Weißt du, wo sie die hatte?«

»Ich glaube, im Bad. Wenn nicht da, dann im Schlafzimmer.« Erika Hess holt den Schlüssel. Sie fragt nicht, aber sie ahnt, Falter ist auf dem Weg.

Die Tür zu Margarethe Körners Haus ist zweimal abgeschlossen. Eigentlich überflüssig, denkt Falter, denn das dünne Holz ließe sich mühelos eintreten. In der Küche ist alles unverändert. Auf dem Tisch steht noch die Tasse Malzkaffee, die Margarethe morgens kurz vor ihrem Tod getrunken haben muss. Falter bleibt im Türrahmen stehen. Vor nicht mal einer Woche hat hier noch ein Mensch gelebt, und jetzt liegt bereits die Patina des Vergangenen über allen Dingen. Die Verlassenheit, die der Raum ausstrahlt, steht wie eine Glasscheibe vor Falter. Sie hält ihn davon ab, hineinzugehen und die Kaffeetasse in der Spüle auszuwaschen und die drei Gläser mit den Eierlikörresten gleich mit. Eierlikör gab es immer sonntags, nach dem Marmorkuchen. Falter mag eigentlich keinen Likör. Aber zum Sonntag mit Margarethe Körner gehörte er ebenso wie das Ausschlecken des Glases mit der Zunge. Wer am weitesten hineinreichte, hatte gewonnen.

Es ist kalt im Haus. Der Kohleofen in der Küche ist längst ausgebrannt. Im Gasboiler über der Spüle ist die Flamme erloschen. Im Bad gibt es gar keine Heizung. Über der Tür hängt nur ein altmodischer Heizstrahler. Auf dem Waschbeckenrand liegt die Spritze, die Falter sucht. Sie sieht anders aus, als er erwartet hat. Mehr wie ein dicker Füller. Die dunkelgrüne Kappe, die die Nadelspitze schützen soll, ist auf den Boden gefallen. Alles wirkt wie gerade erst benutzt. Zahnpastaspuren sind auf der Kappe und riechen noch nach Pfefferminze. Falter angelt nach der Duschhaube über der Badewanne und greift damit die Spritze. Er wickelt sie hinein und steckt alles in seine Jackentasche.

*

Der Mann, der mit federnden Schritten auf Falter zuläuft, trägt trotz der Kälte kurze Hosen. Er winkt, als er Falter bemerkt. Keuchend und von einem Bein auf das andere tänzelnd erreicht er ihn. Die Begrüßung der beiden Männer ist knapp. Keiner von beiden erwähnt, dass ihr letztes gemeinsames Joggen mindestens ein halbes Jahr zurückliegt. Falter schert wie selbstverständlich in den Lauf des anderen ein, und nebeneinander überqueren sie die Schnellstraße, um hinüber zu den Feldern zu gelangen. Es ist kaum Verkehr um diese Zeit, und der Morgen wird nur mühsam hell. Schon nach einem Kilometer verflucht Falter seine Idee, Arnulf Ritzen während des Joggens um ein Gespräch bitten zu wollen. Seine Lungen brennen, und der Bund seiner hellgrauen Jogginghose rutscht ihm über die Hüften. Ritzen bemerkt Falters Schwierigkeiten und verlangsamt das Tempo.

»Du bist ganz schön aus der Form, mein Lieber. Ich hab dir schon mal gesagt, mit dem Laufen wird das nichts, wenn man es nicht regelmäßig macht.«

»Jawohl, Herr Doktor. Um ehrlich zu sein, bin ich auch nicht gekommen, um hinter dir herzuhecheln. Ich habe ein Problem und würde das gern mit dir besprechen.« Das gleichzeitige Laufen und Reden hat Falter so angestrengt, dass er mit Seitenstechen vornübergebeugt stehen bleibt. Ritzen läuft weiter, kehrt dann aber um und geht vor Falter in die Knie.

»Ich hoffe, dein Problem ist wirklich wichtig. Ich verzichte nur ungern auf meinen Sonntagmorgenlauf.« Seine Stimme klingt ernst, aber die Augen lachen Falter an. Ritzen richtet sich auf. Langsam gehen sie weiter.

Eine Viertelstunde später stehen sie vor Ritzens Haus.

»Wir trinken jetzt erst mal einen Tee, und danach zeigst du mir die Spritze.« Ritzen schließt die Haustür auf. Hinter der Tür zu seiner Praxis klingelt ein Telefon.

»Verdammt, ich hasse Patienten, die schon krank sind, wenn Sie Sonntagmorgens aufwachen.« Während Ritzen zum Telefon eilt, ruft er Falter zu: »Geh schon mal hoch. Sei aber leise, Jutta und Max schlafen bestimmt noch.«

Falter steigt die Treppe hinauf zum ersten Stock. Hier wohnt Arnulf Ritzen mit seiner Frau und dem Sohn Max. Max ist vier. Als Falter die Wohnung leise betritt, fliegt ihm ein Kissen an den Kopf. Sein Puls, der sich gerade erst wieder normalisiert hat, schießt in die Höhe. Er starrt in ein erschrockenes Kindergesicht, das noch unentschlossen ist, ob es weinen oder schreien wird. Es schreit. Durchdringend und sirenenlaut. In den gegenüberliegenden Türrahmen tritt Jutta Ritzen, die noch schlaftrunken zögert, ob sie erst ihren Sohn beruhigt oder Falter begrüßt. Max stürzt in die Arme seiner Mutter und erklärt ihr jetzt unter Tränen, dass er Benno Falter für einen Einbrecher gehalten hat. Falter hebt entschuldigend die Arme und erklärt sein frühes Auftauchen an diesem Sonntagmorgen.

»Aber das ist doch Benno, der Polizist, der kann doch kein Einbrecher sein«, tröstet Jutta Ritzen ihren Sohn. Daraus könnte man ein Kinderbuch machen, denkt Falter. »Benno, der freundliche Polizist«. Benno, wie er Kindern über die Straße hilft. Benno, wie er den Verkehr regelt. Benno, wie er einen Taschendieb schnappt. Benno, wie er den Tod einer alten Frau aufklärt, käme darin wohl kaum vor.

»Was ist denn hier los?« Arnulf Ritzen steht in der Tür und wundert sich über die Szene in seiner Diele.

»Max hat mich für einen Einbrecher gehalten und wollte mich mit einem Kissen in die Flucht schlagen«, erklärt Falter und wagt es jetzt erst, Max anzuschauen. »Super, wie du reagiert hast. Das war sehr mutig von dir.«

Max strahlt. »Bist du wirklich Polizist? Du siehst gar nicht so aus.«

Falter zieht seine ausgeleierte Jogginghose ein Stück hoch. »Ich habe heute frei, weißt du, da brauche ich keine Uniform.«

»Und was machen die Verbrecher, wenn du nicht arbeitest. Die fängt ja dann keiner.«

»Ich fange sowieso keine Verbrecher«, antwortet Falter, und Max guckt enttäuscht.

»Na, Benno, nicht so bescheiden. Was du mir da gerade erzählt hast, klingt doch so, als müsstest du bald genau das tun«, sagt Ritzen jetzt.

»Was ist denn los, Benno?«, fragt Jutta Ritzen.

»Gar nichts, dein Mann übertreibt wieder.« Falter gibt Ritzen das Zeichen zu schweigen.

»Ich möchte nicht, dass du mit irgendjemandem darüber sprichst, Arnulf«, sagt Falter später, als sie allein unten in Ritzens Praxis sitzen. »Ich habe nur einen Verdacht. Vielleicht ist alles nur ein Hirngespinst.«

»Ja, schon klar, Benno. Versprochen. Aber jetzt lass mich erst mal sehen.« Er reicht Falter dünne, weiße Gummihandschuhe und streift sich ebenfalls ein Paar über. Wie ein Chirurg vor einer komplizierten Operation hebt er die Hände in Augenhöhe und bewegt die Finger, als spiele er in der Luft Klavier. Falter findet diese Vorsichtsmaßnahme zwar etwas übertrieben, weil er nicht glaubt, dass auf Margarethe Körners Insulinspritze noch brauchbare Fingerabdrücke nachweisbar sind, will dem Freund aber nicht die Illusion einer kriminalistischen Untersuchung nehmen. Ritzen beugt sich hinunter zu der Spritze, die auf einer weißen, sterilen Unterlage liegt.

»Aha, eine X5L7, gängiges Modell. Farbe dunkelgrün, äußerlich sehr gut erhalten. Ich kann keine Spuren von Gewaltanwendung feststellen.«

»Arnulf, lass den Quatsch, wir sind hier nicht in der Gerichtsmedizin.«

»Wäre ich aber gern, das weißt du doch.« Ritzen richtet sich auf und schaut Falter an. »Weißt du, dass ich in letzter Zeit nachts davon träume, die Schädel meiner Patienten aufzusägen und darin nach ihren Gedanken zu suchen. Oder ihnen die Eingeweide herauszunehmen und auf einem Tablett anzurichten. Mit einem scharfen feinen Skalpell ziehe ich ihnen die Haut ab, ohne auch nur ein Äderchen zu verletzen.« Arnulf Ritzens Stimme hat eine erhöhte, fast singende Tonlage angenommen, als locke er ein Kätzchen mit Milch, um ihm dann den Hals umzudrehen. Falter kennt die Dramaturgie dieser Auftritte. Gleich wird Ritzen seine Jahre in der Pathologie heraufbeschwören, die schönsten seiner medizinischen Laufbahn. Falter registriert erst jetzt richtig, dass sie im »Schädelzimmer« sitzen, dem kleinsten Raum der Praxis, der nur den nervenstärksten Patienten vorbehalten ist. Auf weißen, quadratischen Konsolen sind dreiundzwanzig Schädel über die Wände verteilt. Die meisten sehr gut erhalten, von einem fahlen Weiß, als habe die Wüstensonne sie erbarmungslos gebleicht. Manchen fehlen Teile der Schädelplatten, bei einem ist das Nasenbein unvollständig. Als sich Ritzen vor sieben oder acht Jahren in Mainz als praktischer Arzt niederließ, war das Schädelzimmer ein selbstverständlicher Teil seiner Praxis gewesen. Ritzen hatte es originell gefunden, seinen Patienten Themenräume anzubieten. Auf der Toilette standen Gläser mit eingelegten Nieren. Neben dem EKG hatte er Herzen in Formalin aufgestellt. Im Schädelzimmer wurden die Patienten mit Kopfschmerzen oder psychosomatischen Krankheiten behandelt. Schautafeln mit Leberzirrhosen im Endstadium, Hautkrebsgeschwüren oder Fußpilzbefall hingen in seinem Wartezimmer mit der gleichen Selbstverständlichkeit wie die billigen Kunstdrucke bei Ritzens Kollegen. Nur die Mutigsten setzten sich der Tortur aus, auf die offensichtliche Vergeblichkeit ärztlichen Könnens zu blicken. Nach einem Jahr stand Ritzen vor der Pleite.

Die eingelegten Herzen und Nieren wurden einen Stock höher untergebracht, im Wartezimmer hingen jetzt Originalwerke eines ortsansässigen Malers, dessen künstlerisches Hauptthema sich auf die Darstellung innerer Organe konzentrierte. Allerdings auf so abstrakte Weise, dass niemand mehr daran Anstoß nahm.

»Dr. Mabuse« hieß Ritzen im Ort zwar immer noch, aber allmählich sprach sich herum, dass man seine Praxis nicht nur lebend, sondern auch geheilt wieder verlassen konnte. Wer heute im Schädelzimmer behandelt wurde, durfte sich des Privilegs rühmen, zum inneren Kreis des Doktors zu gehören, der weder Tod noch Teufel fürchtet.

Falter war bei seinem ersten Besuch in Ritzens Praxis aus Versehen gleich im Schädelzimmer gelandet. Er hatte die Türen verwechselt, weil er rechts und links nicht auseinander halten kann. Ein genetischer Defekt, wie Falter glaubt, der sich jeder Therapie verweigert. Falter war in den Raum getreten und hatte in die leeren Augenhöhlen eines fast kindlich kleinen Totenkopfes geblickt. Die Abendsonne hatte die Schädeldecke in ein rotes Licht getaucht, das man im ersten Augenblick für Blut hätte halten können. Bei einem anderen war Falter ein kleines Loch in der Schädelplatte aufgefallen, etwa drei Zentimeter über der Schläfe. Falter hatte die Stelle betastet und einen perfekten Kreis erspürt. Seine Hand war über den Kopf zur anderen Seite gewandert, und sein Verdacht hatte sich bestätigt.

»Ein Selbstmörder«, hatte Arnulf Ritzen hinter ihm gesagt und die Tür geschlossen. »Sie interessieren sich für Schädel?«, fragte er und sah Falter freudig an. Falter hatte sich abrupt umgedreht, sich seinen Schrecken aber nicht anmerken lassen. Nein, das könne man so nicht sagen, hatte er geantwortet, es sei eher ein berufliches Interesse, seit er während seiner Ausbildung auch die Gerichtsmedizin durchlaufen habe.

»Aaah, die Gerichtsmedizin«, hatte Arnulf Ritzen begeistert ausgerufen, »mein Lieblingsthema. Darüber müssen wir uns unterhalten.« Er hatte Falter gebeten, Platz zu nehmen, und Tee kommen lassen. Den wartenden Patienten ließ er durch seine Sprechstundenhilfe ausrichten, der Doktor sei zu einem Notfall gerufen worden. Als Falter zwei Stunden später das Schädelzimmer verließ, hatten sie über den eigentlichen Grund seines Besuches nicht gesprochen. Falter war schon auf der Straße, als Ritzen hinter ihm hergelaufen kam und sich nach seinen Beschwerden erkundigte. Sein Knie habe ihm wehgetan nach dem Joggen, hatte Falter geantwortet.

»Dann sollten Sie nur noch unter ärztlicher Aufsicht laufen. Nächsten Sonntag, halb acht, können Sie dann?«

Von da an war Ritzen sein Freund. Der einzige vielleicht.

Ritzen hat sich von seinen nächtlichen Wunschträumen losgerissen und die Spritze in die Hand genommen. Mit einem Ruck zieht er die Kappe vom Spritzenkörper.

»Die Dinger sehen heute wie Füller aus, findest du nicht?«, sagt er.

»Das war auch mein erster Gedanke«, antwortet Falter und bittet den Freund, ihm die Funktion der Spritze zu erklären.

»Siehst du hier«, Ritzen zeigt auf ein gläsernes Röhrchen, »hier ist die Insulinampulle drin. Wenn sie leer ist, wird sie durch eine volle ersetzt. Und hier«, er tippt auf eine Art Schraube mit Zahlen am Ende der Spritze, »kann man die Insulinmenge einstellen. Je weiter man die Schraube rausdreht, desto höher die Einheiten. Und dann, zack, drückt man auf den Schraubenkopf, und das Insulin schießt raus.«

»Ich würde das gern mal sehen«, sagt Falter.

Ritzen dreht den Knopf am Ende der Spritze, der sich knackend aus dem Gehäuse herausschraubt und bei zehn Einheiten einrastet. Er umfasst die Spritze mit vier Fingern und drückt die Schraube mit dem Daumen herunter. Der Knopf schraubt sich zurück in die Ausgangsposition, und eine klare Flüssigkeit spritzt auf den Fußboden.

»Funktioniert tadellos«, sagt Ritzen und holt einen Lappen für den Boden. »An der Spritze hat es nicht gelegen, dass deine Frau Körner gestorben ist.« Er sieht Falter bedauernd an.

Es ist nicht Enttäuschung, die Falter in diesem Augenblick empfindet. Es ist mehr die Wiederkehr der Leere, die erneut in ihm hochsteigt und von der er gehofft hatte, dass sie ihn verlassen würde.

»Da kann man nichts machen«, sagt er mit dünner Stimme. »War ja auch nur eine Vermutung.« Falters Schultern drücken sich wie von selbst schwer herunter. Er fühlt sich matt und müde. Am liebsten würde er sich auf der Patientenliege einrollen und tagelang schlafen. Er müsste hinnehmen können, dass sie selbst schuld daran war, dass zu viel Insulin in ihren Körper gelangen konnte. Er müsste erleichtert sein, dass niemand so kaltblütig war, Margarethe umzubringen. Ist er im Grunde auch. Aber unter seiner Kopfhaut liegt eine kalte Schicht, die ihn warnt. Wenn es nicht die Spritze war, dann etwas anderes. Etwas, woran er noch nicht gedacht hat. Was er übersehen hat. Er würde noch mal von vorne anfangen müssen, bis die Kälte in seinem Kopf verschwunden war.

»Das ist komisch«, hört er Ritzen murmeln. »Moment mal, bin gleich wieder da.« Der Arzt verschwindet im Nebenzimmer und kommt mit einem länglichen Gegenstand in den Händen zurück. Es ist eine Insulinspritze, ähnlich der von Margarethe Körner. Ritzen legt beide Spritzen nebeneinander auf den Tisch, dreht an den Schrauben und sagt: »Das gibt's doch nicht.«

Falter ist ganz nahe herangetreten. »Was ist los?«, fragt er und schaut verständnislos von Ritzen zu den Spritzen.

»Da hat jemand dran rumgefummelt. Guck dir das an. Vergleich mal die Skalen.«

Falter betrachtet die Enden der Spritzen, da, wo die Schraube sitzt und die Einheiten eingestellt werden. Bei Margarethes Spritze haben die Zahlen einen viel größeren Abstand.

»Das heißt«, sagt Ritzen, »dass sich Margarethe Körner unter Umständen mehr Insulin gespritzt hat, als sie eigentlich durfte. Ich schätze mal, bei ihrer Spritze etwa das Doppelte. Wir probieren es mal aus.« Ritzen stellt wieder zehn Einheiten ein, an beiden Spritzen. Die Flüssigkeit fängt er in zwei Messbechern auf, die er gegen das Licht hält. »Siehst du, das Doppelte, wie ich vermutet hatte«, sagt er zu Falter.

»Und daran stirbt man? Ich meine, wenn man sich doppelt so viel Insulin spritzt wie normal?«, fragt Falter und starrt auf die Messbecher, deren Inhalt im Licht glitzert.

»Nicht unbedingt«, antwortet Ritzen und lässt die Hände sinken. »Ich kenne Frau Körners Krankheitsgeschichte nicht. Aber wenn sie zum Beispiel eine Herz-Kreislauf-Schwäche hatte, kann eine überhöhte Dosis zum Kollaps führen.«

»So was Ähnliches hat der Notarzt auch gesagt«, bemerkt Falter.

Ritzen hat Margarethe Körners Spritze genommen und zieht an der Schraube, bis sie aus dem Gehäuse springt. Über das Original ist eine neue Skala geklebt.

»Die sieht wirklich ziemlich echt aus. Das kriegt nur einer hin, der sich mit so was auskennt«, sagt Ritzen und schüttelt nachdenklich den Kopf. »Da hat sich jemand verdammt viel Mühe gemacht, um deine Margarethe ins Jenseits zu befördern.«

Er legt die Spritze zurück auf die weiße Unterlage und tritt einen Schritt nach hinten. Mit verschränkten Armen steht er da und nagt an seiner Unterlippe. Im Licht der grellen Deckenlampe sind die kleinen Schweißperlen zu erkennen, die sich auf seiner hohen Stirn gebildet haben.

»Mir ist heiß«, murmelt er und zieht sich die Gummihandschuhe von den Fingern. Dann geht er zum Waschbecken und wäscht sich die Hände. Mit den noch nassen Fingern fährt er sich über das Gesicht und den blonden, gewellten Haarkranz. Als er sich zu Falter umdreht, ist die Hitzeröte in ein blasses Grau umgeschlagen.

»Ich kann das einfach nicht glauben.« Ritzen, den alle Dr. Mabuse nennen, der Arzt mit dem Schädelzimmer und der morbiden Leidenschaft für Tod und Verfall, ringt um Fassung. Es war ein Spiel gewesen. Ein Kokettieren mit dem Verbrechen. Auf den Ernst war Ritzen nicht vorbereitet, Falter spürt es deutlich. Er selbst ist wie betäubt, seine Ohren rauschen. Ihm ist, als habe der Lauf seines Blutes kurz vor dem Herzen Halt gemacht. Falters Kopf wird schwer und schlägt ohne Führung gegen die Konsole mit dem Selbstmörder.

»Und jetzt?«, fragt er leise.

DREI

Die Laternen leuchten bunt in der frühen Dunkelheit. Ein scharfer Ostwind lässt sie hin und her schaukeln und bereitet dem blaugelben Mondgesicht und dem Lampion mit den Sternen ein vorzeitiges Ende. Es gibt Tränen und keinen Trost. Die Mütter zischen verärgert etwas von »nicht richtig aufgepasst« und versuchen, die eingedellten Laternen wieder zu richten. Es gelingt nicht, aber die Kinder werden trotzdem mit schiefer Fackel und wackelndem Stöckchen im Wind ausharren müssen. Es ist St. Martinszug, und die Choreografie folgt dem unausgesprochenen Willen der Mütter, die den Abend für wichtig wirkende Gespräche mit anderen Müttern nutzen wollen.

Seit vier Jahren führt Falter den Martinszug an. Es ist seine Aufgabe als Bezirksbeamter, die Autofahrer anzuhalten, damit die singende, leuchtende Menge vorüberziehen kann. Die Texte der Lieder kennt er immer noch nicht. »Hat Kleider nicht, hat Lumpen an«, das kriegt er gerade noch hin. Als Kind hatte er an keinem Bettler vorübergehen können, ohne ein schlechtes Gewissen zu haben. Seine Mutter hatte er jedes Mal gebeten, den Bettlern etwas zu geben, aber sie hatte immer nur gesagt, ihr gebe auch niemand etwas. Seit Falter eigenes Geld verdient, hat er immer ein paar Münzen in seinen Taschen für den Notfall.

Am Straßenrand steht Lumpen-Theo mit seinem Fahrrad. Eigentlich heißt er Theo Eschweiler, aber so nennt ihn niemand im Ort. Als Falter ihm zum ersten Mal begegnet war, hatte er die Hand schon in der Tasche mit den Münzen, so zerlumpt und verwahrlost war ihm der Alte vorgekommen. Dann hatte er ihn in ein Haus gehen sehen, mit jener Selbstverständlichkeit, die nur Menschen mit festem Wohnsitz haben. Theo war kein Obdachloser. Ihm gehörte sogar das Haus, in dem er wohnte. Das hatte Falter später erfahren. Es war noch eines der alten, typischen Häuser, mit einem großen Hof und einem hohen Holztor davor.

Lumpen-Theo ist immer dort, wo etwas los ist. Straßenfeste, Schützenfeste, Weinfeste, Sektfeste, Dorffeste, Pfarrfeste, ständig gibt es einen Anlass zu feiern in den Stadtteilen und überall in Mainz. Theo immer dabei. Nie betrunken, das erstaunt Falter, aber nie wirklich gern gesehen. Fast jede Woche erhält Falter offene oder anonyme Aufforderungen, Lumpen-Theo aus dem Ortsbild zu entfernen. Falter hat es aufgegeben, denen, die das wollen, zu erklären, dass er das nicht tun kann. Falter kann nur ab und zu bei Theo vorbeischauen und ihn bitten, sein Grundstück ein bisschen aufzuräumen. Theo ist Sammler. Er sammelt, was andere in den Müll werfen oder an die Straße stellen. Er fühlt sich reich durch die Dinge, die andere nicht mehr wollen, weil sie zu reich sind.

»Hallo Polizist«, ruft Theo zu Falter herüber, und Falter winkt zurück. Theo nennt ihn nie anders, immer nur Polizist. Er hält eine verrostete Laterne in der Hand, wie sie vor achtzig Jahren noch an den Haustüren hätte hängen können, und singt vom St. Martin und den Sternen da oben und dem Rabimmel-Rabammel-Rabumm. Er trifft kaum einmal den richtigen Ton, aber den Text kennt er.

»Was machst du hier?«, fragt eine andere Stimme weiter unten. Falter schaut auf Max Ritzen, an dessen Stöckchen ein selbst gebastelter, leuchtender Marienkäfer baumelt.

»Ich halte die Autos an, damit ihr mit euren Laternen durch die Straßen gehen könnt«, erklärt ihm Falter. Jutta Ritzen ist hinzugetreten. Sie geben sich die Hand und gehen gemeinsam weiter. Der Zug windet sich durch die verwinkelten Gassen, dreht Schleifen, um den Weg zu verlängern. Als sie am Rathaus mit der Ortsverwaltung vorbeigehen, werden Falters Schritte langsamer. Gleich wird ihn das Pferd mit dem St. Martin eingeholt haben und ihm seinen Atem in den Nacken blasen. Jutta Ritzen fasst ihn am Ärmel und fragt, was los sei. Falter kann es ihr nicht sagen. Er muss jetzt seine Pflicht tun und einfach weitergehen. Nur noch wenige Meter bis zum Haus von Margarethe Körner. Die Seele ist ihm abhanden gekommen. Es ist nur noch eine graue Hülle mit schlechtem Verputz. Falter zwingt sich, nicht hinzuschauen, da fragt ihn

Jutta Ritzen: »Weißt du, was mit dem Haus der alten Frau passiert?«

»Nein, keine Ahnung, vielleicht wird es abgerissen«, presst Falter heraus.

»Ich habe gehört, es soll ein Jugendheim daraus werden, stimmt das?«, fragt Jutta Ritzen weiter.

»Jutta, ich weiß es wirklich nicht«, antwortet Falter barsch und beschleunigt seinen Schritt. Er will diese Prozession falsch singender Mutter-Kind-Gruppen schnell hinter sich bringen und dann nach Hause. Die Enge des Ortes und die Präsenz seiner Einwohner legen sich plötzlich auf sein Gesicht wie der heiße Hauch des Martinsfeuers, auf das der Zug zusteuert. Falter wartet, bis die letzten Kinder sich um das Feuer aufgestellt haben, und läuft nach Hause.

Margarethe Körners Spritze liegt auf Falters Küchentisch. Im Aschenbecher daneben qualmt seine achte Zigarette für heute. Seit zwei Stunden versucht er, der Spritze ihr Geheimnis zu entlocken, indem er sie anstarrt. Wer hatte sich die Mühe gemacht, daran rumzufummeln? Falter fixiert die Spritze. Manchmal gelingt es ihm, ein Problem so lange zu betrachten, bis daneben die Lösung auftaucht. Aber Margarethe Körners Spritze verweigert sich der Hypnose. Falter wird mit jemandem reden müssen.

Wenn Falter die Liste der Mainzer Bezirksbeamten durchgeht, fällt ihm niemand ein, den er jemals um einen Rat bitten würde. Falters Verhältnis zu seinen Kollegen ist beschränkt auf den regelmäßigen Austausch von Erfahrungen und die gelegentliche Wahrnehmung geselliger Veranstaltungen, denen er aber nur ungern folgt. Je öfter er solchen Einladungen in der Vergangenheit fern geblieben ist, desto größer ist die Distanz geworden, die ihn von den anderen trennt.

Es gibt nur einen Menschen bei der Mainzer Polizei, dem Falter vertraut, obwohl er dieses Vertrauen seit zwanzig Jahren nicht mehr in Anspruch genommen hat. Silvia Münster leitet seit drei Wochen die Mordkommission, das hatte Falter in der Zeitung gelesen. Er und Silvia Münster kennen sich von der Polizeischule. Sie waren in einem Jahrgang und eine Zeit lang sogar ein Paar. Einmal haben sie sich seither wiedergesehen. Auf der Beerdigung eines Kollegen. Fast sechs Jahre ist das her. Als Falter kurze Zeit später nach Mainz zog, hatte er es immer wieder hinausgeschoben, sich bei ihr zu melden, bis eines Tages die Frist überschritten war, in der ein Anruf ein zwangloses Lebenszeichen gewesen wäre. Auch beruflich hatte es keine Berührungspunkte gegeben, an die man später noch hätte anknüpfen können.

Beim ersten Anruf verlässt Falter der Mut, als sich die Zentrale des Morddezernats meldet. Beim zweiten Mal lässt er sich mit Silvia Münster verbinden. Sie klingt unverändert.

»Benno Falter, das glaub ich nicht.«

»Entschuldige, dass ich dich störe.«

»Du störst mich nicht. Jedenfalls nicht wirklich. Wie lange ist es her?«

Falter fahndet in ihrer Stimme nach Verärgerung. Darüber, dass er sich nie mehr bei ihr gemeldet hat. Aber außer einem ehrlichen Erstaunen kann er keinen Misston feststellen.

»Es ist lange her«, sagt er. »Ich hoffe, nicht zu lange. Denn ich möchte dich um ein Treffen bitten. Ich brauche deinen Rat.«

»Das kommt sehr überraschend, Benno. Ich muss sehen, was der Dienstplan zulässt, warte einen Moment.«

Ihre spontane Bereitschaft freut Falter. Sie scheint ihm nichts nachzutragen. Nicht sein langes Schweigen. Nicht die plötzliche Trennung, auf die Falter damals gedrungen hatte.

»Bei mir geht es erst am Freitag. Reicht dir das?«, meldet sie sich wieder.

»Ja, das passt mir gut. Um acht Uhr im ›Heilig Geist‹? Ich reserviere einen Tisch.«

»Gut, Benno, bis dann.«

Falter will noch sagen, dass er sich freut, aber da hat sie schon aufgelegt.

Das Telefonat hat seine Stimmung gehoben. Er wird sein Wissen mit jemandem teilen, der einen professionelleren Umgang mit Kriminalität hat als er. Insgeheim erhofft er sich von Silvia Münster, dass sie ihn unterstützt und ihm Informationen liefert, zu denen er selbst keinen Zugang hat. Gleichzeitig ist seine Offenheit ein Risiko. Silvia Münster könnte ihm »seinen« Fall ohne weiteres entziehen, schließlich geht es um Mord. Deshalb meidet Falter das Wort für sich selbst lieber. Er nennt die Umstände um Margarethe Körners Tod nur *die Möglichkeit*. Seit *die Möglichkeit* in seinem Leben liegt wie ein Fels auf der Straße, ist Falter dankbar für die Routine seines Jobs, die ihm genügend Raum zum Nachdenken lässt. Während die eine Hälfte seines Gehirns auf Polizeiarbeit programmiert ist, wälzt die andere *die Möglichkeit*. So kommt es Falter jedenfalls vor. Die Spaltung seiner Aufmerksamkeit hat zur Folge, dass sich in seinen Augen ein abwesender Blick eingerichtet hat, der zuerst Helene aufgefallen ist. Sie musste Falter dreimal ansprechen und zuletzt sogar mit der Zeitung vor seinem Gesicht winken, bis er reagierte. An Frau Stockmann ist Falter grußlos vorbeigegangen, obwohl sie ihm einen Stapel neuer Bücher direkt hingehalten hatte. Erst als er ihr unterdrücktes Schluchzen wahrgenommen hatte, war er aus seinen Gedanken erwacht. Er hatte sich sehr entschuldigt und die Bücher mit einem Lächeln genommen wie schon lange nicht mehr.

Selbst sein Schrei ist verstummt. Am Morgen nach Falters Besuch bei Arnulf Ritzen, als aus seinem Verdacht *die Möglichkeit* geworden war, hatte er am offenen Fenster gestanden wie immer und tief Luft geholt. Und wieder ausgeatmet. Tief Luft geholt und wieder ausgeatmet. Falter hatte dieses bewusste Atmen genossen, weil er merkte, dass der Drang zu schreien aufgehört hatte. Ernst Brendel von gegenüber hatte die Rollläden langsam, zögernd hochgezogen und suchend zu Falter herübergeschaut. Dann hatte er mit dem Zeigefinger auf das Glas seiner Armbanduhr getippt und die Schultern fragend hochgezogen. Brendel schien mit der Uhr zu schlafen, oder sie gehörte zu den ersten Dingen, die er morgens wieder anzog. Falter hatte eine Hand auf den Mund gelegt und mit der anderen eine Bewegung gemacht, als flattere ein Vogel mit den Flügeln. Brendel hatte verstanden, begreifen konnte er es nicht. Kopfschüttelnd war er vom Fenster zurückgetreten.

*

Es ist Freitag, und heute Abend wird Falter Silvia Münster treffen. Gegen Mittag hat er noch einen Termin im Neubaugebiet. Ein Anwohner ist von seinem Nachbarn wegen zu schnellen Fahrens in der Spielstraße angezeigt worden. Falter muss mit beiden reden. Während der Befragung steigt in ihm die Idee hoch, auf dem Rückweg am Haus von Walter Pfaff vorbeizugehen. Es liegt nicht weit von hier, und mehr hat Falter für heute nicht zu tun. Die Sonne scheint, aber es ist sehr kalt. Auf den Äckern liegt noch der Frost der Nacht. Falter läuft direkt auf Kartoffel-Tara zu. Hundert Meter davor bleibt er stehen. Er versucht, das Haus mit seinem Blick zu beschwören, so wie er es schon mit Margarethe Körners Spritze auf seinem Küchentisch versucht hat. Er glaubt immer noch, dass ihm die besten Gedanken kommen, wenn er ein Problem nur lange genug anschaut. Aber das Einzige, was Falter sieht, ist der unangemessene Protz des Hauses. Er wird seine Methode überdenken müssen.

Falter geht in einem Bogen auf das Haus zu. Er will nicht gesehen werden. Die weiße Toreinfahrt steht offen. Er hält sich eng an die Hauswand gedrückt. Durch das Wohnzimmerfenster schaut er vorsichtig ins Innere. Es ist alles ruhig. Auf der Terrasse stehen die Gartenmöbel unter wetterfesten Plastikplanen. Falter steuert auf die Schwimmhalle zu. Die Scheiben sind leicht beschlagen. Die Sonne blendet Falter. Er muss die Hand über die Augen legen. Für einen kurzen Moment tanzen rote Punkte vor ihm. Als er sich an die Lichtverhältnisse gewöhnt hat, sieht er braune Haut, die von innen gegen die Schwimmbadscheiben gedrückt wird. Die Haut bewegt sich in kurzen Stößen auf und ab. Dort, wo sie besonders dünn ist, über der Wirbelsäule, zeichnen sich die Knochen hart ab. Das Auge signalisiert Falter, dass er auf einen Rücken schaut, doch sein Gehirn kann die Information in keinen sinnvollen Zusammenhang bringen. Falters Blick wandert hinunter, dort, wo der Rücken in das Gesäß übergeht. Das Braun ist hier ebenso intensiv wie weiter oben. Dann ist plötzlich Ende. Das Gesäß scheint zu schweben. Erst als sich Falter ein wenig nach unten beugt, sieht er zwei Beine, nach hinten versetzt. Sie sind blass und stämmig, die Füße schimmern leicht blau. Falter begreift, was er da sieht. Sein

Kopf schnellt nach oben, und er weicht einen Schritt zurück. Seine Perspektive weitet sich, er bemerkt das blonde Haar, das strähnig und wirr über die Schulter fällt, und das erstarrte Gesicht von Walter Pfaff.

Falter rennt. Seine Füße zerbrechen krachend die dünne Eisschicht, die sich auf den Pfützen im aufgeplatzten Asphalt gebildet hat. Er sieht den Mann mit der Schubkarre aus einem Feld mit Grünkohl treten, kann ihm aber nicht ausweichen. Falter rennt. Schnell und immer geradeaus. Die Kante der Schubkarre trifft ihn hart am Oberschenkel. Er strauchelt, fängt sich und läuft weiter, ohne auf den Schmerz zu achten. Es ist, als habe sich ein Zeitfenster geöffnet, durch das er sich stürzen kann, um zu vergessen, was er gesehen hat, und die Gefühle hinter sich zu lassen, die wie Leim sein Innerstes verkleben. Falter rennt schneller. Noch diese Steigung, und er wird das Fenster erreichen. Ein heller, gleißender Punkt vor ihm wird immer größer, rast auf ihn zu und fährt mitten in sein Gesicht. Als Falter wieder zu sich kommt, liegt er am Anfang der Fußgängerbrücke, die über die Schnellstraße führt. Er hat das Zeitfenster nicht erreicht. Alles ist noch da. Der Schmerz am Bein, der innere Jammer. Und eine Beule rechts, wo sein dunkles Haar mehr Stirn freigibt, als Falter lieb ist. Die Beule ist neu und muss beim Sturz gegen das Brückengeländer entstanden sein. Falter setzt sich auf den eiskalten Boden und vergräbt den Kopf zwischen den Knien. Er weiß nicht, wie er so außer sich geraten konnte. Er hat etwas gesehen, womit er nicht gerechnet hat, zwei kopulierende Körper in einer Schwimmhalle. Das ist kein Grund für moralische Entrüstung. Obwohl das Wissen um diese Beziehung ein Punkt ist, der wichtig werden könnte. Nein, wenn Falter ehrlich mit sich ist, haben diese beiden Körper in ihm Abscheu und Lust zugleich ausgelöst. Die Lust ist das Schlimmste. Er weiß nicht, wie lange es her ist, dass er mit einer Frau zusammen war. Sicher aber vor seiner Mainzer Zeit. Er hatte sich eingeredet, das nicht mehr zu brauchen. Hatte einfach nicht mehr an diese Möglichkeit gedacht und wenn doch einmal, dann half der Schrei morgens um sechs. Aber jetzt half nichts. Das Bild hat sich auf seiner Retina eingebrannt und in vieltausendfacher Kopie auf jede Nervenfaser gelegt. Etwas wühlt und knetet in seinem Inneren, dessen Kraft er jahrelang unterschätzt hat. Falter kommt wieder auf die Beine. Er ist steif vor Kälte. Für sein Problem findet er hier keine Lösung. Er setzt unsicher einen Fuß vor den anderen und nimmt seinen Jammer mit über die Brücke nach Hause.

Das »Heilig Geist« liegt in einer dunklen Gasse, nicht weit vom Dom entfernt. Selbst in einer Stadt, wo die Lokale »Zum Beichtstuhl« oder »Zur Kanzel« heißen, ist das »Heilig Geist« ein Kuriosum. Während andere Lokale nur mit dem Sakralen kokettieren, hat man im »Heilig Geist« das Gefühl, tatsächlich in einer Kirche zu sein. Unter einem Kreuzgewölbe stehen bequeme Sessel und Sofas, zierliche Schaukelstühle und hochlehnige Bänke, die der strengen Kulisse mit Weichheit und Großzügigkeit antworten. Falter ist besonders gern hier an verregneten Sonntagen, wenn das Licht nur matt durch die hohen, schmalen Fenster fällt und sich das behäbige Gemurmel der Gäste unter dem Gewölbe staut. Bei trockenem und mildem Wetter erweitert sich das »Heilig Geist« nach draußen auf den gepflasterten Hof mit alten Bäumen, wie sie selten sind in diesem Viertel. Doch selbst an solchen Tagen bleibt Falter lieber im luftigen Inneren. Die Portale im Osten und Westen stehen meistens weit offen, und ein weicher Wind weht durch die Halle. Menschen zu beobachten, die sich hierher verirren, weil sie eine Kirche vor sich glauben, gehört zu Falters köstlichsten Momenten im »Heilig Geist«. Wie sie im Osten energisch eintreten, mit den Fotoapparaten vor der Brust, und sogleich prüfend den Blick heben zum Kreuzgewölbe, es zeitlich bereits einordnen, schließlich kennt man sich aus, die Augen dann hinunterwandern lassen an den Fensterbögen und irritiert an der Espressomaschine stocken. Wie sie sich hastig umsehen, die Kuchenteller und Cocktailgläser in das Bild einsortieren, das sie eigentlich erwartet hatten, und sich dann, den Blick jetzt erneut starr und scheinbar interessiert auf die Decke geheftet, nach Westen rasch wieder hinausbewegen. Nie ist einer der Verirrten auf die Idee gekommen, von der geplanten Besichtigungsroute abzuweichen und im »Heilig Geist« einzukehren. Falter hat es jedenfalls noch nie erlebt.

Er sitzt an einem kleinen Zweiertisch in der Ecke. Der Platz ist mit Bedacht gewählt. Das Publikum des »Heilig Geist« pflegt zwar für gewöhnlich keine Notiz von anderen Gästen zu nehmen, aber für das Gespräch mit Silvia Münster will er jeden Zuhörer ausschließen. Er ist zu früh da, aber auch das mit Bedacht. Falter ist ein aufmerksamer und langsamer Speisekartenleser. Mancher Begleitung knurrte bereits ungeduldig der Magen, bevor Falter überhaupt zum Studium der Hauptspeisen gelangt war. Wenn Silvia Münster eintrifft, will Falter seine Wahl schon getroffen haben. Während er die Karte liest, streicht sein Zeigefinger über die Beule auf der Stirn. Sie erinnert ihn an den Nachmittag, der hinter ihm liegt. Mindestens eine halbe Stunde lang hatte Falter unter der Dusche gestanden und sich immer noch kalt und schmutzig gefühlt. Nur mühsam hatte er dem Drang widerstanden, das Fenster aufzureißen und zu schreien. Er war in sein Bett gekrochen und hatte sich eingerollt und war eingeschlafen wie ein Kind nach ungetröstetem Kummer.

Er wird Fisch nehmen, auf japanische Art mariniert. Silvia Münster verspätet sich. Als Falter noch nicht Bezirksbeamter in Mainz war mit geregeltem Achtstundentag, hatten ihn die wechselnden Tag-und-Nacht-Schichten um jedes kalkulierbare Privatleben gebracht. Soviel er wusste, hatte Silvia vor drei Jahren geheiratet. Vielleicht gelang ihr der Seiltanz zwischen Freizeit und Beruf.

»Entschuldige die Verspätung. Ich hab keinen Parkplatz gefunden.« Silvia Münster steht vor ihm, legt ihre Hand kurz auf seine und setzt sich, während sie ihre Jacke über die Rückenlehne ihres Stuhls hängt. Sie ist außer Atem, hat rote Wangen, und ihre blonden, schulterlangen Haare schauen unter einer schwarzen Mütze hervor, die sie jetzt abnimmt. Sie sieht gut aus, kaum verändert.

»Warum bist du nicht ins Parkhaus gefahren?«, fragt er.

»Ich geh doch nicht abends allein in ein Parkhaus. Ich würde sterben vor Angst. Kennst du nicht die Statistiken?«

Falter lacht laut auf. Sie ist immer noch derselbe Angsthase wie damals. Manchmal hatte Falter den Verdacht gehabt, Silvia Münster war nur Polizistin geworden, weil sie hoffte, das Verbrechen lasse sie dann wenigstens privat in Ruhe. Sie fürchtete sich, wenn sie abends in der Dämmerung allein nach Hause gehen musste. Sie fürchtete sich in ihrem Zimmer auf der Polizeischule und war erst zum Schlafen zu bewegen gewesen, wenn Falter die Nacht bei ihr verbrachte. Sie hatte Angst, bei Rot über die Ampel zu gehen, und hätte nie ein Flugzeug, eine Seilbahn oder eine Hängebrücke betreten.

»Ich habe einen Riesenhunger. Seit heute Morgen bin ich nicht zum Essen gekommen.« Silvia greift zur Speisekarte. »Darf ich hoffen, dass du schon gewählt hast? Ich erinnere mich, dass du ewig brauchst, um dich für ein Gericht zu entscheiden.«

»Daran hat sich nichts geändert, muss ich gestehen. Ich kann dich aber beruhigen. Ich nehme den japanischen Fisch«, antwortet Falter und winkt der Bedienung in langer weißer Schürze.

»Ach Gott, viel zu gesund. Ich brauch was Fettes. Ich nehm die Ente.«

»Angst um deine Figur scheinst du jedenfalls nicht zu haben«, sagt Falter und gibt die Bestellung auf. Silvia beobachtet ihn. Wie er auch für sie einen Wein auswählt, einen rheinhessischen Roten, sich selbst für einen Riesling entscheidet. Falter lächelt der Kellnerin hinterher und schaut dann Silvia an. Er ist unsicher, wie er das Gespräch beginnen soll. Sie sieht ihm erwartungsvoll in die Augen, aber er weiß nicht, was sie von ihm erwartet. Er fürchtet, sie wird auch über die Vergangenheit sprechen wollen, ihre gemeinsame Vergangenheit, das kann er ihr nicht verdenken. Sie war ein Opfer seines Stolzes und seiner Unerbittlichkeit geworden und als Erste in den Strudel seiner konsequenten Abkehr vom Leben geraten. Sie hatte ihn angefleht, nicht alles wegzuwerfen, nur weil er sich ungerecht behandelt fühlte, damals auf der Polizeischule. Aber er war unzugänglich gewesen für jedes ihrer Worte.

»Also, was ist los?«, fragt Silvia, und er ist erleichtert, dass sie den Anfang macht.

»Eine alte Frau ist gestorben, und ich halte es für möglich, dass sie umgebracht wurde.« Wie einfach sich dieser Satz plötzlich sagen lässt.

Silvia bläst die Backen auf und stößt die Luft langsam heraus. »Wer ist die Frau, und wie kommst du darauf?«

»Es ist eine Frau, mit der ich befreundet war. Sie wohnt in meiner Nähe. Sie war Diabetikerin, und die Spritze, die ich bei ihr gefunden habe, war manipuliert«, erklärt Falter.

»Was heißt manipuliert?«

»Sie war so eingestellt, dass sie sich eine Überdosis Insulin spritzen musste. Und daran ist sie gestorben. Das glaube ich zumindest.«

»Kannst du das mit der Spritze beweisen?«

»Ich denke schon. Ich habe sie einem Arzt gezeigt, mit dem ich befreundet bin. Er hat herausgefunden, dass jemand an der Spritze rumgespielt haben muss.«

»Wer ist dieser Arzt? Ist er glaubwürdig, ich meine, kennt er sich wirklich aus?«

»Natürlich kennt er sich aus. Der hat doch jeden Tag mit Diabetikern zu tun. Er heißt Ritzen. Arnulf Ritzen.«

»Der Mabuse? Den kenn ich. Ein origineller Typ. Vor allem das Zimmer mit den Schädeln.«

»Dann weißt du ja auch, dass Ritzen ein ausgeprägtes Interesse an morbiden Themen hat. Als er Margarethes Spritze untersucht hat, hat es selbst ihn umgehauen. Damit hatte er nicht gerechnet.«

»Margarethe? Hieß sie so?«, fragt Silvia nach.

»Ja, Margarethe Körner.«

»Wer könnte ein Interesse an ihrem Tod gehabt haben?«

»Das ist genau mein Problem, warum ich mit jemandem reden wollte, der jeden Tag mit Mord zu tun hat. Es gibt jemanden, der von Margarethes Tod profitiert«. Falter erzählt Silvia von Margarethe Körners Wunsch, ihr Haus für Jugendliche zur Verfügung zu stellen, und dass sie starb, bevor sie das testamentarisch festlegen konnte. Und dass jetzt wohl ihr Bruder erbt, ein Grundstückshändler namens Pfaff.

»Pfaff? Meinst du Walter Pfaff?«, fragt Silvia Münster dazwischen.

»Ja. Kennst du den auch?«

»Wer kennt den nicht. Schatzmeister des MCV, Vorsitzender der Bretzenheimer Schützen, Vorsitzender des Grundbesitzervereins. Seine Ambitionen, für die CDU in den Stadtrat zu gehen, stehen oft genug in der Zeitung. Persönlich habe ich allerdings noch nicht mit ihm zu tun gehabt. Ich kenne seine Schwiegertochter.«

»Yvonne?«

»Genau. ›Iwonnsche‹ und ich waren Nachbarskinder. Wir haben damals in Mombach gewohnt. Und irgendwie habe ich immer wieder von ihr gehört. Über andere, oder ich hab sie zufällig getroffen. Zuletzt in einer Metzgerei, wo sie gearbeitet hat. Das war kurz vor ihrer Hochzeit.« Silvia erinnert sich noch sehr gut an diese Begegnung. »Yvonne Pfaff war es offensichtlich unangenehm, die ehemalige Nachbarin bedienen zu müssen. Aber sie hat sich sehr schnell gefangen und sich aufgeführt, als gehöre ihr der ganze Laden. Das konnte sie immer schon gut. So tun, als sei sie eine Prinzessin. Als Kind ist ihre Mutter immer um sie rumgetippelt und hat ›mein Iwonnsche‹ gerufen und sich das Geld vom Mund abgespart, damit ›Iwonnsche‹ die schönsten Kleider tragen konnte. Und dann steht das ›Iwonnsche‹ in der Kittelschürze zwischen Blutwurst und Sülze.« Silvia grinst Falter an. »Aber mit dem Sohn vom Pfaff hat sie wohl den großen Fang gemacht. Der scheint ja echt Geld zu haben.«

»Mit Fleischwurst hat sie jedenfalls nur noch privat zu tun«, antwortet Falter und erzählt ihr vom Leichenschmaus nach Margarethe Körners Beerdigung und seinem Gespräch mit Yvonne Pfaff.

»Ich hatte den Eindruck, dass sie sehr gut Bescheid wusste über Margarethe Körners Haus und die Pläne, die ihr Schwiegervater damit hat. Sie wirkte sehr selbstsicher.«

»Stimmt, an Selbstbewusstsein mangelte es ihr nie. Irgendwie auch bewundernswert, dieser Wille.«

Zwei Kellner steuern auf ihren Tisch zu. Während der eine das riesige Tablett hält, hebt der andere die Speisen mit wichtiger Geste herunter und stellt sie auf Falters und Silvia Münsters Platz. Die ersten Bissen genießen beide schweigend. Falters Fisch ist süßscharf, mit viel Ingwer und Meerrettich und so zart, dass er auf der Zunge schmilzt. Silvia kaut etwas schwer an ihrer Ente und spült mit dem 93er Dornfelder nach, den Falter ihr empfohlen hat.

»So, und jetzt sag mir mal deinen Verdacht. Meinst du, Walter

Pfaff ist der Mörder?«, fragt sie Falter und zerteilt ein zierliches Kartoffelplätzchen.

»Ich weiß es nicht, aber er ist auf alle Fälle ein Nutznießer. Er ist der einzige Verwandte, und wenn sie keinen anderen als Erben eingesetzt hat, fällt alles an ihn. Es sieht zwar so aus, als habe er genug Geld und sei nicht auf Margarethes Haus angewiesen. Aber vielleicht stimmt das auch gar nicht. Deshalb brauche ich deinen Rat. Wie kann ich an ihn herankommen, ohne dass er etwas merkt? Ich brauche Informationen über seine finanzielle Situation. Außerdem heißt es, er habe Kontakte zur Stadtverwaltung, für die reichlich Geld geflossen sein soll. Mit deiner Hilfe könnte ich herausfinden, ob das stimmt.« Falter schaut Silvia unsicher an. Sie stehen an einem heiklen Punkt. Was Falter verlangt, geht weit über das normale Maß eines Freundschaftsdienstes hinaus. Silvia sagt lange nichts. Sie hält die Augen auf den Teller vor sich gerichtet und isst mit der Präzision eines Gabelstaplers.

Falter ist fertig mit dem Fisch. Während er auf Silvias Antwort und das Ende ihrer Mahlzeit wartet, starrt er in sein Weinglas, führt die Nase weit hinein, schnuppert und nimmt kleine Schlucke, die er kauend im Mund wirken lässt. Falter trinkt zu selten Wein, um ein Kenner zu sein, und auch das intensive Ritual, das er hier betreibt, bringt ihn nicht der Erkenntnis näher, ob es ein guter oder ein schlechter Wein ist. Er schmeckt ihm. Einfach so.

»Ich glaube nicht, dass ich das tun kann«, unterbricht Silvia Münster die Stille. Ihr Teller ist leer bis auf ein Gerüst aus Entenknochen. Bevor Falter etwas erwidern kann, spricht sie weiter. »Du erzählst mir von einem Mord, hast Beweise für deine Theorie, es gibt sogar einen Verdächtigen. Was soll ich deiner Meinung nach jetzt machen? So tun, als sei ich nicht bei der Mordkommission? Benno, ich müsste den Fall eigentlich an mich ziehen, und du wärst draußen. Weißt du das nicht?«

»Natürlich weiß ich das. Aber ich hatte gehofft, du würdest mir trotzdem helfen. Ich habe niemanden sonst. Aber es ist wohl zu viel verlangt. Das sehe ich ein. Entschuldige. Lass uns von etwas anderem reden. Möchtest du Nachtisch? Die Creme Brulee ist großartig.«

»Das ist wieder mal typisch Benno Falter. Sobald dir jemand Widerstand leistest, gehst du in Deckung und kommst nicht mehr raus. Genau wie früher. Du hast niemanden mehr an dich rangelassen. Die Zähne hab ich mir an dir ausgebissen, damals, als das mit dem Foto passiert ist.« Da ist sie, Silvias alte Wut. Sie liegt zitternd zwischen ihnen auf dem Tisch. Sie berührt Falter kalt am Herzen. Er würde gern etwas Versöhnliches sagen, aber seine Kehle ist trocken. Er stürzt den Rest des Weins hinunter und winkt einem Kellner.

»Für mich noch einen Riesling und für dich, Silvia? Nimmst du die Creme Brulee?« Sie nickt und schweigt mit gesenktem Blick.

»Silvia, es tut mir Leid«, sagt Falter leise und beugt sich zu ihr über den Tisch. »Ich möchte dir etwas erklären, vielleicht kannst du mich dann verstehen. Es hat sich so viel aufgestaut in all den Jahren, und seit Margarethes Tod bricht alles auf. Ich hatte so große Pläne mit mir selbst, ich wollte ein Held sein, einer, der gegen das Verbrechen kämpft. Ich war so elektrisiert von dieser Vorstellung, dass die Sache mit dem Foto für mich wie ein Stromausfall war. Ich habe fast zwanzig Jahre lang nichts mehr wichtig nehmen können, und jetzt ist mir zum ersten Mal wieder etwas wirklich wichtig. Ich will wissen, was mit Margarethe passiert ist, und wenn es tatsächlich Mord war, wer sie umgebracht hat. Aber es war ein Fehler, mit dir darüber zu sprechen. Ich wusste mir keinen anderen Rat. Du bist die Einzige, die mir eingefallen ist und der ich vertraue. Aber ich verstehe, dass du mir nicht helfen kannst. Deshalb bitte ich dich, unser Gespräch zu vergessen.«

»Das kann ich nicht, Benno. Wenn du nur wissen willst, was mit Margarethe Körner passiert ist, warum soll das nicht die Mordkommission machen?«

»Weil das mein Fall ist. Mein ganz persönlicher Fall. Ich habe das Gefühl, dass alles für mich davon abhängt.«

»Weißt du, wie sich das anhört? Das klingt nach privatem Feldzug. Du weißt hoffentlich, dass persönliche Gefühle bei einer Ermittlung nichts zu suchen haben.«

Sie hat so verdammt Recht. Aber das kann er nicht zugeben.

»Ich mache dir einen Vorschlag«, sagt Silvia. »Ich werde mich eine Zeit lang heraushalten. Aber du musst mir versprechen, dass du mich in der Sache Körner regelmäßig auf dem Laufenden hältst. Und ich werde dazwischengehen, wenn du Mist baust. Klar?«

»Klar.«

Der Kellner stellt einen weißen Teller mit hohem Rand vor Silvia Münster. Über die Zuckerkruste der gebrannten Creme sind Lavendelblüten gestreut. Silvia senkt den Kopf und atmet den Duft ein.

»Lavendel«, sagt sie.

Provence, Schlafsack, Liebe, Zelten, denkt Falter. Drei Wochen lang war er damals mit Silvia durch Frankreich getrampt. Dunkelbraun mit Sommersprossen im Gesicht waren sie an die Polizeischule zurückgekehrt, den Geruch von Sonnenmilch und Straßenstaub noch in den Kleidern. Als er in sein Zimmer gekommen war und den Rucksack auf das Bett geschmissen hatte, hatte dort ein Zeitungsausschnitt gelegen. Es war ein Artikel mit einem Foto gewesen. Am rechten Rand war mit rotem Filzstift ein Kreis eingezeichnet. In der Mitte dieses Kreises war ein Gesicht. Sein Gesicht.

Er hatte die Haare damals länger getragen, und das Licht war nicht sehr gut gewesen. Trotzdem war Falter zu erkennen, wenn man genau hinsah. Den ganzen Tag hatten sie vor den Kasernentoren in Mutlangen gesessen und gegen Pershing-II-Raketen demonstriert. Friedliche Blockade nannten sie es. Mit Schlagstöcken, Helmen und Schilden ausgerüstete Polizeieinheiten hatten einen Kreis um die Demonstranten gebildet. Falters Kollegen. Sein Gesicht war eines unter Tausenden gewesen, unscheinbar und bedeutungslos im Einzelnen. Aber alle, die sie dort saßen oder standen, nächtelang ausharrten, sich wegtragen und beschimpfen ließen, hatten das Gefühl, eine starke Gemeinschaft zu sein, die letztlich siegen würde. Wenn auch nur moralisch. Sie hatten sich im Recht gefühlt in ihrem Widerstand gegen den Staat, der zuließ, dass Deutschland zur Drehscheibe der Nachrüstung wurde.

Ein alter Mann mit Baskenmütze war für die Demonstranten zum Vorbild geworden. Gelesen hatten sie alles von ihm, manches freiwillig, das meiste noch in der Schule als Pflichtlektüre. Nobelpreisträger war er, davon gab es nicht viele in Deutschland. Falter hatte ihn sofort erkannt, als er in Mutlangen angekommen war. Der Alte hatte als Einziger erhöht auf einem Klappschemel gesessen, wie ihn Angler benutzen, wenn sie am Ufer auf einen Biss warten. Zu seinen Füßen lagerten Bewunderer und weniger Prominente, Politiker unter ihnen, die später erst Bedeutung bekommen sollten.

»Wir gefährden die Demokratie nicht, wir machen Gebrauch von ihr«, hatte der alte Mann gesagt, und weil er Heinrich Böll hieß, hatten alle Zeitungen darüber geschrieben. Den ganzen Tag schon waren Fotografen um ihn gewesen. Falter hatte sie gesehen, aber nicht damit gerechnet, dass im Weitwinkel um den alten Mann auch sein Gesicht eingefangen werden würde. »Heinrich Böll demonstriert in Mutlangen« würde am anderen Tag über dem Foto stehen, und es würde Falters Leben verändern.

Zu dieser Zeit hatte sich Falter stark und im Recht gefühlt. In allem, was er tat. Er war der Beste seines Jahrgangs, deshalb nicht bei allen beliebt, aber anerkannt. Falter hatte den Zeitungsausschnitt auf seinem Bett als Geste der Zustimmung verstanden. Tatsächlich sollte er eine Warnung sein.

Vierundzwanzig Stunden später saß Falter im Dienstzimmer seines Vorgesetzten, Polizeirat Wolf Horstmann. Es war noch früher Morgen. Trotzdem hing bereits dichter Zigarettenqualm im Raum. Als habe Horstmann die Nacht rauchend in seinem Zimmer verbracht. In Falter stieg leichte Übelkeit hoch. Er hatte noch nicht gefrühstückt und vertrug damals den Geruch von Zigaretten auf nüchternen Magen nicht. Vor Horstmanns Schreibtisch war ein einzelner Stuhl zurechtgestellt worden. Er stand in der exakten Verlängerung des braunen Bürosessels, auf dem Horstmann zurückgelehnt saß, eine brennende Zigarette in der Hand. Falter setzte sich, ohne eine Aufforderung abzuwarten. Es gab Polizisten, die legten Wert auf die vorgeschriebene Choreografie im Umgang mit Ranghöheren. Horstmann gehörte nicht dazu. Er wedelte den Qualm vor seinem Gesicht beiseite und drückte die Zigarette in den Aschenbecher. Dann schlug er mit den flachen Händen auf die grüne Schreibtischunterlage vor sich und meinte, ein Kaffee sei jetzt das Beste. Statt seiner Sekretärin im Vorzimmer durch die Sprechanlage den Auftrag zu erteilen, erhob sich Horstmann und ging nach nebenan. Wenig später kam er mit einem Tablett zurück und schloss die Tür mit der Schulter. Während sich Falter und Horstmann einschenkten, blieb es still. Ein anderer als Falter hätte jetzt etwas gesagt, um Brücken über das Schweigen zu bauen. Es gehörte zu Falters Strategie, dies nicht zu tun. Er saß nur da und wartete. Unnahbar wirkte er dadurch, überlegen, souverän. Seine Mutter hatte es verstockt genannt und ihn mit Schlägen zum Reden zwingen wollen. Geändert hatte es nichts.

Polizeirat Horstmann hatte sich eine neue Zigarette angezündet und Falter durch den Rauch fixiert, den Blick aber bald wieder gewendet. Das sei eine dumme Sache, hatte er gesagt, und er müsse ihr nachgehen, dafür müsse Falter Verständnis haben. Horstmann nahm ein Blatt Papier aus der Schreibtischschublade und reichte es Falter. Es war eine Kopie des Zeitungsausschnitts auf Falters Bett. Das sind Sie doch, hatte Horstmann gefragt und um eine Erklärung gebeten. Natürlich, wer sonst, und was daran so ungewöhnlich sei, hatte Falter geantwortet und plötzlich, erst in diesem Moment, erkannt, dass das ein Verhör werden sollte. Und es an ihm war, sich zu verteidigen.

»Kannst du dich noch an Horstmann erinnern?«, fragt Falter und lächelt Silvia Münster an. Er hat wieder dieses Zimmer vor Augen und den Rauch und die beiden traurigen Zimmerpflanzen, in deren Erde Horstmann die kalten Reste seiner Kaffeetasse kippte.

»Er ist letztes Jahr gestorben. Kurz vor der Pension«, antwortet Silvia. »Hat sich wahrscheinlich zu Tode geraucht.«

»Das tut mir Leid. Nein wirklich«, sagt Falter, als er ihren zweifelnden Blick sieht. »Ich trage ihm nichts nach. Er war vielleicht der Einzige, der versucht hat, mir zu helfen. Abgesägt haben mich ganz andere Leute.«

»Mensch, Falter«, hatte Horstmann damals gesagt, »Sie wollen doch Polizist werden. Da können Sie nicht einfach auf eine solche Demonstration gehen. Ach, was sag ich, eine Blockade war das da in Mutlangen. Und Sie mittendrin, und Ihre Kollegen auf der anderen Seite.«

Seine politische Überzeugung habe nichts mit seinem Beruf zu tun, hatte Falter geantwortet und geglaubt, was er sagte.

»Kommen Sie denen da oben bloß nicht mit Gewissensfreiheit. Sie sind hier, um dem Staat zu dienen, nicht um ihn zu bekämpfen. Privat können Sie ja denken, was Sie wollen, aber lassen Sie den Quatsch bleiben, Ihre Überzeugungen auch noch überall zu zeigen.« Horstmanns Ton war eindringlich geworden. Freundlich immer noch und wahrscheinlich ehrlich besorgt, aber eindringlich. Falter wusste, dass er jetzt Reue zeigen und so tun musste, als habe er sich über die Wirkung seines Handelns keine Gedanken gemacht. Dann würde Horstmann dafür sorgen, dass die Sache aus der Welt kam.

»Ich bin in Mutlangen gewesen, weil ich mich bedroht fühle durch einen Staat, der es zulässt, dass hier Massenvernichtungswaffen stationiert werden«, sagte Falter stattdessen, und seine Antwort klang wie ein Statement der Friedensbewegung. »Wir haben friedlich demonstriert und von unserem demokratischen Recht Gebrauch gemacht, unsere Meinung zu äußern. Ich habe weder Sachen beschädigt noch Polizisten angegriffen. Was also kann man mir vorwerfen?«

»Sie haben den Staat angegriffen, Mann, kapieren Sie das nicht?«, hatte Horstmann Falter angeschrien.

Und Falter hatte zurückgeschrien: »Dann hat er es auch nicht anders verdient.« Das war ein Fehler gewesen. Falter hatte den Satz bereut, noch in dem Moment, da er seinen Mund verließ, aber die Worte waren nicht mehr aufzuhalten gewesen. Horstmann hatte ihn angeschaut wie unter Schmerzen. Und langsam den Kopf geschüttelt, als könne er nicht verstehen, wieso da jemand ganz anderer Meinung war als er. Sie waren alle Polizisten oder wollten es werden, also hatten sie auch nur ein Ziel.

»Machen Sie sich doch nicht alles kaputt, Falter. Glauben Sie, der da«, Horstmann zeigte mit dem Daumen auf das Bild des Innenministers an der Wand hinter sich, »der unterschreibt Ihre Ernennungsurkunde, wenn er erfährt, was Sie mir gerade gesagt haben? Sie sind erledigt, wenn Sie damit nicht aufhören.« Falter hatte auf das Foto an der Wand geschaut, das zur gleichen Zeit in Tausenden anderen Amtstuben hing, und ihm war mit einem Mal klar geworden, dass ein einziger Mensch genügte, um über das Schicksal eines anderen zu entscheiden. Das Lächeln auf Innenminister Zimmermanns Gesicht war nur eine Täuschung. Sein Mund würde sich zu einem harten Strich verzerren, und er würde den Daumen nach unten senken. So wie er es vielleicht auch bei anderen tun würde, die in diesem Jahr gegen die Nachrüstung demonstrierten.

»Ich werde damit nicht aufhören«, hatte Falter gesagt, »und ich sage Ihnen auch, warum. Ich glaube an Recht und Gerechtigkeit, da brauchen Sie jetzt gar nicht die Augenbrauen hochzuziehen. Und weil ich daran glaube, will ich Polizist werden. Aber ich will kein Polizist werden, der nur tut, was der Staat von ihm erwartet.« Ein Staat, der sich immer im Recht fühle, könne nicht für Gerechtigkeit sorgen, und ein Staat, der die Grundrechte seiner Bürger missachte, erst recht nicht. In einen Rausch hatte Falter sich geredet. Wie man so redet, wenn man einundzwanzig ist und sich die Ideale stapeln wie Ikea-Regale. Horstmann hatte ihn nicht unterbrochen und auch dann noch geschwiegen, als Falter längst fertig war mit seiner Rede. Er hatte auf seine brennende Zigarette gestarrt und auf einmal wie ein trauriger alter Mann ausgesehen, dessen Rat nicht mehr gefragt ist. Es sei alles gesagt, hatte Horstmann schließlich die Stille unterbrochen, und er könne jetzt nichts mehr für Falter tun. Entschieden würde sowieso weiter oben, aber das wisse Falter ja selbst. Sie waren mit einem Händedruck auseinander gegangen, und um diesen Mann, den er enttäuscht hatte, hatte es Falter Leid getan.

»Du hast damals jeden mit deinem Zorn gegen die Wand geschleudert. Wer nicht für dich war, war gegen dich. Das hast du auch von mir geglaubt. Ich war so verletzt, und es hat so verdammt lange gedauert, bis der Schmerz kleiner wurde.« Silvia Münsters Stimme klingt nicht vorwurfsvoll, aber sehr müde. Jetzt, da sie endlich über die Vergangenheit reden, will sie plötzlich nicht mehr erinnert werden, denn der Benno Falter, der hier vor ihr sitzt, reißt den ganzen Schmerz wieder auf.

Nie hatte es ein offizielles Disziplinarverfahren gegeben, niemand hatte Falter noch einmal zu seinen Überzeugungen befragt.

Er war wortlos kaltgestellt worden und hatte die ganze Einsamkeit des Außenseiters erfahren. Die Mitschüler gingen höflich mit ihm um, die Lehrer übersahen ihn. Die Polizeischule verließ Falter mit mäßigen Noten, die ihn nicht für eine glänzende Laufbahn empfahlen. Es war, als klebte ein dunkler Punkt auf seiner Stirn, ein Code, den jeder zu entschlüsseln wusste, der ihm begegnete. Es war ein sinnloser Tanz, sich aufzulehnen gegen die wortlose Ächtung. Besser sein zu wollen als die Kollegen, fleißiger, gerechter oder gewissenhafter. Die unsichtbare Haut, die ihn von den anderen trennte, war nicht zu durchstoßen gewesen, und irgendwann wollte er es auch nicht mehr. Er tat seinen Dienst und schrie. Jeden Morgen.

»Ich habe nie verstanden, warum du dich so abgeschottet hast. Wie du dich durch diese blöde Sache so runterziehen lassen konntest. Irgendwann muss man sich doch von der Vergangenheit befreien«, sagt Silvia.

»Vielleicht fange ich ja jetzt damit an«, antwortet Falter. Er würde selbst gern daran glauben und Silvia sagen, dass es noch nicht zu spät fürs Leben wäre, aber das kann er nicht. Dafür ist zu viel passiert. Sie weiß ja nicht, was er noch getan hat. Auf dieser dunklen Landstraße am Rhein. Niemand weiß das. Falter legt beide Hände auf sein Gesicht und reibt sich die Augen. Vielleicht wäre jetzt der Moment, um sein Gewissen zu erleichtern. Silvia ist der einzige Mensch, dem er auch das anvertrauen würde. Aber darf er sie damit belasten? Nicht jetzt. Ein andermal. Vielleicht.

Es ist spät. In dem hohen, langen Raum wirken die beiden Menschen in der Ecke wie die übrig gebliebenen Besucher eines Gottesdienstes, die über ihre Andacht die Zeit vergessen haben. Falter und Silvia Münster betrachten die Reste in ihren Weingläsern und wollen sich nicht aus dem Augenblick lösen. Sie haben sich gemeinsam erinnert und versucht, die Bitterkeit aus ihrer Vergangenheit herauszuschneiden.

Der Kellner schiebt einen kleinen weißen Teller mit der Rechnung zwischen Falter und Silvia Münster und murmelt etwas von »spät« und »schließen«. Falter sucht umständlich nach seinem Geld. Der Wein und die Ruhe, die in ihm sind, machen seine Bewegungen langsam. Draußen ist es menschenleer. Eine außergewöhnliche Stille liegt über dem Viertel, kein Auto rast über die Rheinstraße. Die kalte Luft schießt Falter in Nase und Ohren. Er schlägt seinen Mantelkragen hoch und greift nach Silvias Hand. Nebeneinander gehen sie zum Fischtorplatz, am Rathaus vorbei, das in der Dunkelheit noch mehr wie ein Gefängnis aussieht als bei Tageslicht. Es sind nur wenige Schritte bis zu Silvias Auto. Der Weg lässt sich nicht verlängern, dafür ist es zu kalt und die neue Vertrautheit zwischen ihnen noch zu frisch.

Sie stehen voreinander, und Falter sagt heiser, dass ihr Mann sicher schon warte, und sie antwortet, der warte schon lange nicht mehr. Und sie weiß, dass sie etwas gesagt hat, das jetzt zwischen ihnen steht und auf eine Reaktion wartet, aber Falter weiß nicht, was er sagen soll. Sie legt den Kopf an seine Brust, nur ganz kurz, zu schnell für Falter, um ihr mit den Armen zu antworten. Eine Möglichkeit steht vor ihm, ganz nah und warm, mit weichem Haar und vertrauten Lippen, immer noch. Der braune Rücken. Die Haut, die sich an die Scheiben drückt. Es wäre so leicht, so verlockend. Vorbei. Silvia Münster hat sich von ihm weggedreht und schließt ihr Auto auf. Falter sieht regungslos zu, wie sie die Tür öffnet und sich hinter das Steuer setzt. Er kann sie nicht gehen lassen ohne ein Zeichen. Vielleicht eine Art Versprechen. Er weiß auch nicht. Er kniet sich neben sie und greift ihre Hände. Sie sind rau und kindlich und kalt. Falter umschließt sie und haucht seinen warmen Atem hinein.

»Es war sehr schön heute Abend«, flüstert er zwischen die Finger, aber sie hört es trotzdem. Sie nickt und holt sich ihre Hände behutsam zurück. Sie will nach Hause, und sie will keine Versprechen. Jetzt nicht.

VIER

Als Falter am nächsten Morgen erwacht, ist es schon hell. Seine innere Uhr hat zum ersten Mal verschlafen. Er fühlt sich stark, wie am ersten Tag nach einer langen Krankheit, wenn das Gift sich geschlagen gegeben hat und die Kraft zurückkehrt. Auf seinem Anrufbeantworter ist die Stimme von Erika Hess, die ihn für den Nachmittag einlädt. Es ist eine Woche her, seit er sie zum letzten Mal gesehen hat, und er bedauert, sich so lange nicht gemeldet zu haben.

Als er vor ihrem Haus steht, öffnet sich die Eingangstür, und ein Mann prallt gegen Falters Brust. Ohne Entschuldigung schiebt er sich vorbei und geht mit schnellen Schritten die Straße hinunter. Falter schaut ihm kurz nach und steigt dann die Treppe zu Erika Hess' Wohnung im ersten Stock hinauf. Erst nach dem zweiten Klingeln wird ihm geöffnet. Erika Hess begrüßt ihn strahlend und dankt ihm für die gelben Rosen, für die sie in der Küche eine Vase sucht. Falter geht ins Wohnzimmer und nimmt den Geruch von Zigarettenrauch wahr, was ihn wundert. Er hat sie nie rauchen sehen. Er öffnet das Fenster, um frische Luft hereinzulassen. Von hier oben kann er auf Margarethe Körners Garten schauen. Der Walnussbaum hat schon fast keine Blätter mehr, und unter ihm auf dem Boden liegen die Nüsse mit aufgeplatzter Schale, schwarz und weich. Niemand hat sie in diesem Jahr aufgehoben, die Schalen abgelöst und sie zum Trocknen auf den Küchentisch gelegt. Das Laub der Bäume hat sich im ganzen Garten verteilt. Rote, gelbe, braune Blätter torkeln im Wind über den Rasen.

»Um die Walnüsse ist es schade«, sagt Erika Hess und tritt neben ihn.

»Warum gehst du nicht rüber und holst sie dir?«, fragt Falter, aber sie macht nur eine abwehrende Handbewegung und zeigt auf ihren Rücken, der ihr seit Tagen wehtut. Es gibt Marmorkuchen, wie immer sonntags, aber es ist nicht Sonntag und nicht Margarethes Marmorkuchen. Falter isst ihn trotzdem. Gleich wird Erika Hess ihn fragen, was er herausgefunden hat, und er weiß nicht, wie viel er ihr sagen soll und darf. Dass er sich um Walter Pfaff kümmern und nachforschen will, wie es finanziell um ihn steht? Seit dem Gespräch mit Silvia Münster ist ihm klar, dass er sich auf dünnem Eis bewegt.

»Was ist mit der Spritze?«, fragt Erika Hess.

»Mit der stimmt etwas nicht. Es sieht so aus, als habe jemand die Insulinmenge manipuliert.«

»Aha«, sagt sie. »Und das heißt?«

»Das heißt, dass sich Margarethe eine Überdosis spritzen musste, weil das jemand so wollte.«

»Und wer war das?«

»Jemand mit einem Motiv.«

»Walter?«

»Pfaff, ja. Das ist immer noch eine Möglichkeit. Aber wir müssen in alle Richtungen denken.«

»Tut mir Leid. Das kann ich nicht. Ich kenne niemanden, dem ich so etwas sonst zutrauen würde.«

Falter hatte erwartet, dass Erika Hess heftiger reagieren würde. Dass sie gemeinsam darüber nachdenken würden, wer Margarethes Tod gewollt haben könnte. Sie sind zum ersten Mal unter sich, ohne Margarethe, und jetzt fehlt irgendwie die Verbindung. Er will sie einbeziehen in seine Überlegungen und erzählt ihr von Yvonne und Walter Pfaff und was er an der Scheibe des Schwimmbads gesehen hat. Ihre Überraschung ist echt, die Empörung, die darauf folgt, ebenso. Dem eigenen Sohn die Frau wegzunehmen sei ja wohl die größte Gemeinheit, die sie je gehört habe, aber passe genau in das Bild, das sie von Pfaff habe.

»Der Mann hat keine Skrupel, kann ich dir sagen.« Nicht mal das Trauerjahr habe er eingehalten, der geile Bock. Für einen Mann Ende fünfzig sei das eine Schande. Wo der überhaupt die Kraft hernehme. Aus Erika Hess spricht Zorn, und Falter ist versucht, ihn Hass zu nennen, aber er kann sich nicht vorstellen, wo der herkommen könnte.

»Die Anna ist noch kein Jahr tot, wusstest du das?«, fragt Erika Hess, und Falter muss ihr nach kurzem Nachdenken Recht geben. Anna Pfaff, Walters Frau, war im Dezember des vergangenen Jahres gestorben. Plötzlich und unerwartet, wie es in der Todesanzeige hieß. Sie war die einfache Frau geblieben, die sie vor dem neuen Reichtum gewesen war. Die Arbeit auf dem Feld fehlte ihr, und schwimmen konnte sie nicht. Sie hatte ihr leeres Leben mit einer frommen Glaubensgemeinschaft füllen wollen und war während eines Erweckungsgottesdienstes einem Hirnschlag erlegen. Walter Pfaff hatte ihr eine Art Mausoleum errichten lassen, nach dem Vorbild eines Mainzer Industriellen, dessen Grabstätte dorische Säulen umstanden. Pfaff war nur insoweit von seinem Vorbild abgewichen, als er statt des roten Sandsteins Alabaster verarbeiten ließ. Auf dem kleinen Stadtteil-Friedhof wirkte Anna Pfaffs Grabmal genauso fremd wie Kartoffel-Tara draußen auf dem Feld. Falter hatte es trotz seiner Scheußlichkeit als ein Zeichen der Liebe empfunden, ein bisschen wie ein Monument des Schmerzes, das die Zeit überdauern sollte. Ein Irrtum wohl.

»Ich frage mich, was Yvonne Pfaff davon hat. Ich meine, ich kann mir nicht vorstellen, dass sie es aus Liebe tut«, sagt Falter. Die stämmigen weißen Beine und die bläulichen Füße. Der braune Rücken. Falter muss an Thomas Pfaff denken, den betrogenen Ehemann und Sohn. Wie er auf dem Sofa gesessen und den Wein in langen Zügen getrunken hatte. Er wusste nicht einmal, was Thomas Pfaff den ganzen Tag machte. Hatte er einen Beruf oder war er nur Sohn?

»Was sie davon hat?«, fragt Erika Hess zurück. »Geld natürlich. Oder glaubst du, der Alte gibt dem Thomas genug? Der Junge ist ein ganz armer Hund. Fürs Geschäft zu doof, aber was anderes lässt ihn der Alte nicht machen. Und wer nicht arbeitet, kriegt kein Geld, da ist der Pfaff knallhart. Die Yvonne wird sich mit den paar Kröten ihres Mannes nicht zufrieden gegeben haben. Also muss sie den Goldesel selbst reiten, wenn du verstehst, was ich meine«, sagt Erika Hess mit demselben Lächeln, das Falter bei Männern beobachtet, die sich zotige Witze erzählen. Er hat nie mitlachen können bei solchen Gelegenheiten, weil er innerlich ganz kalt und steif wurde. Erika Hess mag Recht haben mit ihrer Bemerkung, aber die Verachtung, die aus ihren Worten spricht, stößt Falter ab. Er möchte gehen und die Enge des Wohnzimmers und die Nähe der Frau abschütteln. Aber es ist zu früh zum Gehen, und unhöflich will Falter nicht sein. Er rettet sich mit Geplauder und fünf Stücken Marmorkuchen über die nächste Stunde und bricht dann auf. Nach Hause will er noch nicht. Er braucht frische Luft und Klarheit in seinem Kopf.

Mit großen Schritten lässt er die letzten Häuser am Stadtrand hinter sich und läuft den weiten Weg über Marienborn zum Oberolmer Wald hoch. Es riecht nach Pilzen, die im Unterholz modern, und welkem Laub. Obwohl es schon dunkel ist, sind noch viele Jogger unterwegs. Arnulf Ritzen fällt ihm ein und dass er sich unbedingt wieder bei ihm melden muss.

Die Bewegung tut gut. Das Gefühl aus Erika Hess' Wohnzimmer hat seinen Körper verlassen. Sein Widerwille von vorhin hat sich beruhigt. Vielleicht war es unfair, Erika an einer einzigen Bemerkung zu messen. Das Bedauern darüber sitzt wie ein Kloß hinter seinem Brustbein. Falter biegt vom Weg ab und läuft geduckt ins Dickicht der Bäume. Hierher wird ihm kein Jogger folgen. Auf einer kleinen Lichtung steht eine einsame Buche. Mit einem Sprung erreicht Falter ihren unteren laublosen Ast. Seine Hände umfassen das feuchte Holz. Eine Weile baumelt sein langer Körper über dem Waldboden, dann schreit er.

Mit lehmigen Schuhen und verschmierten Fingern tritt er kurze Zeit später zurück auf den Wanderweg. Die Hände reibt er sich an seiner Jeans ab, aber sie riechen weiter nach Harz und schlechtem Wetter. Die feuchte Kälte des Abends legt sich wie ein eisiger Vorhang auf ihn. Er freut sich auf heißen Tee und Suppe, wenn er nach Hause kommt, und einen alten Schwarzweißfilm mit Katherine Hepburn, der um Viertel nach acht beginnt.

Der Zuweg zu Falters Haus ist nur schwach beleuchtet. Da die Außenlampe an der Haustür defekt ist, bleibt Falter unter einer Straßenlaterne stehen und sucht nach dem Hausschlüssel. Mit zusammengekniffenen Augen geht er weiter. Nach der Helligkeit der Laterne muss er sich an die Dunkelheit des Hauses vor ihm gewöhnen. Irgendetwas ist da. Etwas Dunkles an den Briefkästen, neben den Klingeln. Als Falter die Stufe vor der Eingangstür erreicht, erkennt er einen Vogel, dessen Kopf im Schlitz eines Briefkastens steckt. Der Körper hängt schlaff herunter. Blut läuft in einer dünnen Bahn über die Wand und tropft auf den Boden. Falter berührt den Vogel und spürt noch dessen Wärme. Behutsam zieht er ihn aus dem Briefkasten. Es ist ein Hahn. Seine Kehle ist durchgeschnitten. Falter steht mit dem Tier in den Händen reglos da, als von innen die Treppenhausbeleuchtung angeht. Gleich wird einer seiner Nachbarn aus der Tür treten und ihn blutverschmiert mit einem toten Hahn im Arm finden. Falter läuft um die Ecke zu den Mülltonnen und wirft den Hahn hinein. Er wartet dort, bis das Paar aus dem zweiten Stock das Haus verlassen hat. Kurz bevor die Treppenhausbeleuchtung erlischt, ist Falter wieder bei den Briefkästen. Mit einem Taschentuch versucht er, das Blut abzuwischen. Seine Hände zittern. Dort, wo der Kopf des Hahns gesteckt hat, sind kleine Federn hängen geblieben. Es ist der Briefkasten von B. Falter.

*

Es ist sechs Uhr am Montagmorgen. Falter ist ohne Wecker wach geworden, seine innere Uhr funktioniert wieder. Der Gang zum Fenster kostet Kraft. Sein Kopf schmerzt, das könnte am Rotwein liegen, den er gestern Abend getrunken hat. Übel ist ihm auch, jetzt, nachdem er das Fenster geöffnet hat und die eisige Morgenluft gegen sein Gesicht prallt. Nur nicht die Augen schließen, tief atmen. Und laut schreien. Falter schreit wieder. Nur der Hahn antwortet ihm nicht mehr. Aber Ernst Brendel von gegenüber winkt. Fast ein bisschen erleichtert. Falter hebt ebenfalls die Hand und lächelt matt. Auf die Zigarette am offenen Fenster verzichtet er lieber. Es ist ein Moment guter Vorsätze. Nie wieder rauchen. Nie wieder trinken. Nie wieder Mörder suchen. Das Blut an den Briefkästen ist verblasst. Aber Falter hat die Warnung verstanden. Da will jemand, dass er seinen Mund hält. Wegen Margarethe? Würde Pfaff sich seinetwegen die Hände schmutzig machen? Oder hat es gar nichts mit Margarethe zu tun, sondern vielmehr mit dem, was er in der Schwimmhalle beobachtet hat? Dann käme auch Yvonne in Frage.

Am liebsten würde er sich ergeben, so wie er sich fühlt. Der Schrei hatte keine Wirkung, vielleicht hilft ein Schmerzmittel oder die Routine des Alltags. Mit schweren Schritten verlässt er das Haus und geht zu Helenes Laden. Er ist voller als sonst um diese Zeit. Vor dem Tresen drängen sich mehr Menschen, als der Laden verträgt, und reden durcheinander. Hinten am Lottoschalter erkennt Falter Lumpen-Theo. Falter bahnt sich einen Weg zu ihm und fragt, was los sei. Theo hält ihm seinen Lottoschein hin und murmelt durch seine schlechten Zähne etwas von sechs Richtigen. Falter schaut Helene fragend an, und sie nickt. Sie beugt sich über den Tresen und flüstert ihm zu, dass Theo im Mittwochslotto gewonnen habe und sie ihm doch gar nicht so viel Geld geben könne, Theo ihr das aber nicht glauben wolle.

»Ich rufe gleich bei der Lottogesellschaft an und erkundige mich, wie es jetzt weitergeht. Können Sie ihm nicht sagen, dass er morgen wiederkommen soll?«, fragt sie Falter.

»Ich will mein Geld«, schreit Theo und haut mit der Faust gegen den Ständer mit den Zeitschriften. Die Umstehenden reden auf ihn ein, raten ihm, vernünftig zu sein und bis morgen zu warten. Falter gibt ihnen ein Zeichen, Theo in Ruhe zu lassen.

»Komm raus mit mir, Theo«, sagt er, »ich erklär's dir. Du brauchst keine Angst zu haben, du bekommst dein Geld. Ich sorge dafür.« Behutsam schiebt er Theo durch die Menge zur Tür. Helene lächelt erleichtert. Mit ihrem massigen Körper wuchtet sie sich zum Stapel mit der »Allgemeinen Zeitung« und hält Falter im Hinausgehen sein Exemplar hin.

»Warten Sie noch«, ruft sie und füllt rasch eine Tüte mit Falters Lieblingsbrausebonbons. »Für Sie. Und vielen Dank.« Sie winkt Falter und Theo zum Abschied und wendet sich den anderen Kunden zu. Sie werden noch lange in dem dunklen, kleinen Raum stehen und die Sensation besprechen. Den Kopf darüber schütteln, dass ausgerechnet einer wie Theo gewonnen hat, obwohl sie doch seit zwanzig Jahren jede Woche spielen, und was der überhaupt mit so viel Geld will, so verrückt, wie er ist. Und dann werden sie dafür sorgen, dass sich die Nachricht bis zum Mittag in ganz Mainz verbreitet hat.

Falter bringt Theo nach Hause und erklärt ihm auf dem Weg immer wieder, dass Helene einen so großen Gewinn nicht auszahlen könne und dass er bis morgen warten müsse. Theo will es nicht einsehen. Erst als Falter ihm verspricht, ihn morgen zum Laden zu begleiten, beruhigt er sich.

»Ich verlass mich auf dich, Polizist«, sagt er und schiebt das große Holztor zu seinem Hof auf.

»Bleib heute lieber zu Hause und mach keinem auf«, rät ihm Falter zum Abschied, »Geld zieht böse Menschen an.«

Falter geht die Straße hoch zu seinem Büro. Was er da gerade gesagt hat, ist ihm so rausgerutscht. Er mag eigentlich keine Sätze, die auf Plakaten stehen könnten. Sie vereinfachen, wo viele Worte nötig wären. Aber so falsch ist der Satz nicht. Warum sonst werden die meisten Verbrechen begangen. Was sonst könnte hinter dem Tod von Margarethe Körner stecken.

Die Schmerzen in seinem Kopf werden schlimmer. Falter will nicht mehr denken müssen und hofft auf einen ruhigen Tag. Von weitem fällt ihm auf, dass die Fensterläden der Bibliothek im Erdgeschoss noch geschlossen sind. Normalerweise ist Frau Stockmann um diese Zeit schon da und begrüßt ihn. Diesmal hängt nur ein Zettel an der Tür. »Wegen Krankheit bleibt die Bücherei bis auf weiteres geschlossen.« Falter hat den spontanen Wunsch, einen zweiten Zettel hinzuzufügen und auch seine Abwesenheit mit Krankheit zu entschuldigen, erinnert sich aber an die drei unbearbeiteten Anzeigen, die auf seinem Schreibtisch liegen. Zweimal geht es um verbotenes Laubverbrennen, nichts Ungewöhnliches in dieser Jahreszeit, im anderen Fall beschwert sich eine Anwohnerin über den Krach, den Jugendliche an jedem Wochenende vor ihrem Haus veranstalten. Falter steigt die Treppe zu seinem Büro hoch. Er wird diesen Tag überstehen. Er hat es schon so oft geschafft. Aber der Kopfschmerz wird ihn die ganze Zeit über nicht verlassen. Am Nachmittag kommt noch Fieber hinzu. Und das Blut, das aus seinem Briefkasten tropft, und der Hahn, der seinetwegen sterben musste, begleiten ihn ohnehin in jedem Moment.

Früher als sonst verlässt Falter das Büro. In der Apotheke holt er sich Medikamente gegen Fieber und Schmerzen und schleppt sich mühsam heim, in Zeitlupe mit gesenktem Kopf. Schön wäre es, jetzt in Kissen zu versinken, eine tröstende, besorgt prüfende Hand auf der Stirn zu spüren, die ein Glas Wasser mit bereitgelegten Tabletten reicht und einen Tee, vorsorglich auf Trinktemperatur gepustet. Noch nie hat ihm ein Mensch beigestanden in einer Krankheit. Nicht seine Mutter und die flüchtigen Beziehungen danach sowieso nicht. Die Fieberträume, die ihn in der Nacht heimsuchen, wird er allein durchstehen müssen, die angstvollen Fantasien von Hahnenköpfen, die aus seinem Mund quillen und den Versuch zu schreien knebeln. Die schweißnasse Wäsche am Morgen wird Falter selbst wechseln müssen, und niemand wird ihn stützen, wenn er mit wackligen Beinen in die Dusche steigt. Liegen müsste er, mindestens ein paar Tage, aber Lumpen-Theo wartet auf ihn, er verlässt sich drauf.

Falter hofft, dass ihn niemand genau anschaut am anderen Morgen. Den Funktionstest hat er heute nicht bestanden. Zähneputzen nur fünf Minuten. Fürs Rasieren war die Hand zu unruhig, und so liegt ein dunkler Schatten auf seiner unteren Gesichtshälfte. Der Rest ist grau und knittrig, die hellblauen Augen blicken müde.

Gegen Falter wirkt Lumpen-Theo fast attraktiv. Mit kariertem Hemd und geblümter Krawatte, brauner Gabardinehose und blauem Jackett, gekämmten Haaren und glattem Gesicht bietet er einen ebenso ungewohnten Anblick wie Falter. Helene weiß nicht, über wen sie sich mehr wundern soll. Aus dem Hinterzimmer schleppt sie zwei Stühle herbei und bittet die beiden Männer, sich zu setzen. Auch Helene ist sich des besonderen Moments bewusst. Sie trägt eine weiße Bluse mit Spitzenkragen und hat die Haare interessant hochgesteckt. Sie schließt die Ladentür ab, damit niemand den Augenblick stört, und tritt mit feierlichem Gesicht vor Theo und Falter. Seit dreiundzwanzig Jahren habe sie nun diesen Laden, immer habe schon mal jemand einen Fünfer mit Zusatzzahl gehabt, aber richtig viel Geld sei nie dabei rumgekommen. Umso mehr freue sie sich, aber da geht Theo ungeduldig dazwischen:

»Jetzt sag schon. Wie viel?« Helene rückt ihre Lesebrille zurecht und liest vom Zettel in ihrer Hand die Summe von 1.131.000 Euro ab. Die Zahl schwebt im Raum und segelt langsam wie eine Feder im Wind ins Bewusstsein der Anwesenden. Falter drückt Theos Arm und gratuliert ihm, so herzlich es geht mit dem Fieber und den Stichen in der Brust. Helene schüttelt Theos Hand und klärt ihn darüber auf, dass die Lottogesellschaft das Geld in den nächsten Tagen überweisen wird und Theo ihr seine Kontonummer dalassen soll. Theo schaut unsicher zu Falter. Er habe kein Konto, sagt er und fürchtet schon, dass es dann auch nichts wird mit dem vielen Geld.

Helene setzt ihre Brille ab und lächelt: »Das hatte ich mir schon gedacht. Es gibt noch eine andere Möglichkeit. Was hältst du davon, Theo, wenn wir zusammen nach Koblenz fahren und dort einen Scheck bei der Lottozentrale abholen? Danach gehen wir zur Bank, du kriegst dein Geld und brauchst kein Konto.«

Theo streicht sich verlegen über die geblümte Krawatte. »Das würdest du machen?«, fragt er, ohne Helene anzuschauen. Er ist es nicht gewohnt, dass jemand etwas für ihn tut.

Falter atmet erleichtert auf und drückt Helene beide Hände. Trotzdem sei es natürlich besser, auf alle Fälle ein Konto einzurichten, denn so viel Geld im Haus zu haben, sei gefährlich.

Theo lächelt. »Die bösen Menschen, ich weiß.«

Von draußen klopft es an die Tür. Die Glasscheibe klappert bedenklich, und Helene schließt eilig auf. Die Wartenden schieben sich verärgert durch den Eingang und verlangen ihre Zeitungen, Fahrscheine oder Zigaretten. Falter fordert Theo zum Gehen auf. Er will ihn vor Neugier und Habgier schützen, solange es geht. Auch wenn das nichts nützen wird. Wie die Aasgeier werden falsche Freunde über Theo herfallen, längst vergessene Verwandte werden aus ihren Löchern kriechen, und Vermögensverwalter und Anlageberater werden ihn belagern und so lange bearbeiten, bis jeder einzelne Schein verteilt, verprasst und verspekuliert ist. So wird es kommen, und Falter wird nichts dagegen machen können. Er ist zu schwach, um Theo noch Warnungen mit auf den Weg zu geben, sondern verabschiedet sich an der Ecke vor Theos Haus und schleppt sich zum Büro. Er muss eine Vertretung für sich organisieren und, weil heute niemand mehr zu bekommen ist, einen Zettel schreiben, dass die Dienststelle geschlossen bleibt. Den wird er unter den von Frau Stockmann hängen und danach zum Arzt gehen.

Die Sprechstundenhilfe von Arnulf Ritzen verweist ihn auf die Mittagspause, da habe der Doktor Zeit für ihn. Die Stunden bis dahin überbrückt er mit einem Besuch im Buchladen. Er wird Lektüre brauchen für die einsame Zeit im Bett.

Im Regal mit den Neuerscheinungen sind die Bücher noch verschweißt. Wie eine durchsichtige Rüstung hindern die Folien Falter am Durchblättern, geben nur so viel Information preis, wie der Einband zulässt. Als Falter eine verschweißte Monroe-Biographie aufreißt, tritt die Buchhändlerin entschlossen hinter ihn und ist ungefragt behilflich. Das verleidet ihm die Lektüre augenblicklich, und er geht hinüber zu den Taschenbüchern, die in mehrere Drehständer gequetscht wurden. Es ist Falter unmöglich, ein Buch herauszuziehen, so fest sitzt es. Jetzt könnte ihm die Buchhändlerin gern zu Hilfe kommen. Macht sie aber nicht. Eine alphabetische Ordnung kann er nicht feststellen. Maupassant steht hinter Pilcher, Austen neben Noll. Falter fragt sich, warum manche Buchhandlungen es ihren Kunden so schwer machen. Auf dem Tisch mit den besonderen Empfehlungen entdeckt Falter ein Buch, über das er gerade erst eine hymnische Kritik gelesen hat. Es ist unverschweißt, und nachdem Falter einige Seiten zur Probe gelesen hat, kauft er es.

Für den Weg zu Ritzens Praxis bleibt ihm viel Zeit, die er auch braucht, so langsam kommt er voran. Als er der Sprechstundenhilfe seine Chipkarte gibt, kommen Ritzen und ein Patient, wie Falter vermutet, aus einem der Sprechzimmer. Ritzen winkt Falter und verabschiedet sich mit Händedruck von dem Mann neben sich. Falter hat ihn schon irgendwo gesehen. Ritzen bittet Falter mitzukommen.

»Wer war das?«, fragt Falter und zeigt mit dem Kopf zur Tür, die sich gerade hinter dem Mann geschlossen hat.

Falkenberg oder Frankenberg, er hätte sich den Namen nicht gemerkt, meint Ritzen. Irgendein Fahrer einer Pharmafirma. Sei zum ersten Mal hier gewesen. Falter ist sich fast sicher, dass das der Mann ist, der ihn vor Erika Hess' Haus angerempelt hat.

»Vielleicht heißt er ja auch Frankenstein«, sagt Ritzen und lacht über seinen Scherz. Er führt Falter ins nächstgelegene Sprechzimmer, zum Glück ist es nicht das Schädelzimmer, dafür ist Falter heute nicht in Stimmung.

»Du siehst scheiße aus«, sagt Ritzen und schlägt Falter wohlgelaunt auf die Schulter, als mache es ihn froh, andere krank zu sehen.

»Ich fühl mich auch so«, antwortet Falter und schildert ihm seine Beschwerden. Während Ritzens kühles Stethoskop über Rücken und Brustkorb fährt, berichtet Falter in knappen Worten, was seit dem Sonntagmorgen im Schädelzimmer passiert ist. Nicht viel, wie Ritzen findet, und Falter muss ihm Recht geben. Ritzen kann er vertrauen, ihm wird er sagen, was er weiß, auch vom Verhältnis des Schwiegervaters mit der Schwiegertochter, aber zunächst interessiert sich Ritzen nur für die Spritze.

»Ich habe mir Folgendes überlegt: Es muss jemand gewesen sein, der Zugang zu Insulinspritzen und dem ganzen Zeug hat. In die Richtung musst du recherchieren. Im Übrigen hast du eine Lungenentzündung, Benno«, sagt Ritzen und zieht sich das Stethoskop aus den Ohren.

»Und dann ist mir noch etwas eingefallen«, fährt er fort, als sei eine Lungenentzündung nicht weiter bemerkenswert. »Wir müssen davon ausgehen, dass es noch eine Spritze gibt. Nämlich die, die Margarethe Körner normalerweise benutzt hat. Ich kann mir nämlich nicht vorstellen, dass jemand ihre Spritze verändert und wieder zurückgelegt hat. Für eine solche Manipulation braucht man Zeit. Den letzten wirklichen Beweis für Mord hast du erst, wenn du die Originalspritze findest.« Ritzen sieht Falter triumphierend an. Er ist in Erwartung eines Lobes angesichts seiner brillanten Schlussfolgerung.

Falter denkt gegen seinen Kopfschmerz an. Ritzens Information fließt nur tropfenweise durch seinen Bewusstseinsfilter. Er reibt sich die Stirn und nickt.

»Daran habe ich nicht gedacht«, sagt er langsam. »Es stimmt, ich brauche die Originalspritze. Aber die wird wahrscheinlich kaum irgendwo rumliegen. Wenn derjenige sie nicht längst weggeschmissen hat.«

»Kann sein. Kann aber auch nicht sein. Du musst darüber nachdenken, wer überhaupt Gelegenheit hatte, Margarethe Körners Spritze auszutauschen.«

»Das tue ich schon die ganze Zeit. Es muss jemand gewesen sein, der bei ihr ein und aus gehen konnte. Da kommen nicht viele Leute in Frage.«

»Dann solltest du dir die mal genauer ansehen«, rät Ritzen und füllt ein Rezept für Falter aus.

»Wenn das so einfach wäre, Arnulf. Ich kann nicht bei den Leuten klingeln und sagen, ich ermittle im Mordfall Körner. Ich ermittle überhaupt nicht offiziell. Wie ich unter solchen Umständen zum Beispiel an Walter Pfaff rankommen soll, ist mir ein Rätsel. Den habe ich am Freitag mit seiner Schwiegertochter erwischt. Ich glaube nicht, dass der mir freiwillig die Haustür öffnet.« Falters letzte Worte gehen in einem bellenden Husten unter.

»Der Alte und die Yvonne. Ich fass es nicht. Erzähl, was ist passiert?«

Aber Falter kann nicht mehr. Er vertröstet Ritzen auf später und nimmt sein Rezept. Arnulf Ritzen begleitet ihn hinaus zu seinem Auto.

»Wir fahren an der Apotheke vorbei, holen deine Medikamente, und dann bringe ich dich nach Hause ins Bett.«

Falter fällt erleichtert in die Autositze und schließt die Augen. Er schrickt hoch, als Ritzen sich über ihn beugt, um ihm aus dem Auto zu helfen. Sie stehen vor Falters Haus. Als Falter die Haustür aufschließt, zeigt er auf seinen Briefkasten.

»Da hat mir jemand am Samstag einen geköpften Hahn reingesteckt. Alles war voller Blut.«

Ritzen starrt Falter an, dann den Briefkasten, und ihm ist das Bedauern anzusehen, jetzt keine Spuren mehr dieser morbiden Extravaganz entdecken zu können.

»Wieso ausgerechnet einen Hahn?«, fragt er.

»Ich glaube, es sollte eine Warnung sein: Halt deinen Mund«, antwortet Falter, aber Ritzen versteht nicht, was er meint.

»Na ja, es ist so, dass ich morgens schreie, und der Hahn war mein Echo.«

»Du schreist?«, fragt Ritzen, »warum?«

»Um nicht zu platzen. Aber das zu erklären, würde lange dauern. Es wundert mich, dass du noch nichts davon gehört hast. Meine Nachbarn kennen das seit Jahren.«

Sie sind vor Falters Wohnungstür angelangt. Ritzen ist erst einmal hier gewesen, und das ist schon lange her. Beide fühlen die Anspannung des Moments. Sie nennen sich Freunde und wissen nicht, welche Farbe das Sofa des anderen hat, welche CDs in seinem Regal stehen und was in ihm brodelt, dass er jeden Morgen schreien muss. Während sich Falter auszieht und ins Bett geht, kocht Arnulf Ritzen Tee. Mit der dampfenden Tasse kommt er ins Schlafzimmer und stellt sie neben das Bett. Er reicht Falter drei Tabletten, nimmt die Tasse wieder hoch, pustet hinein und hält sie Falter hin, der in kleinen Schlucken trinkt und dabei die Tabletten runterspült. Er werde morgen wieder nach ihm sehen, sagt er, und Falter solle viel schlafen. Schon im Türrahmen dreht sich Ritzen noch einmal um und sagt mit einem Lächeln: »Und auf keinen Fall schreien.«

*

Tag und Nacht verschwimmen. Nur Ritzens tägliche Besuche geben der Zeit Struktur. Als ihn das Klingeln des Telefons aus dem Dämmerschlaf reißt, sind drei Tage vergangen.

»Hallo Benno, hier ist Silvia. Stör ich dich?« Bevor Falter antworten kann, spricht sie weiter. »Deine Vertretung hat mir deine Nummer gegeben und gesagt, du seist krank. Wie geht es dir?«

Falter presst sich ein »es geht« heraus und richtet sich im Bett auf. Es ist halb elf Uhr morgens, er hat Hunger. Silvia kommt gleich zur Sache.

»Ich habe Walter Pfaffs Geschäfte durchleuchtet und nichts feststellen können, was den Staatsanwalt interessieren würde.«

Falter macht »Hm«. Er ist zu überrascht für mehr Reaktion.

»Aber die Steuerfahndung hat ihn am Haken. Pfaffs Konten in

Luxemburg sind aufgeflogen. Er muss mehr als eine Million Euro Steuern nachzahlen. Er hat sich im letzten Moment selbst angezeigt und alles zugegeben, sonst wäre er jetzt vorbestraft.«

»Wer sind deine Informanten?«, fragt Falter.

»Ich habe einen guten Kontakt zur Steuerfahndung. Als die den Namen Pfaff hörten, sprudelten die Informationen nur so.«

»Und warum hast du das getan?«

»Keine Ahnung. Wahrscheinlich, weil ich eine sentimentale Kuh bin. Aber ich muss zugeben, dass mich die Sache selbst interessiert. Natürlich habe ich dir nie etwas erzählt, das ist klar«, sagt Silvia Münster und hat diesen abschließenden Ton in der Stimme, der das Ende des Gesprächs signalisiert.

»Ich danke dir«, verabschiedet sich Falter und will schon auflegen. »Wann sehen wir uns wieder?«, ruft er noch in den Hörer.

»Nächste Woche, vielleicht«, sagt sie.

Falter fühlt sich schon viel besser.

Als er am Montag zur Arbeit kommt, steht die Tür zur Bücherei offen. Er geht hinein, um Frau Stockmann zu begrüßen. Ihm ist danach. Innen ist es heller als sonst. Die orange-braunen Vorhänge sind zur Seite gezogen. Auf den Fensterbänken stehen Töpfe mit weißen Glockenblumen. Hinter dem Schreibtisch, mit dem Rücken zu Falter, sitzt eine Frau, die nicht Frau Stockmann ist. Sie hat dunkelrote Haare, die gerade an den schwarzen Rollkragen ihres Pullovers heranreichen.

»Guten Morgen«, sagt Falter, und die Frau dreht sich um. Sie lächelt ihn an, und ihre untere Gesichtshälfte ist fast nur Mund. Mit den geradesten Zähnen, die Falter je gesehen hat.

»Sie müssen Herr Falter sein«, sagt der Mund. »Ich bin Katja Petri. Ich vertrete Frau Stockmann, solange sie krank ist.« Sie reichen sich die Hand.

»Was fehlt ihr denn?«, will Falter wissen.

»Ich weiß es nicht genau. Sie liegt im Krankenhaus und wird noch ein paar Wochen dort bleiben müssen.« Katja Petri greift über den Schreibtisch zu einem niedrigen Bücherstapel. »Diese Bücher soll ich Ihnen von Frau Stockmann geben. Es war ihr sehr wichtig. Sie hat mir dreimal die Titel durchgegeben.« Sie schiebt die Bücher zu Falter herüber. »Ich hatte Sie mir viel älter vorgestellt. Es kommt selten vor, dass sich jemand für die Rebsorten des Rheingaus interessiert.«

Falter grinst. »Wenn ich ehrlich bin, habe ich die Bücher von Frau Stockmann nie gelesen. Aber ich wollte nicht unhöflich sein. Sie hat sich immer solche Mühe gegeben.«

»Wenn Sie wollen, suche ich Ihnen gern etwas anderes heraus. Sie müssen mir nur ungefähr sagen, was Sie gern lesen.«

»Das ist sehr nett, aber ich komme lieber selbst und schaue mich um, wenn Sie nichts dagegen haben.« Ihre Augen sind grün wie Jade.

»Nein, natürlich nicht. Ich freu mich«, sagt Katja Petri und legt Frau Stockmanns Bücherauswahl auf ein niedriges Regal neben sich.

Falter geht zurück zur Tür, dreht sich noch einmal um und winkt kurz. Dann geht er nach oben.

Auf seinem Schreibtisch liegen einige noch verschlossene Briefe aus der vergangenen Woche. Sein Vertreter hat sich offensichtlich nicht damit beschäftigen wollen. Falter schaut die Umschläge im Stehen durch, während er seine Jacke auszieht, und stößt auf einen handgeschriebenen Zettel von Lumpen-Theo.

»Polizist, komm!« steht darauf. Die Nachricht ist nicht datiert, und Falter fürchtet, dass sie hier schon seit Tagen herumliegt. Er schiebt die Post auf einen Haufen und zieht sich die Jacke wieder an. Er will so schnell wie möglich wissen, was Theo dazu gebracht hat, ihm diesen Zettel zu schreiben.

Das große Holztor zu Theos Grundstück ist abgeschlossen. Falter klopft, und lange geschieht nichts. Falter klopft erneut und hört nun hinter dem Tor Theos Stimme, die näher kommt.

»Haut ab. Lasst mich in Ruhe. Haut endlich ab.«

Falter beeilt sich zu rufen, dass er es ist, und schon öffnet sich das Tor. Nur einen Spalt, gerade so breit, dass sich Falter hindurchzwängen kann, dann schließt es sich wieder. Theo umarmt Falter, krallt sich an seiner Jacke fest und weint sich einen Schmerz aus dem Leib, der lange kein Ventil gefunden hat. Als das Zucken der

Schultern unter der staubigen braunen Strickjacke nachlässt, löst sich Falter aus der Umklammerung und führt Theo zum Haus.

»Was ist passiert?«, fragt Falter, als sie in der Küche sitzen und lauwarmen Kaffee mit Milch trinken. Es gibt nichts anderes.

Theo sieht aus, als habe er seit Nächten nicht geschlafen, nichts erinnert mehr an den herausgeputzten Mann in Helenes Laden, der gerade Lotto-Millionär geworden war.

»Die sind überall. Die lassen mich nich in Ruhe. Werfen mit Steinen über den Zaun und klopfen gegen das Tor. Immer wieder. Die sollen weggehen.« Theo schlägt mit den Armen um sich, als belästigten ihn unsichtbare Geister, die durch die Küche fliegen.

»Wer sind die?«, fragt Falter.

»Alle. Alle wollen sie mein Geld. Sind mit Leitern übers Tor gestiegen und ins Haus gekommen. Ich kann nich auf die Straße gehen, ich kann nich mehr.« Theo weint wieder. Es dauert lange, bis Falter herausfindet, dass Theo und Helene am Freitag nach Koblenz gefahren sind, um den Scheck abzuholen. Danach gleich zur Bank. Mit einer Tüte voller Geld war Theo nach Hause gekommen. Ein paar Fotografen hätten schon vor seiner Haustür gestanden und ihm Fragen gestellt, und dadurch seien die Nachbarn aufmerksam geworden, und plötzlich seien ganz viele Menschen in seinem Hof gewesen, und er habe ihnen das Geld gezeigt in der Tüte und ein paar Scheine verschenkt, und es seien immer mehr gekommen, auch als er gesagt habe, sie sollten gehen. In der Nacht seien ein paar Jungen durch den Hof geschlichen und hätten an der Haustür gerüttelt. Am Tage würden sie draußen stehen und rufen »Lotto-Theo, gib uns Geld«. Weil er aber nicht mehr aufmache, würden sie mit Steinen werfen.

»Das Geld muss aus dem Haus, Theo«, sagt Falter, »am besten auf die Bank. Solange jeder weiß, dass du über eine Million unter dem Kopfkissen hast, bist du nicht sicher. Wenn das Geld erst mal weg ist, werden nicht mehr so viele kommen, du wirst sehen. Dass man dich anbetteln wird, lässt sich aber nicht vermeiden.«

Theo ist einverstanden, aber aus dem Haus geht er nicht. Das soll der Polizist machen.

»Ich kann dir nicht versprechen, dass das geht. Ich weiß nicht, ob ich dazu befugt bin. Auf alle Fälle musst du mir eine Vollmacht schreiben, dass ich ein Konto für dich eröffnen kann«, sagt Falter und hofft, dass Theo versteht, was er meint. Theo nickt. Er wird alles tun. Aus der linken Schublade des Küchenschranks holt er ein Stück Papier und einen Füller. Er zieht die Kappe ab und versucht zu schreiben. Als das misslingt, reicht er Falter den Stift.

»Weißt du, wie das geht?«

Falter braucht einen Augenblick, bis er begreift, was er in der Hand hält. Es ist dunkelgrün, am Ende befindet sich ein kleines Rädchen mit einer Skala zum Drehen.

»Woher hast du das?«, fragt Falter, und am Ton seiner Stimme erkennt Theo, dass irgendetwas mit dem Stift nicht stimmt.

»Gefunden«, antwortet er knapp.

»Wo?«

»Irgendwo.«

»Theo, bitte, sag mir, woher du die Spritze hast.«

»Welche Spritze?«

»Na die hier. Das ist kein Stift, das ist eine Spritze. Verstehst du? Margarethe Körner hatte auch so eine. Vielleicht ist es ihre.«

Theo schweigt. Hinter seiner Iris hat sich ein Vorhang geschlossen. Nichts dringt jetzt mehr zu ihm. »Theo taucht« nennen die Leute diesen Zustand, der sich durch nichts ändern lässt und der der Grund ist, warum ihn viele einfach für verrückt halten. Falter steht auf und steckt die Spritze in seine Jackentasche.

»Die nehm ich mit«, sagt er zu Theo. »Ich komme morgen wieder, dann machen wir das mit der Bank, ja?« Falter ist schon in der Tür. »Ich lass dir meine Handynummer da. Dann kannst du mich immer erreichen. Nur für alle Fälle.« Falter zieht einen Kuli aus seiner Innentasche und schreibt die Nummer auf den Zettel, der eigentlich für die Vollmacht gedacht war. Erst weiß er nicht, wohin er den Zettel legen soll, und der abgetauchte Theo kann es ihm nicht sagen. Er geht über den Flur ins Wohnzimmer. Irgendwo hier muss das Telefon sein, ein graues mit Wählscheibe, das Theo bestimmt irgendwo gefunden hat. Auf dem Fußboden stehen Schachteln mit Schrauben und Nägeln, Zeitungen stapeln sich bis unter die Fensterbank. Irgendwann muss Theo einen Restposten

Töpfe aufgetrieben haben. Sie sind über das Sofa verteilt, als wollten sie fernsehen. Es sind keine Sachen, die man in einem Wohnzimmer vermutet, aber sie scheinen einer inneren Ordnung zu gehorchen. Das Telefon steht auf dem Couchtisch. Falter klemmt den Zettel darunter und verlässt das Haus.

Er geht über den Hof, in dem es weniger ordentlich aussieht als im Wohnzimmer, und schiebt das Tor auf. Erika Hess steht auf dem Bürgersteig direkt vor ihm und schaut erschrocken zu Falter hoch.

»Mein Gott, ich dachte schon, Theo kommt raus und haut mir auf den Kopf«, sagt sie.

»Warum sollte er das tun? Oder bist du auch eine von den Bittstellern, die ihn nicht mehr in Ruhe lassen?«, fragt Falter, und es soll nach einem Witz klingen.

»Ich weiß nicht, wie du darauf kommst«, antwortet Erika Hess kühl. Sie stehen unschlüssig voreinander. Falter hat die Hand in seiner Jackentasche und fühlt die Kunststoffhülle der Spritze.

»Schau, was ich bei Theo gefunden habe«, sagt er und hält sie Erika Hess hin.

»Woher hat er die?«, fragt sie und greift danach, aber Falter zieht seine Hand zurück.

»Das habe ich ihn auch gefragt, aber er wollte es mir nicht sagen. Warum nur? Meinst du, er hat etwas mit Margarethes Tod zu tun?« Das klingt absurd, und Falter glaubt auch keine Sekunde daran, aber er muss anfangen, in alle Richtungen zu denken.

»Ach Quatsch, der Theo doch nicht. Kümmer dich lieber um den Pfaff und seine Mischpoke. Da lohnt es sich wenigstens.« Erika Hess tritt durch das Tor, das immer noch offen steht. »Ich geh mal zu Theo rein. Wollt ihm was zu essen bringen. Traut sich ja nicht mehr aus dem Haus, der arme Teufel. Und ich will doch nicht, dass unser Millionär verhungert.«

Falter schaut ihr nach, wie sie sich einen Weg durch den Müll bahnt, und schließt das Tor.

Er ist einen Schritt weitergekommen. Durch Zufall. »Nichts ist Zufall«, hat er früher immer behauptet, als er noch auf der Polizeischule war und noch nicht schreien musste. Er hatte daran geglaubt, dass nichts ohne Grund geschieht, dass alles eine Ursache hat und immer ein bestimmtes Muster erkennbar ist. Sieger glauben nicht an Zufälle, und er hatte sich damals als Sieger gefühlt. Seit er zu den Verlierern gehört, denkt er auch über Zufälle nach. Solange er das Muster nicht kennt, ist er für jeden Zufall dankbar.

FÜNF

Die Spritzen sind identisch. Das gleiche Grün, der gleiche Hersteller, das gleiche Prinzip. Nur die Skala der einen ist verändert, ausgetauscht mit dem Vorsatz, einen Mord zu begehen. Arnulf Ritzen hat triumphierend geschrien, als Falter ihm die Neuigkeit am Telefon mitteilte. So laut, dass Falter die Ohren summten. Das sei der Beweis, hatte Ritzen wieder und wieder gerufen, und Falter hatte gesagt, das beweise noch gar nichts, solange Lumpen-Theo nicht sagen wolle, woher er die Spritze habe.

»Schick ihn zu mir«, hatte Ritzen vorgeschlagen, »aus dem werde ich die Wahrheit schon rauskriegen. Den setz ich ins Schädelzimmer und zeig ihm meine Folterinstrumente.«

Bevor er das zulässt, will Falter es noch einmal im Guten versuchen. Aber Theo schüttelt den Kopf. Er ist wieder »aufgetaucht«, aber das Schweigen bleibt. Er hat die Vollmacht unterschrieben, ihm seinen Ausweis mitgegeben und Falter das Geld überreicht, danke gesagt und den Kopf gesenkt. Mehr geht nicht. Falter muss das akzeptieren. Vorerst zumindest. Er wird sich das Muster selbst zusammensuchen müssen. Er weiß noch nicht wie, aber als Nächstes muss er endlich mit Walter Pfaff sprechen, oder mit Yvonne. Die Gelegenheiten, einen der beiden zufällig irgendwo zu treffen, sind gering. Zwischen Falter und den Pfaffs gibt es keine gesellschaftlichen Schnittpunkte. Am Anfang seiner Mainzer Zeit war Falter mehrfach aufgefordert worden, sich verschiedenen lokalen Zirkeln anzuschließen, wie dem Stammtisch der »Sangesbrüder 1888«, dem alles angehört, was Geld und Titel hat. Eine gute Stimme war keine Voraussetzung für die Mitgliedschaft. Falter hatte sich gewundert, dass man ihn in diesen exklusiven Kreis bat, sich aber nach zweimaliger Teilnahme zurückgezogen. Er war sich vorgekommen wie ein Kind am Tisch der Großen. Gerade sitzen, Mund halten, zuhören. Er hatte nichts beizutragen gehabt zu den Gesprächen zwischen Steuerberater und Apotheker, die im halblauten Ton Steuersparmodelle erörterten, deren Legalität Falter lieber nicht hinterfragte. Bei den politischen Diskussionen, die sich im späten Teil des Abends entwickelten, war Falter kurz versucht gewesen, seine Vergangenheit in der Friedensbewegung zu outen, hatte dann aber in Anbetracht der konservativen Übermacht davon Abstand genommen. Es hatte keinen Sinn, sich gegen Menschen mit festgefügten Meinungen zu stemmen, die Diskussionen nur zur Bestätigung ihrer Ansichten benutzten. Die »Sangesbrüder 1888« waren ein Kontakthof Gleichgesinnter, die sich in wechselnden Koalitionen Vorteile vor anderen zu verschaffen suchten.

Eine geplante Verkehrsberuhigung im Ortskern scheiterte lange am Veto der *Sangesbrüder*, die an den entscheidenden Stellen ihre Bedenken wirkungsvoll einzubringen wussten. Zum Wortführer im Klub der Wichtigen hatte sich Walter Pfaff erhoben, und an seinem ersten Abend hatte Falter beobachtet, wie er sich mit verschiedenen Grüppchen besprach, um die weitere Strategie in Sachen Verkehrsberuhigung abzustimmen. Als einer zu Falter getreten war, um ihn nach seiner Meinung zu fragen, hatte Falter vorsichtig geantwortet, dass er das schnelle Fahren im Ort aus Polizeisicht für sehr bedenklich halte. Man hatte ihn daraufhin mit resignierter Freundlichkeit behandelt und keinen Versuch mehr gestartet, ihn für die Sache zu gewinnen. Nach seinem wiederholten Fernbleiben der wöchentlichen Treffen hatte niemand mehr nachgefragt, allerdings bekam Falter jedes Jahr weiterhin eine Einladung zur Weihnachtsfeier, die am jeweils letzten Samstag im November stattfand. Er war nie hingegangen.

Das wollte er diesmal ändern. Die Feier sollte in vier Tagen in Weisenau, im Klubhaus eines Rudervereins sein, direkt am Rheinufer. Falter hatte dort manchmal im Sommer auf der Aussichtsterrasse gesessen, Limonade getrunken, auf den Fluss geschaut und den Kopf geschüttelt über die Wassersportler, die in Ruderbooten, kleinen Yachten oder mit Jetskies seinen Blick kreuzten. Auch wenn die Wasserqualität des Rheins mittlerweile unbedenklich sein mochte, Falter hätte sich nie freiwillig in oder auf den Fluss begeben. Bei einem Betriebsausflug der Mainzer Bezirksbeamten hatte er einmal an einer fröhlichen Schiffstour bis Boppard teilnehmen müssen und die gesamte Fahrt unter Deck verbracht. Dort hatte es zwar nach Diesel gestunken, aber er war sicher vor dem Wasser gewesen.

*

Die Lampions aus dem Sommer hängen immer noch auf der Terrasse und schaukeln im kalten Wind. Der Fluss ist schwarz, nur am anderen Ufer blinken ein paar Lichter. Aus dem Klubhaus dringen Stimmen durch die runden Fenster nach außen. Falter erkennt die Silhouetten des Apothekers und des Ortsvorstehers Hermann. In das gleichförmige Gemurmel mischt sich der laute Bass des Mannes, den Falter treffen will. Er zögert einzutreten. Sie werden ihn als Eindringling sehen, ihn dulden, aber nicht mitspielen lassen. Wenn er ihrem Anführer zu nah kommt, wird das Rudel über ihn herfallen. Er muss geschickt vorgehen. Aber geschickt war er noch nie.

Ein Mann und eine Frau, die Falter nicht kennt, steuern auf die Eingangstür zu. Falter schließt sich ihnen an und tritt in das stickige Innere. Die Veranstaltung befindet sich in der Phase zwischen Begrüßungsplausch und langsamer Einnahme der Plätze. Falter hängt seinen Mantel über andere Mäntel an einen überladenen Garderobenständer und bahnt sich den Weg zu der langen Tafel. Es gibt keine Sitzordnung, wie er erleichtert feststellt. Er wird versuchen, sich in Walter Pfaffs Nähe zu bringen, und schaut sich nach ihm um. Der Steuerberater kommt mit einem freudig erstaunten Lächeln auf ihn zu und signalisiert Interesse an einem Gespräch. Während Falter die launigen Bemerkungen über Beamtenmentalität bei der Mainzer Polizei so pariert, wie man es von ihm erwartet, teilen seine Augen die verrauchte Luft. Beschlagene Scheiben, ein brauner Rücken, der sich hart dagegen drückt, blasse Beine mit blauen Füßen und ein entsetzter Blick. Walter Pfaff starrt Falter an. Ihre Augen saugen sich aneinander fest. Ich muss dem standhalten, denkt Falter, aber da wendet sich Pfaff ab. Er klatscht in die Hände und bittet zu Tisch. Falter lässt den Steuerberater stehen und folgt Pfaffs Rücken. Das Gedränge um die besten Plätze bringt ihn vom Weg ab. Er dreht um und nähert sich Pfaff von der gegenüberliegenden Seite. Aber der Steuerberater lässt seinen Arm wie eine Schranke vorschnellen und zieht ihn auf den Stuhl neben sich.

Es gibt Pfifferlingrahmsuppe und karamellisierte Ente, Soufflé vom Handkäs und Lebkucheneis in Pflaumensauce. Das Essen ist gut und nicht schuld an Falters schlechter Laune. Von seinem Platz aus hat er Pfaff zwar gut im Blick. Und umgekehrt. Aber eine Unterhaltung ist unter diesen Umständen unmöglich. Der Steuerberater quält ihn mit Sonderabschreibungen und Ehegattensplitting, was ihn als Single am allerwenigsten interessiert. Als der Nachtisch aufgetragen wird, sieht Falter Thomas Pfaff zum Ausgang wanken und seinen Mantel nehmen. Der Platz neben seinem Vater ist nun frei, aber bevor Falter reagieren kann, hat sich schon ein anderer darauf niedergelassen und Walter Pfaff in ein Gespräch verwickelt.

Es ist fast Mitternacht, als sich die Tischgesellschaft auflöst und die Gäste ihre Unterhaltung im Stehen fortsetzen. Falter hat die seligmachende Schwere erreicht, die sich in seinem Körper immer nach zu viel Rotwein einstellt. Jetzt will er nicht mehr reden. Nicht mit Steuerberatern, nicht mit neureichen Bauern. Er steht langsam auf und beobachtet jeden seiner Schritte mit fast autistischem Interesse. Die Hand, die ihn hart an der Schulter packt, ist wie ein Schuss. Er wird von den anderen weggezogen in eine Ecke am offenen Fenster. Die frische Luft klettert durch die Nase hoch zur Schädeldecke. Falters Haare sträuben sich.

»Was wollen Sie hier?«, fragt Walter Pfaff dicht neben Falters Ohr.

»Weihnachten feiern«, antwortet Falter und blickt Pfaff nah und direkt in die Augen.

»Reden Sie keinen Quatsch, Mann. Sie waren noch nie hier. Wollen Sie etwas von mir?« Es klingt wie ein Angebot. Als bräuchte Falter nur eine Summe zu nennen, und Pfaff würde zahlen.

»Ich würde gern mit Ihnen über Ihre Schwester reden.«

»Ach so. Ich dachte schon …« Pfaff bricht ab. Falter weiß, was er dachte. Aber das spart er sich für später auf.

»Wie war Ihr Verhältnis zu Ihrer Schwester? Hatten Sie engen Kontakt?«

»Nein, das kann man nicht sagen.«

»Warum nicht?«

»Ich habe anderes zu tun gehabt. Was soll die Fragerei?«

»Was würden Sie sagen, wenn der Tod Ihrer Schwester Absicht war?«

Pfaff sieht Falter erschrocken an. »Was wollen Sie damit sagen? Dass sie jemand umgebracht hat?«

»Dass vielleicht jemand nachgeholfen hat. Können Sie sich vorstellen, wer so etwas tun würde?«

»Sind Sie verrückt? Das ist doch alles Unsinn.«

»Stimmt es, dass Sie Margarethes Haus erben werden?«

»Davon gehe ich aus. Meine Schwester hatte sehr viel Familiensinn. Und ich bin der einzige Verwandte, den sie hatte.«

»Sie haben über eine Million Steuerschulden. Das ist selbst für einen wohlhabenden Mann wie Sie eine Menge Geld. Ich frage mich, ob Sie nicht ein großes Interesse am Tod Ihrer Schwester gehabt haben müssen.«

»Wie können Sie es wagen, mir so etwas zu unterstellen? Passen Sie gut auf, was Sie sagen. Wenn Sie mich weiter belästigen, werde ich mich über Sie beschweren. Haben Sie verstanden?« Pfaff hat seine rechte Hand zur Faust geballt und hält sie Falter drohend hin. Die Geste amüsiert Falter mehr als sie ihn ängstigt. Das muss am Wein liegen.

»Könnte es sein, dass Ihre Schwester von Ihrer Beziehung zu Yvonne wusste?«

»Sie sollen aufhören, habe ich gesagt. Davon weiß niemand etwas, und wenn Sie damit hausieren gehen, sind Sie die längste Zeit Polizist gewesen.« Walter Pfaff ist ein Stück von Falter abgerückt, als strahle er Unglück aus. Er schaut sich um und sucht nach einem Fluchtpunkt in der Menge. Ein Mann kommt auf ihn zu, und Pfaff streckt ihm schon von weitem die Hand entgegen, als sei er der Einzige, der ihn von Falter befreien kann.

»Weiß Ihr Sohn eigentlich, mit wem Sie zusammen schwimmen?«, fragt Falter in dem Moment, da der Mann Pfaffs Hand ergreift.

»Du schwimmst tatsächlich?«, staunt der Mann und sieht Pfaff amüsiert an.

Falter verabschiedet sich mit einer angedeuteten Verbeugung und geht. Er spürt Pfaffs Blick im Rücken. Seine Wirbelsäule kribbelt vor Unbehagen. Das gleiche Gefühl hat er, wenn ihn jemand am Bauchnabel berührt.

Er schiebt sich durch die plaudernden Gäste zur Garderobe und findet unter Bergen fremder Kleidung seinen Mantel.

Draußen ist es noch kälter geworden. Die Nacht hängt voller Sterne. Falter läuft direkt zum Ufer hinunter und legt den Kopf in den Nacken. Kassiopeia funkelt ihm zu. Im Süden steht Orion. Eine Hand voll Sternbilder erkennt er auf Anhieb, die anderen muss er suchen, und immer noch bleiben so viele, deren Namen er sich nicht merken kann. Als Kind hatte er ein Teleskop, mit dem er durch das geöffnete Fenster seines Zimmers die Sterne beobachtete. Nie waren sie ihm nah genug gewesen. Hoch hinauf hatte er fliegen und mit weiten Armen das Licht ferner Galaxien umfassen wollen. Die Nacht der ersten Mondlandung hatte er mit kleinen Augen vor dem Fernseher verbracht, zusammen mit seinem Vater, der längst in seinem Sessel eingeschlafen war, als Armstrong aus der Mondfähre trat. Das Schwarzweißbild glich einer verrückt gewordenen Mischung aus Pfeffer und Salz, und die Stimmen aus der Ferne verstand er nicht. Falter war damals noch Messdiener und mit einer Inbrunst gläubig gewesen, dass selbst der Pfarrer ihn zur Mäßigung anhielt. Falter suchte Gott. Dem Vaterunser unterlegte er einen eigenen, stakkatohaften Rhythmus, der ihn, nach zwanzigfacher Wiederholung, in eine Art Trance versetzte und die vermeintliche Stimme Gottes hören ließ. Während der Messfeiern drängte er sich danach, das Gefäß mit Weihrauch zu schwenken und dabei zu hyperventilieren. Im Moment der Ohnmacht schossen ihm Erscheinungen durch den Kopf, die er für Gott hielt. Er hatte heimlich das Tabernakel geöffnet, aber nur den Kelch für das Abendmahl und ein paar Hostien vorgefunden. Er hatte seine halbe Kindheit auf den Knien vor dem Bild des Gekreuzigten verbracht und auf ein Zeichen gewartet. Er hatte mit seinem Teleskop das Weltall abgesucht und nichts gefunden.

Aber in dieser Nacht, da Armstrong den Mond betrat, erschien ihm Gott. Die Pfeffer-und-Salzpartikel setzten sich zu einem Gesicht zusammen, das wie gehaucht über den Bildschirm wehte. Das geheimnisvolle Gemurmel und das gepresste Atmen aus Armstrongs Helm vermischten sich mit einem ganz und gar unirdischen Klang, und dieser Klang sagte: »Ich bin es.« Falter trat aus der Kirche aus und verschenkte sein Teleskop. Er hatte gefunden, was er gesucht hatte.

Wer seine Tage in Eintönigkeit und ohne Verlangen verbringt, will nichts mehr finden. Falter hatte fast zwanzig Jahre lang so gelebt. Während er den dunklen Weg am Rheinufer entlanggeht und ab und zu den Kopf zu den Sternen hebt, überlegt er, ob er den Mörder von Margarethe Körner nicht mit derselben Intensität suchen müsste wie damals Gott. Er das brennende Verlangen nach Klarheit noch einmal spüren sollte.

Er ist allein in dieser Dunkelheit, nur das getupfte Licht über sich. Es ist ein langer Weg. Die nächsten Taxis stehen um diese Zeit an der Rheingoldhalle. Für den Bus ist es zu spät. Im Malakoff-Center sind die Restaurants schon geschlossen. Die einzigen Menschen, denen Falter begegnet, sitzen auf den Stufen vor dem Hyatt-Hotel. Es sind mehr, als man um die Zeit und bei dieser Kälte vermuten würde. Einer kommt Falter irgendwie bekannt vor. Eine Flasche rollt scheppernd Stufe für Stufe vor Falters Füße. Er will sie aufheben, da fährt ihn eine Stimme an.

»Lass liegen.« Falter hebt beschwichtigend die Hände und geht weiter. Noch fünfhundert Meter, und er ist am Rathaus. An der breiten Promenade mit den Anlegestellen für die Ausflugsschiffe bleibt er kurz stehen. Er will noch einen letzten Blick auf die Sterne werfen und tritt aus dem Schein der Laternen heraus nah an die Quaimauer.

Ein Schlag in den Rücken bringt ihn aus dem Gleichgewicht. Bevor er sich umdrehen kann, packen ihn zwei Arme von hinten und zerren ihn zur Mauerkante. Obwohl der Angreifer deutlich kleiner ist als Falter, hat er den Vorteil der Überraschung. »Und jetzt geh baden«, sagt der Mann.

Falter kann nicht glauben, was ihm gerade passiert. Er wird in den Fluss stürzen, in dieses schwarze Wasser, das träge wie Öl gegen die Quaimauer schwappt. Sein Schrei verstummt gurgelnd, als Falters Kopf auf der Wasseroberfläche aufschlägt. Sein schwerer Mantel zieht ihn fast augenblicklich dorthin, wo die Luft nur für dreißig Sekunden reicht. Falter war nie ein guter Schwimmer und ist ein noch schlechterer Taucher. Das kalte Wasser brennt auf seiner Haut und lähmt sein Denken. Es ist nur ein Reflex, der ihn hoch zum Luftholen treibt. Wenn er den Mantel nicht auszieht, wird er absinken auf den Grund und im Schlamm verschwinden wie die römischen Galeeren, die er im Museum für antike Schifffahrt gesehen hat. Es ist nicht leicht, die Knöpfe des Mantels zu öffnen und gleichzeitig schwimmen zu wollen. Das Atmen wird schwer. Die Kälte verlangsamt den Sauerstofftransport, die Körpertemperatur sinkt. In den Momenten des Auftauchens flimmert die Wasseroberfläche vor Falters Augen. Er kann das Ufer nicht erkennen. In welche Richtung muss er schwimmen, wenn er den verdammten Mantel los ist? Falters Finger verkrampfen sich zu hölzernen Krallen, die wirkungslos am letzten Knopf zupfen. Er wird den Mantel von den Schultern streifen müssen und über die Beine nach unten ziehen. Seine Körpertemperatur fällt weiter. Wenn er nicht schleunigst aus dem Wasser kommt, wird ihn die Gleichgültigkeit überfallen. Dann wird er sich ergeben müssen. Die Augen schließen, das Wasser in der Nase spüren und sinken. Eins. Zwei. Drei. Bei zehn wird er unten angekommen sein. Mit erhobenen Armen und wehendem Mantel wie ein schwereloser Engel.

»Sie müssen nach links schwimmen. Da sind Stufen.« Eine Stimme von oben dringt in Falters Bewusstsein. »Hören Sie mich? Sie müssen nach links schwimmen.«

Die Stimme wird ihn führen. Sie ist die Schnur, die ihn vielleicht ans Ufer zurückbringt. Falter hat den Mantel endlich abgestreift und versucht, die Arme sinnvoll zu bewegen.

»Sie müssen nach links schwimmen, Mann. Nach links.« In der rettenden Stimme schwingt Unwille mit. Falter hält inne. Er schaut hoch, und da oben steht ein Mann und zeigt mit dem Finger in die Gegenrichtung. Wenn er hier lebend rauskommt, wird Falter einen letzten Versuch machen, seinem Gehirn rechts und links beizubringen. Der Mann von oben dirigiert ihn mit seiner Stimme zu einer eisernen Sprosse, die aus der Mauer springt. Es ist gut, etwas Festes in der Hand zu spüren, das bleibt, wenn man es berührt.

Er umklammert das Metall und muss ausruhen, bevor er sich an den Aufstieg macht. Seine Beine hängen taub und leblos herunter, unfähig sich zu beugen. Falter greift nach der nächsten Sprosse und zieht den Körper nach. Bis oben sind es etwa zwei Meter. Das wird er nicht schaffen. Ein eisiger Wind schleift sein Gesicht wie grobes Schmirgelpapier. Der Schmerz fährt ihm durch jeden Nerv. Ein langer qualvoller Schrei entfährt ihm und prallt an der glitschigen Quaimauer ab. Sein Leib bäumt sich auf, und er erreicht die nächste Sprosse. Vielleicht ist das die Lösung. Er wird schreien und sich aufpeitschen. Und vielleicht wird ihm der Schrei das Leben retten. Der Mann von oben blickt besorgt auf das nasse Wesen, das sich wie ein Tier aus einer anderen Welt röhrend und schwerfällig auf ihn zuschiebt. Falters Finger haben den Rand erreicht. Der Mann umfasst Falters Handgelenke und zieht ihn langsam über den Boden, bis der ganze Körper auf der Promenade liegt. Er dreht ihn auf den Rücken und klopft mit den Fingern gegen Falters fahle Wangen. Das Wesen rührt sich nicht.

»Ich hol Hilfe«, murmelt der Mann und läuft in Richtung Rheinstraße.

Falter schaut unter schweren Lidern hoch zum Himmel. Der Mond hängt als silberne Sichel über ihm. Er nimmt ab. Zwei, drei Tage noch, dann wird die Nacht ganz dunkel sein. Sterne stürzen auf Falter zu. Sie kommen aus allen Richtungen und sammeln sich in einem Sog, als würden sie von einem Staubsauger angezogen. Sternschnuppen tanzen glühend vor seinen Augen und schicken ihre Wärme hinab zu ihm wie ein lautloses Feuerwerk. Ein flackerndes Blau durchzuckt den Himmel. Es vertreibt das warme Licht der Sternschnuppen, und Falter will die Augen schließen, kann es aber nicht. Da ist eine Stimme und ein gelber Schein, direkt vor seiner Pupille. Sein Körper hebt sich, dem Himmel entgegen. Der Mond verlässt Falters Umlaufbahn. Die Konturen verschwimmen, und dann ist nur noch Nacht.

*

Es schneit. Von seinem Bett aus kann Falter die Flocken sehen, wie sie um die Bäume wirbeln. Der Schnee macht alles weiß und still. Auch um Falter ist es weiß und still. Er liegt allein in einem Zimmer, in kochechter weißer Baumwolle, der Hygiene wegen. Die Tür öffnet sich lautlos, und die Schwester tritt ein. Sie heißt Renate und will ihn rasieren. Mit einem Pinsel hat sie Schaum angerührt und verteilt ihn über Falters Wangen und Kinn. Ihre Bewegungen sind routiniert, wahrscheinlich aus eigener Praxis. Schwester Renate neigt zu Damenbart. Wenn sie mit Falter spricht, wird sie sehr laut, das sieht ihr Falter an. Sie gibt sich Mühe, dass er sie versteht, denn seit seinem Sturz in den Fluss hört Falter nur noch wie durch Watte. Die Ärzte wissen nicht, warum das so ist. Ob es die Kälte war oder der Aufprall aufs Wasser, aber sie machen ihm Hoffnung, dass es vorübergehen wird mit der Zeit. Was sie mehr beunruhigt, ist die Lähmung beider Arme. Falter spürt nicht, wenn man ihn in den Finger piekst oder wenn Schwester Renate ihn heimlich in den Arm kneift, um sich zu vergewissern, dass er nicht simuliert. Und wenn er die Arme aus eigener Kraft heben soll, liegen sie unbeweglich da wie weißer Marmor. Wenn Falter allein ist in seinem Zimmer, mit der Stille in sich, fühlt er, wie Panik durch seinen Körper kriecht und ihm die Tränen aus den Augen presst. Sie trocknen auf seinem Gesicht und hinterlassen dünne, salzweiße Spuren. In diesen Momenten hat er keine Hoffnung, je wieder leben zu können wie zuvor. Selbst sein altes Leben würde er wieder nehmen, wenn nur die Arme funktionierten.

Seit drei Tagen ist er im St. Vincenz-Krankenhaus, und an seinem Zustand hat sich nichts verändert. Als er aufgewacht war, zwölf Stunden nach seiner Einlieferung, hatte er die fernen Stimmen, die zu ihm sprachen, noch für Lauthalluzinationen gehalten, die die Sterne ihm geschickt hatten. Eine Frau in einem weißen Kittel hatte seinen Puls gemessen und ihn gefragt, wie das passiert sei, und er hatte zunächst nicht gewusst, was sie mit »passieren« meinte. Erst allmählich setzten sich die Erinnerungsstücke zusammen, und er fühlte wieder die schreckliche Kälte, die immer noch in seinen Knochen wohnte. Er hatte lange über eine Antwort nachgedacht, die er der Frau geben konnte, und dann nur gesagt, er sei in den Fluss gefallen, als er die Sterne beobachtet habe, was so falsch nicht war. Seitdem nennen sie ihn Hansguckindieluft, und Falter findet es nicht lustig.

Arnulf Ritzen besucht ihn täglich, und an seinem Gesicht erkennt Falter, dass er sich Sorgen macht. Er hat dem Freund erzählt, dass ihn jemand in den Fluss gestoßen hat, warum auch immer, und ihn gebeten, darüber zu schweigen. Falter hat seine eigene Stimme überdeutlich und quälend laut wahrgenommen, als stecke sein Kopf in einem Blecheimer. Ritzen hat Falter angeschaut wie damals, als sie das mit der Insulinspritze herausgefunden hatten, und dann gesagt, dass die Sache langsam gefährlich würde und Falter lieber die Finger davon lassen sollte. Das mit den Fingern hat ihm sofort Leid getan in Anbetracht von Falters Zustand, und er hat sich umständlich rausgeredet, aber Falter ist ihm nicht böse gewesen. Er ist froh, einen Freund zu haben, der sich um ihn kümmert und mit dem er sein Wissen teilen kann.

Jeden Tag macht Falter zehn Minuten lang Übungen für die Arme. Er versucht, die Faust zu ballen und den Unterarm zu heben. Erst rechts, dann links. Die Anstrengung lässt das Rauschen in seinen Ohren anschwellen, und der Schweiß rinnt ihm über den Rücken. Schwester Renate wird mit ihm schimpfen, wenn sie ihn so vorfindet, und unter Murren seinen Schlafanzug wechseln. Das habe doch sowieso keinen Zweck, wird sie halblaut murmeln, aber Falter wird sie trotzdem verstehen. In seiner Fantasie wird er seine Arme heben, die Hände um ihren Hals legen und zudrücken, bis sie jault.

Bei seinem letzten Besuch hat Falter Arnulf Ritzen gebeten, Silvia Münster anzurufen und ihr zu sagen, was passiert ist und wo er sich aufhält. Weil er das Klopfen nicht hört, erschrickt Falter jedes Mal, wenn sich die Tür zu seinem Zimmer unvermittelt öffnet. Silvia Münster schaut herein, aber bevor sie eintreten kann, hat

Schwester Renate sie zurückgehalten. Die Besuchszeit sei längst vorüber, und der Patient müsse schlafen, sagt sie so laut, damit auch Falter es hört. Silvia Münster zückt ihren Dienstausweis und schiebt sich an der Frau vorbei. Sie kommt auf Falter zu, dreht sich kurz um und gibt der Schwester die Anweisung, die Tür von außen zu schließen. Ihre Lippen finden Falters Mund, was ihn überrascht. Sie streicht über seine linke Hand und zuckt zurück, als sie merkt, was sie da tut. Einen Moment schauen sie sich unsicher an. Dann macht Silvia ein ernstes Dienstgesicht.

»Wie weit willst du noch gehen? Bis du tot bist? Ich hatte dich gewarnt. Sobald du hier raus bist, gehen wir zusammen die Fakten durch, und dann werde ich den Fall Körner übernehmen.«

»Nein!«, entfährt es Falter lauter als beabsichtigt. Silvia Münster schrickt zusammen. Eine Zeit lang ringen sie miteinander, mit Worten, mit Blicken. Vor allem mit Blicken. Falter schaut sie bittend an.

»Das darfst du nicht. Lass mir noch etwas Zeit. Ich kann jetzt nicht aufgeben. Da hat es jemand auch auf mich abgesehen, und ich muss selbst herausfinden, wer das ist.«

»Glaub nicht, dass ich dich nicht verstehe, Benno, aber ich kann dich doch nicht in eine Gefahr rennen lassen, die dich vielleicht das Leben kostet. Sieh dich an. Du wirst vielleicht nicht mehr gesund. Und dann schaffst du es sowieso nicht allein.«

»Wenn es so weit kommen sollte, werde ich dich um Hilfe bitten. Ganz bestimmt. Aber bis dahin lass mir bitte Zeit.«

Silvia Münster hebt resigniert die Schultern. Es ist nicht richtig, was sie tut. Aber sie hat Mitleid mit Falter, der in diesem Bett liegt, als seien seine Arme an den Körper genagelt.

»Ich habe noch etwas über Pfaff herausgefunden«, sagt sie, um Falter aufzumuntern. »Er hat das Haus von Margarethe Körner mehreren Wohnbaugesellschaften angeboten. Dabei ist das Testament noch gar nicht eröffnet. Ich habe mich erkundigt. Er scheint sich sehr sicher zu sein.«

Falters Konzentration schwindet. Das Zuhören strengt ihn an. Er hat verstanden, was Silvia Münster gesagt hat, aber ihm fehlt die Kraft für eine Antwort. Er schließt die Augen und nickt. Sie steht auf.

»Du brauchst Ruhe. Wir reden weiter, wenn es dir besser geht. Ich komme wieder. Schlaf gut.« Sie küsst ihn auf die Wange, was Falter enttäuscht hinnimmt, und löscht das Licht.

Falter erwacht, weil er vom Wasser geträumt hat. Das tut er jede Nacht seither. Danach kann er nicht mehr einschlafen und liegt wach, bis die Frühschicht kommt, um Puls und Fieber zu messen. In Falters Traum hat Silvia eine Rolle gespielt. Jedenfalls war es eine Frau mit blonden Haaren, und sie hatte Falters Kopf unter Wasser gedrückt, in einer Badewanne, die so groß war wie ein Whirlpool, und sie beide hatten darin gesessen, nackt und lachend, und dann war sein Kopf untergetaucht. Falter hat schon lange aufgehört, über seine Träume nachzudenken oder ihnen eine Bedeutung zu geben. Wenn es zu schlimm wurde, half oft der Schrei oder die Hoffnung, dass die nächste Nacht besser werden würde. Seit dem Sturz in den Fluss wird nichts besser. Silvia Münsters Besuch war ein Ultimatum.

Mit dem Fuß drückt er die Nachtglocke, die extra für ihn am Bettende befestigt ist. Ein Pfleger mit müden Augen erscheint und fragt, was los sei. Falter bittet ihn, das Fenster zu öffnen. Ganz weit. Der Pfleger zögert. Wenn der Mann aus dem Fenster springt, wird man ihn verantwortlich machen.

»Ich will nicht springen«, versichert ihm Falter, als ahne er, was der andere denkt, »ich brauche nur frische Luft.« Der Pfleger geht unwillig zum Fenster, öffnet es aber.

»In fünf Minuten komm ich wieder«, sagt er. »Das muss reichen.«

»Alles klar«, lächelt ihm Falter nach und hofft, dass der Mann es mit der Zeit nicht so genau nimmt. Mit den Beinen schlägt er die Bettdecke zurück und rollt sich über die Seite in den Sitz. Vorsichtig stellt er die Füße auf den Boden. Seine Beine sind schwach. Barfuß schlurft er zum offenen Fenster. Der Schnee gibt der Dunkelheit Schärfe. Falter atmet tief ein und zieht dabei die Schultern hoch. Seine Arme baumeln leblos neben dem Körper. Von dem Schrei, den er dann ausstößt, wird man im »Vincenz« noch lange reden. Eine Frau im Kreißsaal vergisst für einen Moment ihren eigenen Schmerz. In der Notaufnahme lässt ein übermüdeter Arzt im Praktikum eine Spritze mit Adrenalin fallen. Im Zimmer 107 auf der »Inneren« erleidet eine Einundachtzigjährige einen Herzanfall, weil sie die Gequälten in der Hölle gehört haben will. Als der Pfleger in Falters Zimmer stürzt, darauf gefasst, den Patienten drei Stockwerke tiefer auf dem Pflaster liegen zu sehen, trifft er Falter im Bett an.

»Schön, dass Sie kommen«, sagt der. »Wenn Sie mich bitte zudecken würden und das Fenster schließen.«

»Haben Sie da gerade so geschrien?«, fragt der Pfleger.

»Das mache ich immer an offenen Fenstern«, antwortet Falter.

»Das machen Sie nicht noch mal, klar«, warnt ihn der Pfleger und schließt das Fenster.

Falter nickt. Das wird hoffentlich auch nicht nötig sein.

Der Chefarzt, der am Morgen im Gefolge mehrerer Assistenten an Falters Bett steht, verliert für einen Moment seinen allwissenden Gesichtsausdruck. Wie an jedem Morgen hat er Falter in die Fingerspitzen gepiekst, und jetzt schreit der Mann laut »Aua«. Als der Arzt Falters rechte Hand ergreift, erwidert diese den Druck, und erschreckt lässt er sie fallen. Er geht zur linken Hand hinüber und erlebt dort die gleiche Verblüffung.

»Jetzt heben Sie mal den Arm«, fordert der Arzt Falter auf.

Zwei Stunden lang hat Falter für diesen Augenblick geübt. Er weiß, dass er es kann. In seinen Armen prickelt es von den Fingerspitzen bis zur Schulter. Der Chefarzt dreht sich zu seinen Assistenten um und erwartet eine Reaktion. Schnell beeilen sie sich, von erstaunlich, unerwartet und unmöglich zu sprechen.

»Können Sie mich auch hören?«, fragt der Chefarzt wieder zu Falter gewandt. Er spricht mit der Betonung für Schwerhörige.

»Ich höre Sie sehr gut«, sagt Falter.

»Das ist fürwahr eine erstaunliche Heilung«, grummelt der Arzt und schaut Falter prüfend an. »Man hat mir berichtet, Sie hätten heute Nacht geschrien. Hat Ihre plötzliche Genesung vielleicht damit zu tun?«

»Das ist durchaus möglich. Der Schrei als Therapie wird in der Medizin ja leider noch sehr unterschätzt«, antwortet Falter.

Der Arzt wendet sich räuspernd ab und signalisiert das Ende der Visite. »Nun, meine Damen und Herren, dann wollen wir mal. Für uns Schulmediziner gibt es hier nichts mehr zu tun. Unseren Herrn Falter werden wir noch einen Tag zur Beobachtung hier behalten, und dann kann er nach Hause.« Die weißen Kittel zeigen Falter den Rücken und verlassen das Zimmer.

Es schneit wieder, und Falter freut sich schon auf das Knirschen des Schnees unter seinen Schuhen.

*

Katja Petri steht auf einer schmalen Leiter, die gegen ein Regal lehnt, als Falter die Bücherei betritt. Arnulf Ritzen hat ihn für den Rest der Woche krankgeschrieben, und so bleiben ihm drei Tage, um an der völligen Wiederherstellung seiner körperlichen Funktionen zu arbeiten. In seinen Ohren meldet sich nur noch manchmal ein feines Rauschen zurück, das er als Signal nimmt, sich von lauten, hektischen Orten fern zu halten. Deshalb sucht er die Ruhe der Bücherei, in der am Vormittag wenig los ist.

Katja Petri dreht sich zu ihm um und winkt. Sie ordnet die Bücher auf ihrem Arm rasch ein und steigt die Leiter hinunter.

»Hallo«, sagt sie, »schön, dass Sie wieder da sind.« Sie kommt auf Falter zu und reicht ihm die Hand. Falter greift danach und freut sich über diesen schlichten Akt, der ihm beweist, dass sein Körper wieder gehorcht.

»Sie sind in den Rhein gestürzt, habe ich gehört«, sagt sie und mustert Falter, als könne sie irgendwo noch ein paar Tropfen Wasser in seinem Haar finden.

»Ja, das war Pech«, antwortet Falter und lässt ihre Hand los. Neuigkeiten verbreiten sich im Ort schneller als auf einer Datenautobahn. Er will das Thema nicht vertiefen und zeigt zu den Büchern. »Ich würde mir gern etwas ausleihen.«

»Nur zu. Ich habe ein bisschen umgestellt. Wenn Sie Hilfe beim Suchen brauchen, melden Sie sich.« Sie geht zu ihrem Schreibtisch und schaut einen Stapel Karteikarten durch.

Falter schlendert an den Regalen vorbei, greift sich ein Buch heraus und stellt es zurück, nachdem er ein paar Seiten überflogen hat. Er sucht etwas Bestimmtes. Eine von den Ortschroniken, die Frau Stockmann ihm gegeben hatte, als sie noch an der Treppe auf ihn wartete. Er erinnert sich, dass es darin um die Entwicklung des Ortes und seiner Einwohner ging. Im hinteren Teil des Buches waren die Stammbäume der wichtigsten Familien verzeichnet, und Falter glaubt, dass auch die Pfaffs dazugehört hatten.

»Wie geht es Frau Stockmann?«, fragt er, während sein Blick nach dem hellgelben Buchrücken der Chronik Ausschau hält.

»Sie ist immer noch im Krankenhaus. Wie ich gehört habe, ist sie operiert worden. Ich soll sie jedenfalls noch bis Weihnachten vertreten. Vielleicht auch länger.«

»Ich würde sie gern besuchen«, sagt Falter, »wissen Sie, in welchem Krankenhaus sie liegt?«

»In der Uniklinik. Ich suche Ihnen die Station und ihre Zimmernummer heraus, wenn Sie noch etwas Zeit haben.«

»Ich habe Zeit. Wenn ich darf, setze ich mich zu Ihnen und lese.« Falter hat das Buch gefunden. Die Auflage stammt aus den siebziger Jahren, das ist für Falters Zwecke aktuell genug. Tatsächlich ist der Stammbaum der Familie Pfaff verzeichnet. Seit 1764 lebt sie hier. Johannes Pfaff war der Erste, der sich damals im Ort niederließ. Als Beruf steht da »Ackerer«. Die nachfolgenden Generationen werden als »Landwirte« bezeichnet, abgesehen von einem Pfarrer und einem Kaufmann. Sie alle haben Frauen aus der Umgebung geheiratet, die wiederum Land mit in die Ehe gebracht haben, das kann Falter an den Namen erkennen, die er mit anderen verzeichneten Stammbäumen abgleicht. Walter Pfaffs Vater Ludwig war ebenfalls Landwirt und zweimal verheiratet. Aus erster Ehe hat er eine nicht namentlich erwähnte Tochter, aus der zweiten die beiden Kinder Margarethe und Walter. Ludwig Pfaffs erste Frau Adelheid Dietrich starb 1935, die zweite Ehe wurde aber schon 1930 geschlossen. Das wundert Falter, denn es könnte bedeuten, dass die erste Ehe geschieden wurde. Ist das vorstellbar? Damals war das alles hier noch ein Dorf, das gerade erst ein Stadtteil des katholischen Mainz geworden war. Eine Scheidung musste schwierig, wenn nicht unmöglich gewesen sein. Falter überlegt, was in dieser Ehe passiert sein könnte, aber es fällt ihm nichts ein. Er schaut zu Katja Petri hinüber, von der er sich beobachtet fühlt.

»Ich würde Sie gern etwas fragen«, sagt Falter. »Stellen Sie sich vor, es ist 1930 und Sie leben hier im Dorf. Sie sind Bauer und haben eine Frau und ein Kind. Was kann es für einen Grund geben, dass Sie sich scheiden lassen wollen?«

»Ach du liebe Güte, was für eine Frage. Eine andere Frau vielleicht?«

»Nein, das glaube ich nicht. So einfach ging das damals nicht. Sie müssen sich vorstellen, dass Ihr Ruf an so einer Scheidung hängt, vielleicht Ihre ganze Existenz. Es ist 1930. Dem ganzen Land geht es schlecht. Die Wirtschaft liegt am Boden. Da denkt man doch an andere Sachen als an Scheidung, nur weil man sich in eine andere verguckt hat. Außerdem waren hier alle katholisch.« Falter gräbt sich tiefer in den speckigen Ledersessel und starrt auf den Stammbaum.

»Vielleicht hat sich ja auch die Frau scheiden lassen«, gibt Katja Petri zu bedenken. Aber das glaubt Falter erst recht nicht. Für Frauen war so ein Schritt noch viel schwerer. Falter schaut auf die Uhr. Er muss gehen, obwohl er lieber bleiben möchte. Silvia wartet auf ihn.

»Wir denken morgen noch einmal über die Sache nach, ja?«, sagt er und steht auf. »Lassen Sie das Buch einfach liegen, ich brauche es noch. Bis morgen.«

Als Falter nach draußen tritt, blendet ihn die helle Sonne, die das Weiß des Schnees noch greller macht. Die Luft ist so klar wie in den Bergen. Über den roten und grauen Dächern steht der Himmel tiefblau und wolkenlos. Wegen der Kälte ist der Schnee liegen geblieben, auch auf den weniger befahrenen Straßen. Er knirscht unter Falters Schuhen, als er über den Parkplatz vor dem Büro geht. Es steht nur ein einzelnes Auto dort, ein weißer Porsche, der Falter wie ein Tier vorkommt, das sich an seine weiße Umgebung angepasst hat. Einen weißen Porsche fährt hier nur Thomas Pfaff. Falter sieht ihn hinter dem Steuer sitzen. Er tritt an die Fahrerseite und klopft an die Scheibe. Sie senkt sich automatisch für einige Zentimeter.

»Wollen Sie zu mir?«, fragt Falter, aber Thomas Pfaff schüttelt überrascht und erschrocken den Kopf. Aus dem Inneren des Wagens weht ein unangenehmer Geruch in Falters Richtung. Eine Mischung aus Zigaretten und Alkohol. Falter will schon weitergehen. Aber ihm ist etwas eingefallen. »Neulich auf der Weihnachtsfeier von den ›Sangesbrüdern‹ sind Sie schon früh gegangen. Hat es Ihnen nicht gefallen?«, fragt er und gibt Pfaff ein Zeichen, das Fenster weiter zu öffnen.

»Doch, doch, natürlich. Wieso?«, sagt Thomas Pfaff, während die Scheibe ganz nach unten fährt.

»Sie sind noch vor dem Nachtisch verschwunden. Das hat mich gewundert.«

»Ja, jetzt erinnere ich mich. Mir war schlecht geworden, und ich brauchte etwas frische Luft.«

»Wie lange waren Sie draußen?«

»Keine Ahnung. Vielleicht eine halbe Stunde.«

»Das wird wohl länger gewesen sein. Denn als ich ging, waren sie noch nicht zurück«, sagt Falter. »Kann es sein, dass Sie einen langen Spaziergang gemacht haben. Etwa bis zum Hyatt-Hotel?«

»Nein«, sagt Pfaff schnell. »Was wollen Sie von mir? Was soll das?«

»Ich glaube, ich habe Sie dort gesehen. Mit ein paar Leuten und ein paar Flaschen Wein. Sie saßen auf den Stufen, die runter zum Rhein führen. Stimmt's?«

»Kann schon sein. Aber das geht Sie wohl kaum etwas an.«

»Stimmt auch. Merkwürdig ist nur, dass mich ein paar Minuten später jemand in den Rhein gestoßen hat. Das waren nicht zufällig Sie?«

Thomas Pfaff schaut Falter zum ersten Mal an. In seinem Blick steht Angst. Nicht Angst vor Entdeckung, sondern Angst, dass man ihm eine solche Tat zutraut. »Nein, das dürfen Sie nicht glauben«, bittet er, »das war ich nicht.«

»Wer war es dann? Ist Ihnen jemand aufgefallen, der mir gefolgt ist?«

Pfaff denkt nach und schüttelt dann langsam den Kopf. »Nein, niemand. Ich hatte auch schon etwas getrunken.«

Das glaubt ihm Falter. Dieser große Junge hätte nicht den Mut, jemanden zu verletzen. Auch wenn der Vater es ihm aufgetragen hätte.

Falter schlägt zum Abschied mit der flachen Hand leicht auf das Wagendach und geht über den Parkplatz hoch zur Straße. Silvias Wagen steht schon am Treffpunkt vor der Feuerwehr.

»Wohin fahren wir?«, fragt sie, während sich Falter anschnallt und sie den Motor startet.

»Erst mal auf die A60 Richtung Bingen, dann auf die B9. Ich möchte dir etwas zeigen.«

»Was ist es denn? Hat es mit Walter Pfaff zu tun?«

»Nein, nur mit mir.«

Sie fahren über die Koblenzer Straße zur Autobahnauffahrt. Die Mittagssonne scheint ihnen direkt ins Gesicht. Falter klappt die Sonnenblende herunter und sieht einen Teil seines Gesichts in dem kleinen Spiegel. Während er sich selbst in die Augen schaut, überlegt er, wie er es am besten anfangen soll, Silvia in die Last einzuweihen, an der er seit fast sechs Jahren trägt. Ob sie ihn verachten wird?

»Du bist so still«, sagt sie.

»Ich habe gerade Thomas Pfaff getroffen. Daran musste ich denken. Er stand mit seinem Wagen vor meinem Büro. Ich dachte, er wolle vielleicht zu mir. Aber das hatte er gar nicht vor. In seinem Auto roch es ziemlich nach Alkohol, und dabei fiel mir der Abend ein, als ich in den Rhein gestürzt bin. Kurz vorher habe ich Thomas Pfaff draußen vor dem Hyatt gesehen, mit ein paar anderen, alle schon ziemlich angetrunken. Und da kam mir die Idee, ihn zu fragen, ob er es war, der mich ins Wasser gestoßen hat.«

»Und, war er es?«

»Er sagt nein, und ich glaube ihm. Er ist ein Dummkopf, aber nicht gefährlich.«

»Wieso hast du es überhaupt gedacht?«

»Weil sein Vater es ihm befohlen haben könnte.«

»Pfaff ist also immer noch deine heißeste Spur.«

»Solange ich keine andere habe, ja.«

»Du müsstest den Mann finden, der dich aus dem Wasser gezogen hat. Es wäre möglich, dass er etwas gesehen hat.«

»Das habe ich schon versucht. Ich war gestern Abend am Rhein und habe ein paar Leute gefragt, ob sie am letzten Samstag mitbekommen haben, wie jemand in den Fluss gefallen ist. Fehlanzeige. Aber einer der Taxifahrer, die an der Rheingoldhalle ihren Stand haben, konnte sich an einen Mann erinnern, den er in der Nacht in die Boppstraße gefahren hat. Der hätte ihm erzählt, es sei gerade jemand in den Rhein gestürzt und er habe ihn rausgeholt. Blonde kurze Haare, Anfang dreißig. Mehr hab ich nicht.«

»Gib eine Annonce auf. ›Lebensretter gesucht‹, mit Chiffre, vielleicht meldet er sich«, schlägt Silvia Münster vor. Sie haben die Abfahrt zur B9 erreicht und fahren Richtung Bingen. Falter findet die Idee mit der Annonce gar nicht schlecht. Am besten ruft er gleich morgen früh bei der Zeitung an.

»Mein Gott, ist das schön«, sagt Silvia Münster. Sie haben Bingerbrück hinter sich gelassen und fahren nun ganz nah am Rhein entlang. Auf den Weinbergen des rechten Ufers liegt Schnee. Im Fluss spiegelt sich der blaue Himmel. An die steilen Felsen des linken Ufers schmiegen sich die Rheinburgen wie auf einer Kette.

»Hier links auf den Parkplatz«, sagt Falter. Silvia Münster wartet den Gegenverkehr ab und biegt auf einen schmalen Parkstreifen ab. Er ist reserviert für die Besucher der Burg Rheinstein, die etwa fünfzig Meter über ihnen im grau-braunen Schatten steht. Es ist Mittagszeit, und es parken noch fünf andere Wagen dort.

»Möchtest du hier mit mir essen gehen?«, fragt Silvia Münster und steigt aus. Von dort oben muss der Blick so schön sein, dass sich das Herz zusammenzieht. Begeistert blickt sie zu Falter. Sie will schon die steilen Serpentinen hochsteigen, die zur Burg führen, als Falter sie bittet, ihm auf die gegenüberliegende Straßenseite zu folgen. Als sie auf dem Bürgersteig stehen, den ein Geländer von der Bahnstrecke Koblenz–Mainz trennt, schießt ein Intercity an ihnen vorbei und weht Silvia das Haar ins Gesicht.

»Kannst du dich an Martin Broschek erinnern?«, fragt Falter, als das Donnern des Zuges verklungen ist. »Da vorne auf dem Parkplatz ist er gestorben. Die Kugel hatte ihn mitten in die Stirn getroffen.«

Natürlich kann sie sich an den Namen erinnern. Jeder Polizist hat ein besonderes Gedächtnis für Kollegen, die im Dienst getötet werden. Es muss vor fünf oder sechs Jahren gewesen sein. Broschek war bei einer Verkehrskontrolle von einem Autofahrer erschossen worden. Die Zeitungen hatten tagelang darüber berichtet, und es hatte eine öffentliche, ergebnislose Diskussion darüber gegeben, wie man Polizisten besser vor solchen Angriffen schützen konnte. Bei der Beerdigung hatte Falter mit grauem Gesicht neben Broscheks Witwe und den beiden Kindern gestanden. Silvia Münster war zu ihm gegangen und hatte ihn trösten wollen, aber ihre Worte waren nicht zu ihm gedrungen. Es war, als hätte der Schock seinen Körper vereist. Er war dabei gewesen, als Broschek erschossen wurde. Sie waren ein Team, damals in Bingen.

»Ich bin schuld an seinem Tod«, sagt Falter. Er ist seit jener Nacht im Februar nicht mehr hier gewesen. Eine Zeit lang war er noch mit einem anderen Kollegen Streife gefahren, und immer, wenn sie auf der B9 nach Trechtingshausen fuhren und sich Burg Rheinstein näherten, hatte Falter angefangen zu zittern und zu schwitzen. Die Erinnerung raste wie ein Fallbeil auf ihn zu. Einmal war Falter im Fahren aus dem Wagen gesprungen und hatte sich auf dem Seitenstreifen erbrochen. Ein andermal hatte seine Beifahrertür geklemmt, und er hatte so heftig an dem Griff gezerrt, bis er abriss. Sein Kollege war hastig um den Wagen herumgelaufen und hatte die Tür von außen geöffnet. Falter war von seinem Sitz hochgeschossen und hatte den Türgriff mit einem wütenden Schrei über die Bahngleise in den Rhein geschleudert. Seine Entscheidung, sich einige Monate später nach Mainz versetzen zu lassen, wo eine Stelle als Bezirksbeamter frei war, hatte man in Anbetracht seiner offensichtlichen Nervenkrise vorbehaltlos unterstützt.

»Ich hätte Martins Tod verhindern können«, fährt Falter fort. Vor sechs Jahren ist der schmale Parkplatz vor Burg Rheinstein Zeuge seines größten Versagens gewesen, der größten Schuld, die ein Mensch auf sich laden kann. Wann immer er versucht hatte, seine Schuld zu verdünnen, sich zu sagen, dass er vielleicht gar nicht anders hatte handeln können, war der Traum gekommen. Immer derselbe Traum. Falter auf der Straße stehend, eingekreist von steilen Felswänden. Aus ihren klaffenden Furchen fließt dampfendes

Blut, das an seinem Körper klebt. Wenn er versucht, es mit Rheinwasser abzuwaschen, verwandelt es sich in eine stinkende Paste, die sich mit nichts von der Haut entfernen lässt. Manchmal passiert es Falter auch tagsüber, dass ihm unvermittelt der Traumgeruch in die Nase steigt, der ihn an seine Schuld erinnert. Gestank gegen das Vergessen.

»Wir hatten in der Nacht viel zu tun. Es war Fastnachtssamstag. Die Kollegen, die die Alkoholtests machten, waren schon nach Bingen zurückgefahren, und wir überlegten auch, Schluss zu machen. Aber Martin wollte unbedingt die fünfzig voll machen. Fünfzig Alkoholtests. Er war so ein Mensch. Alles musste immer auf glatte Summen ausgehen. Wenn unser Kilometerzähler eine krumme Zahl anzeigte, fuhren wir weiter, bis sie Martin gefiel. Meistens verbanden wir das mit einem Abstecher zum McDrive. Die kannten uns schon und machten Martin zehn Chicken McNuggets statt nur neun. Jedenfalls sagte Martin an diesem Abend ›den noch‹ und hielt die Kelle raus. Es war ein VW-Passat Kombi. Auf der Rückbank war ein Kindersitz befestigt. Dunkelblau mit roten und grünen Bären drauf. Der Mann saß allein im Wagen. Martin bat ihn um die Fahrzeugpapiere, und während er sie durchsah, sagte er zu mir, ich sollte den Typ pusten lassen, er rieche ziemlich nach Bier. Ich hielt dem Mann das Röhrchen mit der Tüte hin und erklärte ihm, wie er zu pusten habe. Er protestierte nicht, machte alles vorschriftsmäßig. Martin hatte sich mit den Papieren in unseren Wagen gesetzt und telefonierte. Also schien etwas nicht damit zu stimmen. Das war auch dem Mann aufgefallen, jedenfalls wurde er plötzlich nervös und fragte mich, wann er weiterfahren könne. Der Alkoholtest war negativ, also sagte ich ihm, es könne nicht mehr lange dauern.

Martin kam zurück und bat den Mann auszusteigen. Ich hatte mich hinten an den Kofferraum des Passats gestellt. Der Mann beugte sich kurz über den Beifahrersitz und stieg dann aus. Auf der anderen Seite des Flusses leuchteten die Lichter von Assmannshausen. Ich weiß nicht warum, ich habe es mich immer wieder gefragt, jedenfalls konnte ich meine Augen nicht von diesen Lichtern lösen. Ich reagierte erst, als Martin ›Scheiße‹ rief. Der

Mann zielte mit einer Pistole auf ihn. Der Typ drehte sich hektisch zu mir und befahl mir, zu Martin rüberzugehen. Aber ich konnte mich nicht bewegen. Er schrie, ich sollte machen, und ließ die Pistole zwischen Martin und mir hin und her tanzen. Martin gab mir mit den Augen ein Zeichen. Ich sollte zuerst schießen. Meine Finger legten sich um den Abzug, aber ich konnte die Waffe nicht heben. Ich konnte nichts mehr. Ich hatte Angst. Ich war Polizist und hatte Angst. Der Mann kam auf mich zu und packte mich. Martin sprang von hinten auf ihn los, war aber nicht schnell genug. Der Mann drehte sich um und schoss. Es war eine einzige Bewegung. Die Drehung und dann der Schuss. Martin flog auf den Rücken. Sein Hinterkopf schlug auf den Asphalt. Mit einem Geräusch wie Nüsseknacken. Ich sah Martin, in seiner Stirn ein Loch und diesen Mann mit der Pistole. Meine Finger gehorchten mir jetzt wieder. Ich zielte auf Arme und Beine. Ich drückte dreimal ab. Ich war ganz ruhig. Ich hätte mein ganzes Magazin verschossen, um diesen Kerl zu zersieben.«

Falters Erleichterung ist kleiner, als er erwartet hatte. Er hatte sich vorgestellt, dass ihm die Bänder ums Herz eins nach dem anderen zerspringen würden, wie beim eisernen Heinrich aus dem »Froschkönig«. Aber solange Silvia schweigt, bleibt sein Herz eingeschnürt. Sie ist die Prinzessin, die ihn erlösen kann.

Sie haben auf das Essen in Burg Rheinstein verzichtet und sind stattdessen zum McDrive gefahren. Silvia wollte es so. Eine schwer zu verstehende Stimme aus dem Lautsprecher fragt, was sie essen wollen. Falter bestellt ohne nachzudenken einen Hamburger, und Silvia fragt, ob sie statt neun auch zehn Chicken McNuggets haben könnte. Aber das geht nicht. Falter sieht sie überrascht an, versucht ein Lächeln, und sie lächelt zurück.

Sie essen im Auto. Es riecht nach Zwiebeln, Ketchup und Papiertüte. Falter kurbelt das Fenster ein Stück herunter.

»Warum hast du mir das erzählt?«, fragt Silvia Münster endlich.

»Weil ich glaube, dass mir leichter wird.«

»Und, wird es leichter?«

»Es fängt an.«

»Ich kann dir deine Schuld nicht nehmen«, sagt sie, »wenn es das ist, was du willst.«

»Nein, das will ich nicht. Die kann mir keiner nehmen. Aber ich will auch nicht mehr daran ersticken. Ich hätte damals den Mut haben sollen, meinen Fehler zuzugeben. Ich weiß nicht, was mich schwerer belastet hat. Meine Feigheit oder mein Versagen. Ich habe mir jeden Morgen die Seele aus dem Leib geschrien, um überhaupt weitermachen zu können. Ich will das nicht mehr. Ich will ein normales Leben, verstehst du?«

»So plötzlich?«

»Ja. Seit dem Mord an Margarethe.«

»Ich muss zugeben, dass mich dein Geständnis ziemlich schockt. Ich meine das nicht moralisch. Im Grunde hat doch jeder Polizist Angst, einmal in die gleiche Situation zu kommen, und ich habe die ganze Zeit überlegt, was ich wohl an deiner Stelle getan hätte. Ich kann es dir nicht sagen. Man übt den Ernstfall, aber wenn er da ist, blockiert die Angst alles. Das kann passieren. Es gehört wohl zu unserem Beruf, dass man auch damit fertig werden muss. Wie mit allem anderen.« Silvia Münster macht eine Pause, spricht aber rasch weiter, als Falter etwas sagen will. »Es ist allerdings typisch für dich, dass du eine solche Sache zu deiner persönlichen Tragödie machst. Dass du geradezu zwanghaft leiden willst. Genau wie damals, als das mit dem Foto passiert ist. Du hast zu wenig Abstand zu den Dingen, Benno.« Silvia hat sich die Finger an der Serviette abgewischt und stopft den Abfall in die Tüte. »Jetzt brauche ich frische Luft«, sagt sie. »Lass uns mit der Fähre nach Rüdesheim rüberfahren und durch die Weinberge laufen.«

Falter schweigt. Soll er sagen, dass er sich auf dem Wasser unwohl fühlt? Seit dem Sturz in den Rhein noch mehr? Silvia Münster startet den Motor und folgt den Hinweisschildern zur Fähre. Falter trocknet seine feuchten Handflächen an seinen Cordhosen. Es ist noch nicht zu spät zum Umkehren.

»Du sagst gar nichts«, sagt Silvia Münster. »Möchtest du lieber woanders hin?«

»Nein, nein, mach nur. Da drüben ist es bestimmt sehr schön. Sehr sonnig.«

Die Fähre kommt in zügiger Fahrt auf sie zu. Die Warteschlange ist kurz, und so können sie gleich an Bord fahren. Falter zwingt sich, nicht aufs Wasser zu sehen. Er muss sich ablenken. Über Rüdesheim steht die Germania im Sonnenschein. Reden wäre am besten. Eine harmlose Unterhaltung.

»Der Vater von Walter Pfaff war schon einmal verheiratet, bevor er Walters Mutter geheiratet hat. Wusstest du das?«, fragt Falter und blinzelt der Germania zu.

»Nein. Ist das wichtig?«

»Keine Ahnung. Mich hat es gewundert. Es war 1930. Ich frage mich, was der Grund für die Scheidung von der ersten Frau gewesen sein könnte. Adelheid hieß sie.«

»Was könnte schon der Grund gewesen sein? Weiber, was sonst.«

Der Ton in Silvias Stimme signalisiert Falter, dass ihr das Thema nicht behagt. Es ist der Ton persönlicher Betroffenheit, der eine Spur zu schrill geraten ist. Seit ihrem Abend im »Heilig Geist« und dem Abschied am Auto haben sie nicht über Silvias Mann gesprochen, den, der schon lange nicht mehr wartet. Falter möchte mehr über ihn wissen und warum er nicht mehr da ist. Er will wissen, was Silvia fühlt und ob es jemand anderen gibt.

»Warum bist du nicht mehr mit deinem Mann zusammen?«, fragt er.

»Es gibt zwei Versionen. Er sagt, weil ich nie da bin. Und ich sage, weil es eine andere gibt. Wahrscheinlich gibt es die andere, weil ich nie da bin. Ist auch egal.« Aber so egal ist es nicht. Falter sieht die Träne in Silvias Augenwinkel trotzdem.

»Und wie soll es weitergehen mit euch? Scheidung?«

»Nein! Auf keinen Fall. Wir haben uns zur Probe getrennt. Drei Monate lang. Danach wollen wir reden. Ich will ihn jedenfalls wieder haben. Und ihm geht es, glaube ich, auch so.«

Die Fähre hat angelegt. Silvia lenkt den Wagen zügig aus Rüdesheim heraus, Richtung Assmannshausen. Falter ist dankbar für den festen Boden unter ihm, obwohl er zugeben muss, dass er während der Überfahrt nicht einmal an Wasser gedacht hat.

Sie gehen Hand in Hand. Auf den laublosen Rebstöcken

schmilzt die Glasur aus Schnee. Die Sonne wärmt Falter. Es ist eine Ahnung von Glück, die ihm durch den Körper fließt. Er fühlt sich, als sei er auf dem Weg aus der Unterwelt seiner Schuld nach oben.

»Dann wird es mit uns wohl doch nichts werden, was?«, fragt er, und es soll scherzhaft klingen. Er hat nicht wirklich daran geglaubt, und die Erkenntnis tut nicht wirklich weh.

»Nein, wohl nicht«, sagt sie nur.

SECHS

Das Buch liegt noch dort, wo Falter es zurückgelassen hat. Katja Petri überspringt eine Begrüßung und redet auf Falter ein, als seien nicht vierundzwanzig Stunden seit ihrem Gespräch vergangen.

»Vielleicht war sie krank«, sagt sie. »Die Frau, meine ich. So krank, dass jeder Verständnis für den Mann hatte.«

»Ich weiß nicht. Hätten Sie Verständnis für einen Mann, der sich von seiner Frau scheiden lässt, nur weil sie krank ist?«

»Ich meine keine körperliche Krankheit. Ich denke mehr an eine geistige Krankheit.«

»Sie glauben, sie war verrückt?« Falter schaut sie skeptisch an. »Was soll das heißen, verrückt?«

»Na ja, verrückt halt. Anders. Ich habe die halbe Nacht darüber nachgedacht, und mir ist keine bessere Lösung eingefallen. Vielleicht lief sie nackt durchs Dorf oder hat Stimmen gehört. Oder sie hatte einen religiösen Wahn.«

»Sie meinen, wenn jemand den ganzen Tag betet oder so?«

»Das würde ich noch nicht als religiösen Wahn bezeichnen. Dann wäre meine Urgroßmutter auch verrückt gewesen. Die saß von morgens bis abends in der Kirche, weil sie keine Lust auf Hausarbeit hatte.«

»Dann war sie clever und nicht verrückt.«

»Ja, das finde ich auch. Nein, was ich meine, ist ein fanatischer Glaube. Es hat zum Beispiel Frauen gegeben, die haben sich an Händen und Füßen verletzt, weil sie die Leiden Christi nacherleben wollten.«

Falter erinnert sich an seine eigene Suche nach Gott und wozu man fähig sein kann.

»Die haben sich«, sagt Katja Petri, »die gleichen Wunden zugefügt wie Jesus am Kreuz. Ich hab mal eine Seminararbeit über das Thema geschrieben, die können Sie gern lesen.« Sie hat die Füße auf ihren Schreibtisch gelegt und die Arme vor der Brust verschränkt. Sie strahlt Falter an.

»So etwas lernt man, wenn man Bibliothekarin werden will?«

»Nein, das lernt man, wenn man Germanistik studiert. Nennt sich Frauenmystik, ziemlich spannend. Ich sitz hier nur, weil Germanisten nicht gerade zu den Studenten gehören, die man mit dicken Gehältern von der Uni holt.«

»Ist das schlimm für Sie?« Insgeheim hofft Falter, sie bejaht seine Frage und gesteht ihm, dass sie jeden Morgen laut schreit, weil sie nicht das ist, was sie eigentlich sein will.

»Ach was, ich find's prima. Ich bin am liebsten mit Büchern zusammen. Die meisten Leute können das nicht verstehen, aber ich liebe den Geruch von Büchern. Ist Ihnen schon mal aufgefallen, dass es in Büchereien immer ganz besonders riecht?«

Falter nickt. Ihm geht es genauso, er hat nur noch nie einen Menschen getroffen, der diese Neigung teilt. In seinem Bauch braut sich ein glückliches Prickeln zusammen, das bis in die Fingerspitzen strahlt.

»Warum interessiert Sie die Verrückte?«, fragt Katja Petri unvermittelt.

»Ob sie verrückt war, wissen wir noch gar nicht. Aber von mir aus können wir sie ab jetzt die Verrückte nennen. Der Rest ist kompliziert. Ich interessiere mich für eine bestimmte Familie, die hier in Mainz sehr viel Einfluss hat. Und manchmal begreift man Zusammenhänge besser, wenn man sich die Vergangenheit anschaut.« Falter hält Katja Petri die aufgeschlagene Ortschronik hin und zeigt auf den Stammbaum der Pfaffs. Sie studiert das Schema und fährt mit dem Finger die roten Linien nach, die sich verzweigen oder einfach enden.

»Den kenn ich«, sagt sie und tippt auf Thomas Pfaff, Sohn von Walter und Anna Pfaff. »Ein komischer Typ.« Und dann erzählt sie Falter von dem weißen Porsche, der sie fast umgefahren hätte, als sie aus der Apotheke kam. Thomas Pfaff sei ausgestiegen und habe sich sehr entschuldigt, dabei aber einen merkwürdig abwesenden Eindruck gemacht. Er hatte darauf bestanden, sie zur Bücherei zu fahren, und seither kommt er jeden Tag. Sitzt nur da und starrt sie an.

»Wie ein Geist«, sagt Katja Petri. Ein trauriger Geist, der darauf warte, erlöst zu werden. Falter wüsste gern, ob sie Pfaffs Erlöserin sei, fragt aber nicht. Er muss an Erika Hess denken, die Thomas Pfaff einen armen Hund genannt hat. Und an das kopulierende Paar in der Schwimmhalle.

»Was ist mit dieser Familie?«, fragt Katja Petri. »Sind die alle so?«

»Irgendwie ja, nur anders. Ich erklär's Ihnen später. Wenn ich selbst klarer sehe.« Falter hält die Chronik hoch. »Darf ich die mitnehmen?«

»Ja sicher, das ist schließlich eine Leihbibliothek. Gibt es schon eine Karteikarte von Ihnen?« Sie schaut den Kasten mit »F« durch und schüttelt den Kopf. Dann nimmt sie eine unbeschriebene Karte zur Hand und notiert, was Falter ihr diktiert. Er nennt ihr auch seine Telefonnummer, obwohl das gar nicht nötig ist.

Als er draußen vor der Tür steht, sieht er den weißen Porsche um die Ecke biegen. Falter geht rasch um das Haus herum und steigt die Stufen zum Rathaus hinunter. Mit Thomas Pfaff möchte er jetzt nicht zusammentreffen. Ihm geht Adelheid Dietrich nicht aus dem Kopf. Er müsste mit jemandem sprechen, der noch weiß, was damals passiert ist. Margarethe könnte das, wenn sie noch lebte. Und vielleicht Erika Hess.

Auf dem Weg zu ihr muss er an Margarethe Körners Haus vorbei. Das niedrige Gartentor steht offen, und die Rollläden sind hochgezogen. Jemand hat ein Fenster geöffnet, und Falter kann Geräusche von innen hören. Er geht zur Haustür. Sie ist nur angelehnt. Die Klinke fehlt, und am Rahmen ist Holz abgesplittert. Falter schiebt die Tür auf und ruft in den dunklen Flur. Ein Mann erscheint im Türrahmen zur Küche und fragt, was er will.

»Das möchte ich von Ihnen wissen«, antwortet Falter und hält seinen Dienstausweis hoch, der nach dem Bad im Rhein wellig und immer noch ein bisschen klamm ist. »Ich bin Kommissar Falter. Was machen Sie in diesem Haus?«

Der Mann in der Küche hebt beschwichtigend die Hände. »Nur die Ruhe. Ich schaue mich nur um.«

»Warum?«

»Das Haus steht zum Verkauf. Wir interessieren uns dafür.«

»Wer ist wir? Wer sind Sie überhaupt?«, fährt Falter den Mann an.

»Hollerath. ›Besser wohnen‹-Immobilien.«

»Wer hat Sie hier hereingelassen?«, will Falter wissen.

»Das war Herr Pfaff. Er ist gerade erst weggefahren«, antwortet Hollerath. Seine Selbstsicherheit kehrt langsam wieder.

»Hatte Herr Pfaff einen Schlüssel? Oder wie sind Sie hereingekommen?«

»Ich nehme es doch wohl an, sonst wären wir ja nicht drinnen.«

»Merkwürdigerweise wurde das Schloss aber aufgebrochen. Sehen Sie, hier.« Falter führt den Mann zur Haustür.

»Davon weiß ich nichts. Als ich kam, war die Tür schon auf. Was soll das überhaupt? Ich will mir das Haus anschauen, da ist doch nichts dabei.«

»Und ob da was dabei ist. Das ist Hausfriedensbruch. Ich werde Ihnen eine Klage an den Hals hängen und dem Herrn Pfaff gleich mit.« Falter packt Hollerath an der Schulter und drückt ihn nach draußen. »Und jetzt machen Sie, dass Sie hier wegkommen.«

Hollerath stolpert hinaus. Er läuft zu seinem Auto und ruft Falter von dort aus zu, dass ihm das noch Leid tun werde. Das Auto startet mit heulendem Motor und fährt davon. Falter ist so zornig, dass er mit der Faust gegen den Türrahmen haut. Ein Schmerz wie von einem elektrischen Schlag durchfährt seinen Arm, und für einen Moment fühlt er sich wieder taub an. Falter massiert und knetet ihn mit der anderen Hand, und bald kehrt das Gefühl zurück. Er geht in die Küche und lässt die Rollläden wieder herunter. Die Gläser in der Spüle sind fort. Jemand muss sie weggeräumt haben. In der Diele hebt Falter die Klinke vom Boden auf und setzt sie provisorisch zurück auf die Tür. Er wird den Schlüsseldienst rufen und ein neues Schloss einbauen lassen, zu dem nur er den Schlüssel besitzen wird. Dann wird er die Haustür versiegeln und Walter Pfaff anrufen und ihm sagen, dass er ihn wegen Hausfriedensbruchs anzeigen wird und er es nicht wagen soll, Margarethes Haus zu verschachern, bevor das Erbe verteilt ist.

Er hat keine Lust mehr, irgendjemanden zu sehen, und verschiebt seinen Besuch bei Erika Hess auf später. Wenn er getan hat, was zu tun ist, wird er zum Friedhof gehen.

Es ist nicht lange her, dass Falter am offenen Grab von Margarethe Körner gestanden hat und das grausame Ritual vollziehen musste, mit einer kleinen Schaufel dunkle, schwere Erde auf den Deckel des Sarges zu werfen. Der dumpfe Klang ist für Falter eine Art Schlussakkord gewesen, der den Tod endgültig machte. Seitdem hat sich Margarethe Körners Grab nicht verändert. Kränze und Blumensträuße türmen sich noch genauso wie am Tag der Beisetzung, nur dass sie jetzt welk und verfault sind. Der Schnee der letzten Tage ist fast geschmolzen und hat alles aufgeweicht. Ein gelbes Schild, mit einem Metallstab in die Erde gesteckt, fordert dazu auf, die Grabstätte in Ordnung zu bringen.

Friedhöfe sagen mehr über die Lebenden aus als über die Toten. Die müssen hinnehmen, was die Hinterbliebenen über ihnen errichten. Eine einheitliche Gepflegtheit, die auf die routinierte Arbeit einer beauftragten Gärtnerei verweist, oder eine nachlässige Verwilderung, weil sich keiner mehr erinnern will. Oder ein Monument, wie das für Anna Pfaff. Sie hätte es sicher nicht gewollt. Aber darum war es ihrem Mann nicht gegangen. Es war eine Demonstration des Reichtums gewesen, so wie das Grab von Margarethe Körner ein Zeichen der Missachtung war. Falter wundert nur, dass Erika Hess nichts unternommen hat, um das Grab der Freundin herzurichten. Er wird ihr vorschlagen, es gemeinsam zu tun.

Der Friedhof wirkt auf den ersten Blick nicht groß, und doch ist er so verwinkelt, dass sich immer wieder neue Reihen auftun, wenn man glaubt, an seinem Ende angelangt zu sein. Es dämmert bereits, und Falter hat noch nicht gefunden, wonach er sucht. Systematisch schreitet er Reihe für Reihe ab und erfasst die Namen der Toten. Er glaubt schon nicht mehr an einen Erfolg, als er in einer dunklen Ecke unter einer Kastanie auf das Grab von Adelheid Dietrich stößt. Adelheid Dietrich, geschiedene Pfaff.

Der Stammbaum in der Ortschronik hatte keine Angaben über ihr Geburtsdatum gemacht. »1907« steht hier. Sie ist nur achtundzwanzig Jahre alt geworden und fünf Jahre nach der Scheidung gestorben. Falter zieht ein Feuerzeug aus seiner Jacke, um Grabstein und Inschrift besser sehen zu können. Der graue Marmor sieht aus wie poliert, und die aufgesetzten Messingbuchstaben leuchten.

Das Grab ist von gelben und blauen Stiefmütterchen eingefasst, und in der Mitte steht eine Schale mit Heidekraut und rosa Chrysanthemen. Die Erde ist frisch geharkt, kein Blatt liegt darauf. Adelheid Dietrichs Grab sagt wenig über die Tote aus und umso mehr über die Lebenden. Irgendjemand pflegt dieses Grab, weil er Adelheid Dietrich nicht vergessen hat.

*

Das Totschlagen von Zeit ist für Falter nie ein Problem gewesen. Wer sich für die Einsamkeit entschieden hat, lernt mit der Langeweile zu leben. Nur Bücher und Filme haben ihn auf seine Insel begleitet, und wenn Falter jemals die Frage gestellt worden wäre, welche Gegenstände er dorthin mitnehmen würde, was andere unter einsamer Insel verstehen, er hätte sich für den Videorekorder und seine hundertdreiundvierzig Kassetten mit Schwarzweißfilmen entschieden. In seiner wohltemperierten Eintönigkeit sind sie die Nabelschnur zur Welt draußen gewesen, haben ihm ein Secondhand-Leben geboten, in dem es Liebe, Hass und Lachen gab. Es war ihm genug gewesen. Aber das ist vorbei. Greta Garbo als »Ninotschka« verfehlt heute ihre Wirkung. Es ist Falters Lieblingsfilm und seine Hoffnung, Ablenkung vom Grübeln zu finden. Es hilft nicht. Das Grab, der Mann, der ihn in den Rhein gestoßen hat, die Spritze, das Wer und Warum kreisen in seinem Kopf und geben keine Ruhe. Falter schaltet Fernseher und Videorekorder aus und hört auf die Stille um sich. Er geht in die Küche und sieht nichts, was ihn hält. Zum Schlafen ist es zu früh. Die Wohnung ist aufgeräumt, da gibt es nichts zu tun. Er könnte Arnulf Ritzen anrufen und ihn auf einen Wein zu sich bitten, aber das hat er noch nie gemacht. Er könnte Katja Petri anrufen und mit ihr über verrückte Frauen und Jesus sprechen. Aber dazu fehlt ihm erst recht der Mut. Wenn er sich beeilt, erreicht er noch die Straßenbahn, die um diese Zeit nur zweimal pro Stunde ins Zentrum fährt. Es gibt eine afrikanische Bar in der Neustadt, von der er gehört hat. Wenn sie ihm gefällt, wird er dort ein paar Gläser trinken und das Gefühl haben, das wahre Leben zu streifen.

Der Raum ist lang und schmal und fast nur Theke. Falter setzt sich auf einen Barhocker mit Zebrabezug und bestellt einen Cocktail, dessen Namen er nicht aussprechen kann. Eine Frau mit rasiertem Schädel und mehr Metall im Gesicht als Falter Schlüssel an seinem Bund hat, stellt ein Glas vor ihn auf den Tresen, in dessen dunkelroter Flüssigkeit kopfüber eine Plastikgiraffe schwimmt. Der Cocktail schmeckt nach Blutorangensaft und mildem Wodka. Falter hat Durst und trinkt schnell und bestellt das Gleiche noch mal. Diesmal hängt ein Affe mit dem Gesicht nach unten in seinem Drink. Falter fragt sich, ob diese Art der Dekoration zum Stil des Hauses gehört, oder ob ihn jemand kennt und sich einen Scherz erlaubt. Falter sieht sich im Spiegel gegenüber den dunkelroten Saft trinken. Um ihn herum drängen sich Menschen, die sich unterhalten, telefonieren und ihre Gläser in den Händen halten. Ob einer unter ihnen ist, der weiß, was am Rhein passiert ist, und ihn jetzt mit ertrinkenden Plastiktieren erschrecken will? Der Blonde neben der Tür beobachtet ihn, senkt jetzt aber den Blick. Die Größe könnte hinkommen. Die anderen schließt Falter aus. Es ist eine Bar für Menschen, die sich maniküren und regelmäßig zum Friseur gehen. Die keine größere Sorge kennen als einen leeren Akku für das Mobiltelefon. An einem wie ihm würde sich keiner die Finger schmutzig machen. Falter schaut wieder zu dem Blonden rüber. Der lächelt und prostet ihm zu. Falter dreht den Kopf schnell weg. Blickt wieder in den Spiegel vor sich, wie er da sitzt mit nach vorne gesunkenen Schultern, gegen die sich andere Schultern drücken. Der Enge wegen, nicht um Kontakt mit ihm zu suchen. Sie scheinen alle in einer Beziehung zueinander zu stehen. Sie lachen, fassen sich an, Falter ist der Einzige, der allein ist. Er befindet sich unter Menschen, und doch ist diese Gesellschaft nur vorgetäuscht. Bars sind Schulen der Einsamkeit, hat Falter einmal irgendwo gelesen, und für ihn trifft es immer wieder zu.

Zwei Männer und eine Frau haben ihm den Rücken zugekehrt und sind offensichtlich gemeinsam hier. Sie halten sich Telefone ans Ohr, die nicht größer als eine Scheckkarte sind, und sprechen hinein. Falter würde sich nicht wundern, wenn sie miteinander telefonierten. Ohne die afrikanische Trommelmusik, die aus den Boxen dröhnt, könnte die Bar auch das Call-Center eines Versandhauses sein. Es piepst und klingelt, jodelt und brummt. In dieser Klangwolke nimmt Falter sein eigenes Handy zunächst nicht wahr. Er hat nicht daran gedacht, dass es sich noch in seiner Jacke befindet, die vor ihm an einem Haken unter dem Tresen hängt. Seit Falters Mantel den Rhein abwärts nach Rotterdam unterwegs ist, trägt er seine Dienstwinterjacke auch privat. Das Handy steckt in der Innentasche. Die Frau neben Falter fragt, ob es bei ihm klingle, und er solle doch mal rangehen.

Falter kann die Stimme am anderen Ende der Leitung erst nicht verstehen. Er hält sich mit der Hand das andere Ohr zu und fragt, wer da sei. Die Antwort ist ein Stöhnen und Keuchen. Falter würde am liebsten in die Runde rufen, sie sollten alle ihre Klappe halten. Er fragt wieder, wer da sei, und hört nur ein leises, gepresstes »Polizist«.

»Theo, bist du das?«, schreit Falter in den Hörer, aber am anderen Ende bleibt es still. Er winkt der Frau mit dem Metall im Gesicht und zahlt. Der Blonde am Ausgang sagt »Schade«, als Falter die Bar verlassen will, und hält ihn für einen Moment am Ärmel fest. »Erkennen Sie mich nicht?«, fragt er, aber Falter sieht gar nicht hin. Er stößt die Tür auf und schüttelt die Hand des Blonden ab. Draußen überlegt er kurz, woher er am schnellsten ein Taxi bekommt, und entscheidet sich für den Hauptbahnhof.

»Ich hab Sie aus dem Rhein gezogen«, sagt die Stimme des Blonden hinter ihm. Falter dreht sich um, zu verblüfft zum Weiterlaufen, zu sehr in Eile, um länger stehen zu bleiben.

»Können Sie reden und laufen?«, fragt er den Mann. Der Blonde kommt mit großen Schritten auf ihn zu und fällt in Falters schnellen Trab ein.

»Sie waren das?«, sagt Falter und legt dem Mann die Hand auf den Rücken. »Ohne Sie wäre ich nicht mehr am Leben.«

Die beiden Männer laufen kurz atmend durch die dunklen Straßen. Der Blonde erzählt in abgehackten Sätzen, wie er Falter und einen Mann am Rand der Promenade hat stehen sehen und wie Falter plötzlich verschwunden sei. »Ich dachte, das gibt's nicht. Der ist ins Wasser gefallen.« Er sei zu weit weg gewesen, um den

Sturz zu verhindern, und der andere sei so schnell abgehauen, dass er ihn nicht mehr erwischen konnte.

»Haben Sie den Mann gesehen. Können Sie ihn beschreiben?«, fragt Falter. Der Bahnhof ist nicht mehr weit. Die Taxis stehen in einer Reihe davor und warten.

»Nein, tut mir Leid. Der Typ hatte etwas Dunkles an, mehr konnte ich nicht erkennen.«

Falter hat das erste Taxi in der Reihe erreicht. Seine Luftröhre ist nur noch ein dünner Faden. Er kann kaum mehr sprechen, fragt den anderen nach seinem Namen und bedauert, aber er müsse dringend weg. Er bedankt sich hastig und reißt die Beifahrertür des Taxis auf.

»Am Samstag in der AZ unter ›Verschiedenes‹ wird ein Lebensretter gesucht. Bitte melden Sie sich«, ruft Falter dem Blonden noch zu und schließt die Tür. Er nennt dem Fahrer Theos Adresse und bittet ihn, sich zu beeilen.

»Das ist ein Polizeieinsatz«, sagt er und hält ihm seinen Dienstausweis hin.

»Alles klar, Chef«, sagt der Mann am Steuer und gibt Gas. Der Wagen schießt über die Busspur und fädelt sich rechts an den anderen Autos vorbei in den Verkehr ein. Bei der ersten roten Ampel, die sie überfahren, protestiert Falter noch, dann gibt er sich der Geschwindigkeit hin. Es ist nicht der Moment, um auf der Einhaltung der Straßenverkehrsordnung zu bestehen. Auf dem Gesicht des Taxifahrers liegt ein zufriedenes Lächeln, das noch breiter wird, als Falter ihm vor Theos Tür einen Zwanzig-Euro-Schein in den Schoß legt.

»Das war klasse«, bedankt sich Falter und springt aus dem Wagen.

Das Tor ist verschlossen. Er muss versuchen, seitlich über die Mauer zu steigen. Aber seine Füße und Hände finden keinen Halt.

»Ich helfe Ihnen«, sagt der Taxifahrer hinter ihm und verschränkt die Hände, damit Falter den Fuß hineinsetzen kann. Falter wird in die Höhe gehoben, bekommt das Ende der Mauer zu fassen und zieht sich hoch.

»Vielen Dank«, ruft er nach unten und lässt sich auf die andere

Seite in den Hof hinabgleiten. Das Haus ist hell erleuchtet. Falter rennt zur Haustür und stößt sie auf. Er ruft Theos Namen, immer wieder, während er zuerst in die Küche schaut und dann weiter zum Wohnzimmer hastet. Er tritt auf zerbrochenes Glas, das einmal eine Vase gewesen war. Schrauben, Nägel, Schuhe, Kissen, Töpfe, Zeitungen und Plastiktüten liegen auf dem Boden verstreut. Der alte Holzschrank neben dem Fenster steht offen, sein Inhalt ist durchwühlt und hängt halb heraus. Unter einer Schublade, die aus der Kommode in der Ecke herausgerissen wurde, schaut ein Fuß in löchrigen Socken hervor. Falter schiebt die Schublade und noch zwei Sofakissen beiseite und findet Theo mit dem Gesicht nach unten auf dem Boden liegend. In der Hand hält er den Hörer des alten Wählscheibentelefons, das auf dem niedrigen Couchtisch vor ihm steht. Theo ist bewusstlos, sein Puls kaum zu spüren. Als Falter ihn zu sich umdreht, entdeckt er auf den Wangen kreisrunde Wunden, die er sich nicht erklären kann. Er bettet Theos Oberkörper in seinem Schoß und streicht ihm das Haar aus dem Gesicht. Dann ruft er Arnulf Ritzen an.

»Wir müssen ihn ins Krankenhaus bringen«, sagt Ritzen, nachdem er Theo untersucht hat.

»Nein«, sagt Falter. »Das geht nicht. Er würde abhauen. Ich kenne ihn.«

»Hier kann er nicht bleiben. Er braucht jemanden, der ihn pflegt und beobachtet.«

»Ich bleibe bei ihm«, sagt Falter.

»Du? Bist du Florence Nightingale? Vor ein paar Tagen hast du noch nicht mal deine Arme heben können, und jetzt willst du einen alten Mann pflegen? Ihn zur Toilette tragen, ihn waschen und seine Verbände wechseln?« Arnulf Ritzen tippt sich mehrmals an die Stirn.

»Ich schaff das schon. Ich bin okay«, antwortet Falter und hält Ritzens Blick stand. »Wenn ich bei ihm bleibe, kriege ich vielleicht heraus, wer ihm das angetan hat.«

»Wer das getan hat, schreckt vor nichts zurück.« Ritzen zeigt auf die Wunden in Theos Gesicht. »Wenn ich mich nicht täusche, stammen die von einer brennenden Zigarette. Weißt du, was das heißt?«

Falter zögert mit der Antwort, weil sie zu ungeheuerlich ist.

»Das heißt, dass man ihn gefoltert hat«, sagt er mit heiserer Stimme. Er schaut auf Theos altes Gesicht, das noch nie jung ausgesehen hat und dem jemand kaltblütig Zigaretten in die raue Haut gebrannt hat.

»Die Schädelverletzung stammt wahrscheinlich von der Vase da drüben«, sagt Ritzen und deutet auf die Scherben, die Falter schon kennt. »Ich hoffe, die Nieren haben nichts abgekriegt. Sind dir die Hämatome am Rücken aufgefallen?«

Falter nickt. Es ist, als wanderten Theos Schmerzen zu ihm herüber. Er streicht behutsam über den nackten Oberkörper des Alten und hofft, dass die Berührung ihn ermutigt, am Leben zu bleiben.

»Der Kiefer ist wahrscheinlich angebrochen. Das heilt wieder. Er darf nur nicht kauen«, sagt Ritzen. »Am besten fütterst du ihn mit Milchsuppen. Und kipp noch Vitamine rein, die regen den Appetit an. Der Kerl ist ja völlig unterernährt.«

»Wir tragen ihn erst mal ins Schlafzimmer«, sagt Falter und fasst Theo unter die Arme. Ritzen packt die Beine, und gemeinsam hieven sie den Körper die Treppe hinauf zum Bett. Falter deckt ihn zu und begleitet Ritzen danach zur Haustür. Als sie am Wohnzimmer vorbeikommen, bleiben beide stehen und schauen hinein.

»Meinst du, jemand hat seine Lotto-Million gesucht?«, fragt Ritzen.

»Es sieht so aus. Aber vielleicht soll es auch nur so aussehen«, sagt Falter zögernd. »Mir kommt die Unordnung hier ziemlich übertrieben vor. Würdest du alle Schubladen auf den Boden schmeißen, wenn du nach Geld suchst?«

»Aber was ist mit den Brandmalen? Die machen doch nur Sinn, wenn man Theo dazu bringen wollte, das Versteck des Geldes zu verraten.«

Damit könnte Ritzen Recht haben, aber Falters Gefühl sagt etwas anderes.

»Wir müssen warten, bis Theo aufwacht. Dann wissen wir mehr. Hoffentlich.« Falter ist sich da nicht so sicher.

»Ich komme morgen wieder. Und wenn irgendwas ist, ruf mich an, ja?«, sagt Ritzen und geht in die Nacht hinaus.

»Ich danke dir«, ruft ihm Falter nach und schließt die Tür.

*

Es ist ein Geräusch, das Falter weckt. Er hat zwei Sessel im Wohnzimmer zusammengeschoben und sich darin eingerollt, so gut es geht. Unter Theos Bett lag noch eine Decke, die hat ihn gewärmt. Falter kommt mühsam zu sich. Sein Rücken schmerzt, und im Kopf muss während der Nacht eine böse Fee ihren betäubenden Zauberstaub versprüht haben. Das Geräusch kommt von oben. Falter wuchtet sich von seinem Lager hoch und geht mit wackeligen Beinen die Treppe hinauf. Theo sitzt auf der Bettkante und will aufstehen. Als er Falters Silhouette im Türrahmen sieht, fängt er an zu schreien und hört erst auf, als Falter ihn anspricht. Er hilft Theo zum Bad hinüber, bis zur Toilette. Falter hatte für sich immer ausgeschlossen, jemals den verfallenen Körper eines alten oder kranken Menschen so nah an sich heranzulassen. Als es mit seiner Mutter zu Ende ging, hatte er sie allenfalls füttern oder ihr vorlesen können. Er hatte sich vor ihren sklerotischen Gliedern geekelt und dem niederdrückenden Geruch, den ihr Körper verströmte. Als sie tot war und ihn mit offenen Augen anstarrte, hatte er ihre Lider nicht schließen können. Das Vergangenheitstier hatte ihn davon abgehalten. Das Vergangenheitstier namens Kindheit. Es lag zusammengerollt auf seiner Seele und rührte sich nicht. Lag nur da, schwer und unbeweglich und lähmend. Mit jedem Schlag ins Gesicht, jeder Demütigung und vorenthaltenen Liebe war es größer geworden. Es hatte Momente gegeben, da war das Tier kurz davor gewesen zu springen. Mit sechzehn oder siebzehn. Sein Vater war gerade gestorben und mit ihm die letzte Schranke, die Falters Mutter vom Schlimmsten abgehalten hatte. Er hatte das Messer schon in der Hand gehabt und sein Tier von der Leine gelassen. Ein kurzes Lächeln im Gesicht seiner Mutter hatte ihn irritiert. Triumph und Geringschätzung hatten in diesem Lächeln gelegen, und Falter war in dieser Sekunde klar geworden, dass sie ihn dazu treiben wollte, nicht nur sie, sondern auch sich selbst zu vernichten. Er hatte das Messer fallen lassen und sein Tier zurückgerufen.

Theo ist nicht seine Mutter. Mit ihm verbindet er nicht Hass und Enttäuschung. Er ist nur ein Mensch, der Hilfe braucht, und die kann ihm Falter geben. Ohne Ekel. Er schleppt ihn zurück zum Bett. Theo sinkt in einen Halbdämmer, durch den Falter ihn nicht erreicht. Es ist sechs Uhr morgens und Zeit für Falters Schrei, aber er denkt gar nicht daran. Er hofft, dass Theo ihn hört, als er ihm sagt, er gehe kurz nach Hause, um ein paar Sachen zu holen.

Falter läuft durch den kalten Nebel zu seiner Wohnung. Er braucht Unterwäsche, einen warmen Pullover und eine Hose zum Wechseln. Aus dem Vorratsschrank schüttet er alles Essbare in einen Korb, hängt sich die Tasche mit den Kleidern um und verlässt die Wohnung wieder.

Theo liegt noch genauso unbeweglich da wie zuvor. Falter vergewissert sich, dass er atmet, und macht sich in der Küche Frühstück. Für Theo kocht er eine Milchsuppe, so wie Ritzen es ihm geraten hat, und mischt Haferflocken und Traubenzucker hinein. Die Vitamine holt er, sobald die Apotheke öffnet. Die Zeit danach vergeht quälend langsam. Falter vertreibt sie sich mit dem halbherzigen Versuch, in Theos Wohnzimmer Ordnung zu schaffen. Die Wahllosigkeit, mit der die Dinge im Raum verteilt liegen, macht ihn noch sicherer, dass hier niemand etwas gezielt gesucht hat. Unter einer der herausgerissenen Schubladen findet Falter ein Fotoalbum mit abgewetztem Ledereinband. Die frühesten Bilder darin datieren von 1915. Falter nimmt an, dass es sich um Aufnahmen von Theos Familie handelt. Es sind die üblichen Porträts von Männern in hohen, steifen Hemdkrägen mit gescheitelten, pomadierten Haaren. Die Frauen blicken mit traurigen Augen unter üppigen Hochfrisuren und halten Kinder in weißen Schürzen und Matrosenanzügen an der Hand. Unter einem Gruppenfoto kann Falter das Wort »Dorffest 1928« entziffern. In mehreren Reihen stehen Leute mit stecknadelgroßen Köpfen dicht beieinander. Falter vermutet, dass jeder Einwohner des Ortes dort abgelichtet ist.

Irgendeine dieser Frauen könnte Adelheid Dietrich sein. Die plötzliche Möglichkeit, ihrem Namen ein Gesicht zu geben, macht Falter unruhig. Er möchte, dass Theo aufwacht und ihm Antworten gibt.

Es dauert bis zum späten Nachmittag, ehe Theo nach Falter ruft. Mit einem Teelöffel schöpft Falter die Milchsuppe und lässt sie in Theos Mund laufen. Er isst ohne Murren, was Falter wundert. Er hat eine Multivitamincreme darunter gemischt, die ihn an seine Kindheit erinnert. Er musste nach jedem gezwungenen Löffel brechen.

Das Essen strengt Theo an, und es bereitet ihm Schmerzen. Trotzdem fragt Falter, was geschehen sei. Theo flüstert etwas von einem Mann.

»Kennst du den Mann?«, fragt Falter, und Theo nickt. »Wer? Sag es mir.« Theo schließt die Augen und haucht: »Geht nich.«

In der Nacht fängt er plötzlich an zu reden. Falter hat sich eine Matratze neben das Bett gelegt und erwacht von einer Stimme, die wie im Traum spricht. »Neffe«, sagt sie und wiederholt nur dieses Wort immer wieder.

»Neffe? Theo, meinst du einen Neffen? Welcher Neffe?«, fragt Falter.

»Hans«, antwortet Theo.

»Wer ist Hans? Der Neffe?«

Theo schüttelt langsam den Kopf. »Onkel«, sagt er.

Ein Onkel? Wer der Onkel sei, fragt Falter weiter, und Theo sagt: »Körner.«

»Körner? Hans Körner?«

Hans Körner war Margarethes Mann, so viel weiß Falter, obwohl er ihn nie kennen gelernt hat. Hans Körner ist seit zehn Jahren tot, hat sich kaputt geschuftet, wie Margarethe es nannte. Falter hat nie von einem Neffen gehört. Margarethe hat jedenfalls nie von einem gesprochen. Falter braucht den Namen dieses Mannes, aber Theo schweigt wieder. Als ob er plötzlich aufgewacht sei und seine Worte im Halbschlaf ungesagt machen wolle. Jetzt reicht es Falter. Theo lässt sich halb totschlagen und verweigert wichtige Informationen, um den Kerl zu schnappen.

»Was wollte er von dir?«, schreit ihn Falter an, und Theo sagt: »Geld.«

Der Alte ist erschöpft. Falter wird später weitermachen.

Früh am nächsten Morgen, Theo schläft, versucht Falter, Silvia Münster zu erreichen. Sie habe Urlaub, sagt man ihm. Aber das kann er sich nicht vorstellen. Vorgestern waren sie noch zusammen, und sie hatte nichts davon erwähnt. Falter sucht im Telefonbuch nach ihrer Privatnummer. Ihre Stimme klingt abwartend, und Falter rechnet damit, dass sie ihm seine neue Bitte abschlagen wird.

»Ich weiß, was ich dir zumute«, sagt er, »aber ich brauche einen Namen, den ich im Moment nicht selbst herausfinden kann.«

»Ich habe Urlaub«, sagt sie knapp, nicht bereit, es ihm leicht zu machen.

»Ja, das hat mir dein Kollege gesagt. Es ist trotzdem dringend.« Als sie immer noch schweigt, spricht er einfach weiter. Er suche nach einem Neffen von Hans Körner, dem toten Mann von Margarethe. Er würde ja selbst beim Standesamt nachfragen, aber sie wisse ja, wie lange das unter Umständen dauern könnte. Außerdem wisse er nicht, ob der Mann überhaupt hier wohne. Dann würde es noch schwieriger für ihn.

»Was ist mit diesem Neffen?«, fragt Silvia.

»Er hat einen Freund von mir zusammengeschlagen«, antwortet Falter und hält den Atem an. Er rechnet damit, dass sie ihm jetzt endgültig die Sache Körner entzieht.

»Hör auf, ich will es gar nicht wissen«, sagt sie mit müder Stimme. »Es geht mir nicht gut, und ich muss mich im Moment um mich selbst kümmern.«

»Was ist los mit dir?«, fragt Falter.

»Günther hat die Scheidung eingereicht. Vorgestern Abend, als ich zurückkam, lag das Schreiben vom Anwalt hier. Das war's dann wohl.«

»Es tut mir so Leid. Soll ich vorbeikommen?«, fragt Falter und bereut es augenblicklich. Er kann sich nicht um zwei Leute gleichzeitig kümmern, und Theo braucht ihn dringender.

»Lieber nicht. Ich muss jetzt erst mal allein sein. Wahrscheinlich fahre ich für ein paar Tage weg.«

»Melde dich, wenn dir danach ist«, sagt Falter. »Ich werde erst mal nur über Handy erreichbar sein. Ich geb dir die Nummer.«

Verdammt, denkt Falter, als das Gespräch vorbei ist. Er hatte sich darauf verlassen, über Silvia an Informationen heranzukommen. Unschlüssig steht er in Theos Küche. Er muss herausfinden, wie dieser Neffe heißt, oder er wird verrückt. Er nimmt sich erneut Theos Fotoalbum vor und blättert ziellos darin herum. Die Bildunterschriften geben keinen Hinweis auf die Abgebildeten. Manche erkennt Falter selbst. Margarethe Körner und Erika Hess vor einem Traktor 1953. Die Ähnlichkeit mit heute ist schon da. Erika Hess. Falter greift erneut zum Telefon und wählt. Sie meldet sich nach dem ersten Klingeln, als habe sie einen Anruf erwartet. Als sie Falter erkennt, ist sie überrascht.

»Ach Benno, du. Was gibt es denn?«

»Ich wollte dich fragen, ob du einen Neffen von Margarethes Mann kennst?«

»Vom Hans? Wieso?«

»Nur so. Ich interessiere mich ein bisschen für die Ortsgeschichte, Stammbäume und so. Und über die Familie von Hans Körner habe ich erst ganz wenige Daten.«

»Hast du nichts anderes zu tun, als dich um so ein Zeug zu kümmern? Mach lieber mal wieder eine Verkehrskontrolle. Gestern wäre ich beinahe von so einem Rowdy überfahren worden.«

»Mach ich nächste Woche. Im Augenblick habe ich frei. Ich meine, ich bin krank.«

»Ach, schon wieder. Soll ich dir was einkaufen oder kochen?« Erika Hess scheint die Einzige zu sein, die noch nichts von Falters Bad im Rhein gehört hat. Das wundert ihn. Die Verbreitung von Neuigkeiten ist gewöhnlich Aufgabe einiger alteingesessener Frauen, denen er auch Erika Hess zugeordnet hatte.

»Das ist sehr nett«, sagt er, »aber ich komme zurecht. Du könntest mir am meisten helfen, indem du mir einfach nur den Namen von dem Neffen nennst.«

»Soviel ich weiß, gibt es da mehrere. Aber ich kann mich nicht erinnern«, sagt sie.

»Hatte Hans Körner eine Schwester oder einen Bruder?«, fragt Falter.

»Eine Schwester. Frag mich aber nicht, wen die geheiratet hat. Die lebt schon lange nicht mehr hier.«

»Das macht die Sache kompliziert. Ich hatte gehofft, du wüsstest über alle hier Bescheid. Schade«, sagt Falter und hängt ein. Er ist sauer. Über die eigene Hilflosigkeit. Und auf Erika Hess. Er nimmt ihr diese Ahnungslosigkeit nicht ab. In Theos Fotoalbum kleben die Beweise, dass sie auf jeder Hochzeit im Dorf dabei war, da muss man sich doch auskennen.

»Verdammter Mist«, schreit Falter und tritt mit dem Fuß gegen das Bein des Küchentischs. Von oben antwortet ihm ein ängstliches Rufen: »Polizist? Bist du das?«

*

Die Tage in Theos Haus sind ein Leben in Zeitlupe. Jeder Handgriff wiederholt sich. Das Füttern der Suppe, das Wechseln der Verbände, der Gang zur Toilette, die Suche nach der Wahrheit. Die Luft im Haus fühlt sich dickflüssig an, da kann Falter noch so oft die Fenster öffnen. Die Unwahrheit hängt in jedem Raum, man kann sie fast sehen, aber sie lässt sich nicht fangen. In Theos wachen Momenten versucht Falter, einen Weg zu ihm zu finden, zu ihm hinabzutauchen und sein Vertrauen zu gewinnen. Er hat ihn noch mal auf die Spritze angesprochen und woher er sie habe. Er hat ihn beschworen, sich vielleicht doch an den Namen des Neffen zu erinnern. Aber er hat keine Antwort bekommen. Als schirme eine Glocke aus Glas den Alten von Falters Worten ab. Aber in Theos Augen hat Falter die Angst gesehen. So viel Angst, dass er nicht den Namen dessen preisgibt, der ihn fast umgebracht hat.

Auch Arnulf Ritzen hat es versucht. »Dem bohr ich noch mal den Schädel auf«, rief er schimpfend, als er die Treppe heruntergekommen war und seine Niederlage ebenso eingestehen musste wie Falter. »Soll der Dickkopf doch gucken, wie er klar kommt«, hatte er zu Falter gesagt und ihn aufgefordert, nicht länger seine Zeit zu verschwenden. Die Wunden seien gut verheilt, und es gebe keinen Grund mehr für Falters ständige Anwesenheit. »Geh nach Haus, schlaf dich aus und mach deine Arbeit«, hat er ihm geraten. Falter hat ihm nicht widersprochen, Milchsuppe für die nächsten Tage gekocht und kalt gestellt. Er hat Theo versprochen, ihn jeden Abend nach der Arbeit zu besuchen, und Theo hat »Danke« gesagt. »Danke, Falter.« Zum ersten Mal.

Falters Rückkehr in den Alltag hat den Anschein problemloser Normalität. Sein Schrei um sechs, die Zigarette danach, das Anlegen der Uniform und der Gang durch den Ort folgen dem Automatismus langjähriger Routine. Er holt die Zeitung bei Helene und eine Tüte Brausebonbons, steigt die Treppe zu seinem Büro hoch und schließt die Tür auf. Ihm schlägt der Geruch ungelüfteter Räume entgegen, wie er üblich ist nach arbeitsfreien Wochenenden. Auf Falters Schreibtisch steht ein Adventskranz mit weißen Kerzen und silbernen Schleifen. In drei Wochen ist Weihnachten, das fällt ihm erst jetzt auf. Er setzt sich an den Tisch und entzündet eine Kerze. Während die Teemaschine brodelt, schlägt er die Zeitung auf. Die Tage in Theos Haus waren ein Vakuum gewesen, in das keine Informationen von außen drangen. Falter hat das Gefühl, entscheidende Ereignisse nicht mitbekommen zu haben. Er genießt das ausführliche Lesen, den heißen Tee und die vage Hoffnung, zumindest für heute Herr seiner eigenen Zeit zu sein. Als er auf der letzten Seite des Lokalteils angelangt ist, überfliegt er die Todesanzeigen. Meistens sagen ihm die Namen nichts, heute umso mehr. Im Namen der Angehörigen trauert der Bruder um Barbara Stockmann, die nach kurzer, schwerer Krankheit gestorben ist. Barbara hieß sie, noch nicht einmal das wusste Falter. Es hatte ihn nicht interessiert. In seiner Wahrnehmung war Barbara Stockmann eine Frau mit dünnen Haaren und schlechten Zähnen gewesen, die offensichtlich eine Vorliebe für ihn gehegt hatte. Da er diese Empfindung nicht teilte, hatte er jeden vertraulichen Kontakt abgewehrt. Nur die Bücher, die nahm er an. Aus Mitleid. Dreiundvierzig Jahre ist sie alt geworden, etwas älter als Falter. Der Todesanzeige nach muss sie ledig gewesen sein. Kein Mann, kein Freund trauert um sie. Vielleicht ist sie ein einsamer Mensch gewesen. Wie Falter. Vielleicht hätten sie gemeinsam Nähe erfahren können, wenn Falter nur gewollt hätte. Es tut ihm Leid, sie nicht mehr gesehen zu haben, den Besuch im Krankenhaus doch wieder vergessen zu haben. Wenn ein Mensch tot ist, nützt alles Bedauern nichts mehr.

Falter steht auf, pustet die Kerze aus und nimmt die Zeitung mit. Er steigt die Treppe hinunter ins Erdgeschoss und öffnet die Tür zur Bücherei. Katja Petri gießt die Blumen auf der Fensterbank und sieht ihn ernst an. Ihr Blick fällt auf Falters Zeitung.

»Sie wissen es also schon«, sagt sie und drückt ihm stumm die Hand. Auf ihrem Schreibtisch steht ein Adventskranz mit weißen Kerzen und silbernen Schleifen. Eine Kerze brennt. Katja Petri bittet Falter, sich zu setzen.

»Ich habe Frau Stockmann zwar nicht gekannt, aber ihr Tod macht mich wahnsinnig traurig. Komisch, nicht?«, sagt sie.

»Ich kannte sie auch nicht besonders gut«, sagt Falter, »aber mir geht es genauso.«

»Wir könnten zusammen zur Beerdigung gehen. Sie ist drüben in Kastel«, schlägt Katja Petri vor, und Falter sagt gern zu. Freut sich drauf, aber das sagt er nicht. Wie kann man sich auf Beerdigungen freuen.

»Was macht Ihre Verrückte? Haben Sie schon etwas Neues herausgefunden?«, fragt sie.

»Ich habe ihr Grab gefunden. Hier auf dem Friedhof. Irgendjemand scheint großen Wert darauf zu legen, dass es gepflegt wird. Es sah aus, als würden täglich die Blätter entfernt.«

»Und jetzt wollen Sie natürlich wissen, wer das ist.«

»Genau. Aber ich hatte noch keine Zeit, mich auf die Lauer zu legen.« Falter steht auf. Er hat auch keine Zeit, hier länger zu sitzen. Er ist eine Woche lang nicht im Dienst gewesen. Auf seinem Schreibtisch türmen sich unbearbeitete Beschwerden und Anzeigen.

»Wegen der Beerdigung melde ich mich«, sagt er im Hinausgehen. »Und vielen Dank für den Adventskranz.«

Während der Mittagspause geht Falter zum Friedhof. Er ist allein dort. Adelheid Dietrichs Grab liegt noch genauso makellos da wie vor ein paar Tagen. Ahnungen lassen sich durch nichts erklären. Sie kommen von selbst und müssen sich erst an späterem Wissen messen lassen. Falter ahnt, dass das Grab wichtig ist. Er hat es gleich gewusst, als er zum ersten Mal davor stand. Irgendwann wird es sich in das Muster einfügen, das Falter sucht. Er wird jeden Tag hierher kommen und auf den Menschen warten, der Adelheid Dietrich nicht vergessen hat.

Falter hat Friedhöfe immer gemocht. Das Haus seiner Eltern hatte gleich neben einem gelegen, und aus dem Fenster seines Kinderzimmers konnte er im Dunkeln auf die roten Grablichter schauen. Ein Meer von roten, leuchtenden Punkten. Als Kind hatte er sich vorgestellt, sie seien nach einer inneren Ordnung ausgerichtet, um außerirdischen Raumschiffen die Landebahn auf der Erde zu weisen. Es hatte zu den größten Mutproben gehört, eine Nacht allein zwischen den Toten zu verbringen und auf die Raumschiffe zu warten. Nur die wenigsten seiner Freunde hatten diese Probe bestanden. Seit dem Tod seiner Mutter ist Falter nicht mehr auf dem Friedhof gewesen. Als gäbe es einen Bannkreis um ihr Grab. Falter will nicht erinnert werden, obwohl er weiß, dass nur die Erinnerung ihn befreien kann.

Auf dem Weg zum Ausgang fällt Falter ein Mann auf, der vor Anna Pfaffs Grabmal steht. Er hält einen Strauß roter Rosen in den Händen und blickt zu Boden. Falter nähert sich leise, um die Andacht nicht zu stören. Er würde dem Mann gern die Hand auf die Schulter legen und ihm Trost spenden, zu offensichtlich ist die Trauer, die ihn bewegt. Tränen laufen über das Gesicht, und sein Mund murmelt unverständliche Worte. Seit einem Jahr ist Anna Pfaff tot, aber ihr Sohn leidet noch immer unter dem Verlust. Falter überwindet seine Scheu und tritt neben Thomas Pfaff. Er hat keine Verbindung zu diesem Mann. Außer auf dem Parkplatz vor Falters Büro haben sie noch nie miteinander gesprochen, aber sie können gemeinsam schweigen.

»Kannten Sie meine Mutter?«, fragt Thomas Pfaff nach einer Weile, ohne aufzuschauen.

»Leider nicht gut«, sagt Falter.

»Sie fehlt mir. Ich kann gar nicht sagen, wie sehr sie mir fehlt.« Thomas Pfaff beugt sich hinab zu den Alabasterstufen und legt den Rosenstrauß darauf. Er blickt Falter an, als sähe er ihn zum ersten Mal. Als sei ihm jemand geschickt worden, um seine Trauer zu teilen.

»Ihr ist bestimmt kalt. Nicht wahr? Ihr muss doch kalt sein«, sagt Thomas Pfaff und reibt die Innenfläche der rechten Hand an einer der Säulen. »Ihr war immer kalt. Aber wenn ich ihr eine Wärmflasche gemacht habe, ging es ihr gut. Meine Mutter und ihre Wärmflasche.«

Falter kann zu den zärtlichen Erinnerungen eines Sohnes nichts beitragen. Nur da sein und zuhören.

»Einmal hat mein Vater alle Wärmflaschen aus dem Fenster geworfen und gebrüllt, wir hätten jetzt Zentralheizung. Da hat meine Mutter ihm einen Kessel kochendes Wasser in den Rücken gekippt und gesagt, ich pfeif auf deine Zentralheizung. Können Sie sich das vorstellen?«, fragt Thomas Pfaff, ohne eine Antwort zu erwarten. »Die hatte keine Angst vor ihm.«

»Haben Sie Angst vor Ihrem Vater?«, fragt Falter, ohne eine Antwort zu erwarten.

Thomas Pfaffs Schweigen dauert lange. Falter hat ihm die falsche Frage gestellt und die Aura des Augenblicks zerschnitten. Thomas Pfaff sieht in ihm jetzt wieder den Polizisten. Dem muss man nicht die Wahrheit sagen.

»Was wollen Sie schon wieder von mir?«, sagt Pfaff und weicht einen Schritt zurück. »Hat Sie jemand geschickt?«

»Geschickt? Wer sollte mich geschickt haben?«, fragt Falter.

»Sie wollen mich aushorchen. Hab ich Recht? Sie schleichen sich an mich ran und wollen mich aushorchen.«

»Nein, bitte, bleiben Sie. Ich möchte Sie nicht aushorchen, wirklich, entschuldigen Sie, bitte bleiben Sie«, sagt Falter und hält Pfaff am Ärmel fest.

»Sie wollen meinem Vater was anhängen. Dass er meine Tante umgebracht hat. Ist doch so, oder?«

»Das hat nichts mit anhängen zu tun. Er ist im Moment derjenige, der am meisten vom Tod Ihrer Tante profitiert. Deshalb habe ich ihm ein paar Fragen gestellt.«

»Mein Vater bringt keinen um. Das kann ich beschwören. Wissen Sie, was mein Vater macht?« Thomas Pfaff hat die Hand gehoben und zur Faust geballt. »Mein Vater nimmt sich, was er will. Und wenn man nicht so will wie er, dann quetscht er einen zusammen, bis man keinen Willen mehr hat.«

Thomas Pfaff spricht aus Erfahrung, so viel ist Falter klar. Ob Pfaff es so auch mit Yvonne gemacht hat? Ob Thomas davon weiß?

»Vielleicht hat er genau das auch mit Ihrer Tante versucht. Und weil sie sich nicht gebeugt hat, musste sie sterben. Ich weiß, dass ich viel verlange, aber bitte helfen Sie mir.«

»Wobei?«

»Herauszufinden, warum Ihre Tante sterben musste. Sie hat Sie sehr gemocht.«

»Meine Tante war 'ne alte Frau.«

»Mit einem Haus und einem Grundstück, das Gold wert ist.«

»Als ob es darauf ankäme. Mein Vater hat so viel Geld, da träumen Sie nur von«, sagt Thomas Pfaff.

»Sind Sie sicher? Ich habe Informationen, dass Ihr Vater eine Million Euro Steuerschulden hat. Das steckt auch er nicht so leicht weg.«

»Das sagen Sie jetzt nur, um mich zu ärgern. Das stimmt gar nicht«, sagt Thomas Pfaff und klingt wie ein kleiner Junge, der seinen großen Bruder verteidigt.

»Sie können ihn ja fragen«, sagt Falter. »Ich wüsste auch gern etwas über die Pläne, die Sie mit Margarethes Haus haben. Ich habe da neulich einen Immobilienfritzen rausgeschmissen, der war ganz scharf auf das Geschäft.«

»Dass Sie die Schlösser ausgetauscht haben, war clever«, sagt Thomas Pfaff und schaut Falter für einen Moment anerkennend an. »Aber auf Dauer wird Ihnen das nichts nützen. Mein Vater hat Pläne für zwölf Eigentumswohnungen. Was meinen Sie, wie die weggehen.«

Falter kann es sich vorstellen. Die alte Wut kriecht in ihm hoch und macht seinen Hals trocken. Er will nicht mehr alles schlucken und sich den Atem nehmen lassen.

»Wenn Sie mir das mit den Schulden nicht glauben, dann fragen Sie Ihren Vater doch mal, was er mit Ihrer Frau im Schwimmbad macht.« Falter hebt die Hand zum Gruß und geht. Nach ein paar Metern dreht er sich um und sieht Thomas Pfaff immer noch auf dem Weg stehen. Seine Schultern sind nach vorne gekippt, als habe man die Luft aus seinem Körper gelassen. Ein Geist, der auf Erlösung wartet. Am liebsten würde Falter hinlaufen und sagen, dass er das nicht so gemeint habe, aber es gibt kein Zurück mehr. Hastig geht er zum Ausgang.

SIEBEN

Wenn Falter als Beifahrer in einem Auto sitzt, bereut er manchmal, nicht mehr selbst zu fahren. Die Bewegungen der Hände und Füße, ihre gleichzeitige Koordination traut er sich durchaus noch zu. Auch die Benutzung von Rück- und Seitenspiegeln hält er für wieder lernbar. Sein fahrerisches Können hatte er nie in Frage gestellt. Und auch sein Fahrlehrer hatte sich über seine technische Befähigung nie zu beklagen gehabt.

Was Falters Erwerb eines Führerscheins ernsthaft gefährdet hatte, war sein genetischer Defekt gewesen, jenes Unvermögen, rechts von links zu unterscheiden. Nach mehreren misslungenen Abbiegemanövern war ihm von seinem Lehrer nahe gelegt worden, die Unternehmung aufzugeben und sich mit öffentlichen Verkehrsmitteln fortzubewegen. Aber Falter hatte ihn davon überzeugen können, dass der Führerschein für ihn lebenswichtig sei. Ohne Führerschein könne er nicht Polizist werden, und das sei nun mal sein Berufswunsch, so brennend, dass er sich nichts anderes für sich vorstellen könne. Sie hatten sich darauf verständigt, die Begriffe rechts und links künftig zu vermeiden und durch Handbewegungen zu ersetzen. Dieses Verfahren stellte sich als so erfolgreich heraus, dass Falter bereits nach zwölf Fahrstunden zur Prüfung angemeldet wurde.

Während der halbstündigen Fahrt war Falters größte Herausforderung gewesen, die Anweisungen des Prüfers im Fond zu überhören und nur auf die Handbewegungen seines Fahrlehrers zu schielen. Als alles vorbei war, hatte ihm sein Lehrer die schweißnasse Hand gedrückt und ihn ermahnt, trotz allem lieber mit dem Bus zu fahren. Falter hielt sich daran, so gut es ging. Seine Kollegen hatten sich mit der Zeit daran gewöhnt, dass er sich wie selbstverständlich auf dem Beifahrersitz niederließ. Es passte zu seiner Rolle als Außenseiter. Nur mit Martin Broschek war es anders gewesen. Ihm hatte Falter seine Schwäche gestanden, und sie hatten auf leeren Supermarktparkplätzen Links-und-Rechts-Kommandos geübt. Nachdem Falter mehrere Einkaufswagen gerammt hatte, waren sie aber übereingekommen, ihre Rollenverteilung nicht weiter in Frage zu stellen. Seither hat Falter nicht wieder am Steuer eines Wagens gesessen. Als Bezirksbeamter mit überschaubarem Operationsgebiet ist es sogar von Vorteil, sich zu Fuß fortzubewegen. Es signalisiert Bürgernähe, und darauf legt Falter Wert.

Katja Petri gehört zu den Autofahrern, denen er gern zuschaut. Ihr Zusammenspiel von Augen, Händen und Füßen ist eine einzige harmonische Bewegung. Ihre schmalen Finger wechseln in perfektem Einvernehmen zwischen Schaltung und Lenkrad. Ihr Körper lehnt gelassen im Sitz, die Arme bilden einen vorschriftsmäßigen Winkel. Ihre Augen tanzen mühelos zwischen den Spiegeln und der Straße hin und her, und ihre glatten, kinnlangen Haare zittern bei jeder Regung des Kopfes. Eine Strähne ist an ihrer Wange haften geblieben, das wird an der Creme liegen, die sie benutzt. Wahrscheinlich etwas zu fettig, aber das ist gut so bei dem kalten Wetter. Fast hätte Falter ihr die Strähne aus dem Gesicht gestrichen.

»Mich wundert, dass so wenige Leute auf der Beerdigung waren«, sagt Katja Petri und klemmt sich die Haare hinter die Ohren.

»Die Familie scheint nicht sehr groß zu sein. Und soviel ich weiß, war Frau Stockmann nicht verheiratet und hatte keine Kinder«, erwidert Falter. Er ist froh, die Beerdigung hinter sich gebracht zu haben. Er hat das Gefühl, nur noch von Tod und Trauer umgeben zu sein.

»Ich finde es schrecklich traurig, wenn man so einsam ist. So allein«, meint Katja Petri.

»Vielleicht meinen Sie das nur, weil man heute von jedem erwartet, wahnsinnig viele Freunde zu haben. Niemand würde zugeben, einsam und allein zu sein. Als habe man etwas an sich, das andere abschreckt. Ich finde es ganz schön, allein zu sein«, sagt Falter, und bis vor kurzem hat er das auch geglaubt.

»Ich meine nicht Freunde oder Bekannte«, sagt Katja Petri. »Ich meine Familie, einen Partner, Kinder. Ohne das käme ich mir einsam vor.«

In Falters Ohren meldet sich ein feines Rauschen zurück, durch das sich ein leiser Pfeifton nach vorne schiebt. Er schaut aus dem Seitenfenster und täuscht Interesse an den Schaufenstern in der »Großen Bleiche« vor, durch die sie fahren. Irgendetwas in ihm war davon ausgegangen, dass Katja Petri ledig ist.

»Wie viele Kinder haben sie denn?«, fragt Falter mit rauer Stimme und räuspert sich.

»Gar keine. Aber das kommt noch«, sagt sie und lacht ihr Lachen.

»Und Ihr Mann will das auch?«, fragt Falter.

»Ich hab keinen Mann. Aber das kommt auch noch.« Katja Petri schaut zu Falter herüber. Noch nie hat er einen Mund gesehen, der sich so groß machen kann.

»Schauen Sie mich nicht so an. Ich bin erst vierunddreißig, da darf man noch Pläne haben.«

Falter nickt verwirrt. »Ja, natürlich. Ich glaube nur nicht daran, dass zwei Menschen es bis zum Tod miteinander aushalten«, sagt er.

»Glauben Sie das aus eigener Erfahrung? Oder sind Sie von Natur aus ein Beziehungspessimist?«

»Ich beobachte nur meine Umgebung und mache mir meine Gedanken.«

»Es gibt unheimlich viele Leute, die passen nicht zueinander. Da gebe ich Ihnen Recht. Die versuchen sich passend zu machen, und das geht meistens schief. Aber ich glaube daran, dass es Menschen gibt, die zusammengehören. Meine Eltern waren so.«

»Meine nicht«, sagt Falter, »aber ziehen Sie jetzt bitte keine falschen Schlüsse, nach dem Motto, schlechte Ehe der Eltern, deshalb auf immer beziehungsunfähig.«

Sie fahren an der Universität vorbei. »Hier habe ich studiert«, sagt Katja Petri und versucht, Falter während des Fahrens zu zeigen, welchen Eingang sie damals benutzte und wo sich das Germanistische Institut befindet. Falter kennt sich auf dem Campus nicht aus und kann mit ihren Angaben nichts anfangen. Er ist nur einmal im Botanischen Garten der Uni gewesen und hat danach in der »Taberna Academica« eine Suppe gegessen.

Hinter der Universität werden die Straßen schmaler. Katja Petri hält sich an das vorgeschriebene Tempo 30, nicht nur, weil ein Polizist neben ihr sitzt. Sie macht auf Falter den Eindruck einer sehr konzentrierten und vorsichtigen Fahrerin. Als sie durch die verkehrsberuhigte Zone im Ortskern rollen, reduziert sie erneut die Geschwindigkeit, was den Wagen hinter ihr zum Protest mit der Lichthupe veranlasst. Falter hat hier oft gestanden, die Schnellfahrer angehalten und sie gebeten, das Schritttempo zu beachten. Aber genützt hat es nicht viel.

Als Katja Petris Wagen auf den Parkplatz vor der Bücherei einbiegt, steht der weiße Porsche quer vor dem Eingang.

»Sie haben Besuch«, sagt Falter und steigt hastig aus. Aus dem Briefkasten neben der Eingangstür holt er die Post und sieht sie im Gehen durch. Es ist ein Chiffre-Brief dabei, den ihm die Zeitung nachgeschickt hat. Während er die Treppe hoch zum Büro steigt, reißt er den Brief auf. Es ist ein Gruß vom Lebensretter. Stephan heißt er. Als P.S. hat er seine Telefonnummer angegeben. Falter will ihn gleich anrufen und sich endlich angemessen bedanken. Auf den letzten Stufen vor seinem Büro stolpert er über zwei Beine in Leopardenhosen. Yvonne Pfaff sitzt auf dem Treppenabsatz und schaut ihn ungeduldig an.

»Na endlich, ich warte schon seit einer Viertelstunde.« Sie steht auf und drängt Falter, die Tür aufzuschließen. Im Büro geht sie ohne Aufforderung auf Falters Schreibtisch zu und setzt sich auf den Stuhl davor. Ehe Falter einwenden kann, dass er es nicht mag, wenn hier geraucht wird, hat sie sich eine Zigarette angezündet. Ihr Blick sucht einen Aschenbecher und findet keinen. Sie wirft das abgebrannte Streichholz auf den Teller mit dem Adventskranz. Falter zieht es mit spitzen Fingern wieder heraus und bringt es zum Mülleimer. Für Yvonne Pfaffs Asche opfert er eine Untertasse, auf der ein Teerand klebt. Mit betont freundlichem Gesicht erkundigt er sich, was sie zu ihm führe.

»Ich möchte mich über Sie beschweren«, sagt Yvonne Pfaff und schaut ihn herausfordernd an.

»Ich fürchte, da sind Sie bei mir nicht an der richtigen Adresse. Ich kann Sie gern an meine Vorgesetzten verweisen. Soll ich Ihnen die Telefonnummer aufschreiben?«, fragt Falter und greift zu Stift und Papier. Für einen Moment verliert Yvonne Pfaff ihre Sicherheit. Mit dieser Reaktion hat sie nicht gerechnet. Dann kehrt die Überlegenheit zurück in ihr Gesicht.

»Das wird nicht nötig sein. Was ich zu sagen habe, ist für Sie bestimmt. Alle weiteren Schritte behalte ich mir vor.«

Falter steht auf und geht zur Teemaschine. Während er Wasser und Tee einfüllt, kämpft er gegen den Drang zu lachen an. Den geschäftsmäßigen Ton wird sich Yvonne Pfaff bei ihrem Schwiegervater abgeschaut haben. Wer ihr zum Tragen der Leopardenhosen geraten hat, will Falter lieber nicht wissen. Wahrscheinlich ist dieser Stil unter den Stammkundinnen von Sonnenstudios verbreitet. Falter geht zurück zum Schreibtisch und setzt sich. Er lächelt Yvonne Pfaff aufmunternd an, gespannt auf das, was kommt.

»Ich möchte mich darüber beschweren, dass Sie sich in meine Privatangelegenheiten einmischen. In meine und in die meines Schwiegervaters und meines Mannes.«

»Wo habe ich mich eingemischt?«, fragt Falter.

»Sie haben mich und meinen Schwiegervater beobachtet«, sagt Yvonne Pfaff. Für einen Moment verlegen.

»Das war keine Beobachtung, sondern Zufall. Sie müssen das Klingeln wohl überhört haben.«

»Das ist egal jetzt. Aber wie kommen Sie dazu, meinem Mann davon zu erzählen? Wissen Sie, was Sie da anrichten?« Yvonne Pfaffs Stimme ist laut geworden. In ihrer Erregung wirkt sie wie ein Mensch, der nie ausatmet. Der immer nur einatmet und die Luft anhält.

Falter bemüht sich, seinen eigenen Atem langsam und bewusst fließen zu lassen und sich nicht von der Angespanntheit seines Gegenübers anstecken zu lassen.

»Fragen Sie sich lieber, was Sie damit anrichten. Sie betrügen Ihren Mann mit dessen Vater, und wenn das rauskommt, sind andere schuld. Ihr Mann stand heulend am Grab seiner Mutter. Der ist fertig. Aber ihm fehlt der Mut, sich gegen seinen Vater zu stellen oder auch gegen Sie.«

»Sie haben überhaupt keine Ahnung«, sagt Yvonne Pfaff. Sie zündet sich eine neue Zigarette an und stößt den Rauch des ersten Zugs zornig aus sich heraus. Lange sagt sie nichts. Ihr Blick wechselt zwischen dem Fenster und Falter. Sie kämpft mit sich, und Falter will ihr helfen.

»Wovon habe ich keine Ahnung?«, fragt er.

»Es ist nicht so, wie Sie denken«, sagt sie und zögert noch. Der Mann vor ihr ist Polizist und könnte eine Gefahr für die Konstruktion ihres Lebens sein.

»Ich mache das nicht freiwillig«, sagt sie leise und schaut an Falter vorbei.

»Zwingt er Sie?«, fragt Falter. Jetzt hält er den Atem an.

Yvonne Pfaff schüttelt den Kopf. »Ich tue das für meinen Mann.«

»Das müssen Sie mir erklären.«

»Mein Schwiegervater verachtet meinen Mann. Ich glaube, weil er nicht so ist, wie er ihn haben will. Seit meine Schwiegermutter tot ist, ist es ganz schlimm.« Yvonne Pfaff macht wieder eine Pause, und Falter hofft, dass sie weiterspricht.

»Vor einem halben Jahr ungefähr hatten Thomas und Walter, ich meine mein Schwiegervater, einen Streit, wie ich ihn noch nie erlebt habe. Thomas hatte irgendein Geschäft vermasselt, weil er was Wichtiges in einem Vertrag übersehen hatte. Genau weiß ich es nicht mehr. Mein Schwiegervater war so wütend, dass er Thomas aus dem Haus geworfen hat. Und zu mir hat er gesagt, er werde ihn enterben, er mache das nicht mehr länger mit.«

Falter ist zum Teeautomaten gegangen und hat zwei Tassen gefüllt. Die eine stellt er vor Yvonne Pfaff auf den Tisch, mit der anderen setzt er sich wieder. Er nimmt sich zwei Stück Zucker und schiebt die Dose zu Yvonne Pfaff hin, aber sie winkt ab.

»Sie müssen wissen, dass Thomas nichts gelernt hat. Er wäre gern Schreiner geworden, aber das hat sein Vater nicht zugelassen. Thomas sollte werden wie er. Nichts war ihm recht. Am Ende hätte Thomas ohne Ausbildung und Geld dagestanden. Deshalb habe ich mich eingeschaltet.«

Falter wartet darauf, dass Yvonne Pfaff ihre Rolle genauer beschreibt.

»Mein Schwiegervater und ich haben eine Übereinkunft. Er lässt Thomas in Ruhe, und dafür kriegt er mich.« Der letzte Satz hat Yvonne Pfaff Kraft gekostet. Sie nippt an ihrem Tee und schaut auf ihre Leopardenhosen. Falter fragt sich, ob das Opfer der Frau so uneigennützig ist, wie es aussehen soll, oder ob sie damit nur ihren eigenen Wohlstand sichern will. Falter erinnert sich an die Yvonne Pfaff, die ihm Silvia Münster geschildert hat.

»Und was kriegen Sie?«, fragt Falter.

»Ich?« Sie lacht bitter auf. »Ich kriege Gänsehaut. Aber ich weiß, worauf Sie hinaus wollen. Sie meinen, wenn sie mit ihrem Schwiegervater schläft, wird das schon nicht zu ihrem Schaden sein.« Sie schüttelt den Kopf. »Wissen Sie, den Ekel, den ich empfinde, kann mir keiner bezahlen.«

Der braune Rücken, der gegen die Glasscheibe gestoßen wird, und die blassen Beine mit den bläulichen Füßen. In Falter steigt leichte Übelkeit hoch, die er mit einem großen Schluck Tee niederringt.

»Warum verlassen Sie nicht beide? Den Alten und den Sohn?«, fragt Falter.

Yvonne Pfaff starrt ihn verwundert an. »Ich kann doch nicht meinen Mann verlassen«, sagt sie.

»Warum nicht?«

»Sie stellen vielleicht Fragen. Weil ich ihn liebe, was denken Sie denn?«

Das ist nicht die Antwort, die Falter erwartet hat. Für ihn sind Yvonne und Thomas Pfaff ein seltsames Paar. Sie so zielstrebig und er so antriebslos. Das passt nicht zueinander. Allenfalls haben sie sich passend gemacht, wie Katja Petri es ausgedrückt hatte. Dass sie echte Liebe füreinander empfinden könnten, liegt außerhalb von Falters Vorstellungskraft. Was diese Liebe ausmacht, würde ihn interessieren. Ist Yvonne Pfaff insgeheim eine Beschützerin und Thomas ihr Zögling? Zwei Stockwerke tiefer in der Bibliothek sitzen jetzt wahrscheinlich Thomas Pfaff und Katja Petri zusammen. Ob Yvonne Pfaff weiß, dass ihr Mann im Begriff ist, ihr abhanden zu kommen? Falter möchte sie warnen.

»Ist Ihnen bekannt, dass Ihr Mann seit einiger Zeit die Nähe der neuen Bibliothekarin sucht?«, fragt er.

»Nein.« Yvonne Pfaffs Stimme klingt alarmiert. »Aber ich habe gespürt, dass etwas nicht stimmt. Thomas ist jetzt meistens nicht zu Hause, vor allem tagsüber. Außerdem hat er mehrfach auf seinen Vater und mich angespielt und angedeutet, ihm hätte jemand was von einem Verhältnis erzählt. Das war lange, bevor Sie Thomas auf dem Friedhof getroffen haben. Ich habe mich gefragt, wer noch über uns Bescheid weiß. Aber mir ist niemand eingefallen. Wir sind sehr diskret«, sagt sie verlegen.

»Weiß wirklich niemand davon?«, fragt Falter und sieht Yvonne Pfaff prüfend an. Ihm ist eingefallen, dass Margarethe einmal vom »tollen Treiben auf Tara« gesprochen hatte, aber nicht mehr dazu sagen wollte.

Yvonne Pfaff dreht sich eine Strähne ihres langen blonden Haars um den Zeigefinger.

»Wusste Margarethe Körner davon?«, drängt Falter.

Yvonne Pfaff nickt. »Aber ich habe sie deshalb nicht umgebracht«, stellt sie hastig klar. Als ob das nötig wäre.

»Wie kommen Sie darauf, dass ich das denken könnte? Weil Sie mir den toten Hahn in den Briefkasten gesteckt haben?«, fragt Falter.

Yvonne sieht Falter unsicher an. »Sie wissen das?«

»Sie sind die Einzige, der ich so etwas zutrauen würde. Verstehen Sie mich nicht falsch. Aber wer sonst könnte einem Hahn die Kehle durchschneiden? Sie sind schließlich vom Fach, wenn ich mich nicht irre. Der Hahn sollte eine Warnung sein, die habe ich auch verstanden. Ich wusste am Anfang nur nicht, wer mich warnen will und wovor«, sagt Falter. »Warum fürchten Sie sich so sehr davor, dass Ihr Mann von Ihrem Verhältnis mit seinem Vater erfährt?«

»Weil er ihn dann umbringt. Ja, bestimmt, glauben Sie mir. In Thomas ist so viel Hass, dieses Wissen würde zur Explosion führen. Als Thomas vom Friedhof kam, war er nicht bei Sinnen. Er hat einen Hammer genommen und im Schwimmbad die Scheiben zertrümmert. Dann wollte er auf seinen Vater losgehen, aber der war zum Glück nicht da. Ich habe lange gebraucht, um Thomas davon zu überzeugen, dass Sie gelogen haben.«

»Ich entschuldige mich. Ich hatte keine Ahnung«, sagt Falter. In seinem Kopf arbeitet es. Er hat nur Ritzen und Erika Hess von dem Paar in der Schwimmhalle erzählt. Ritzen scheidet als undichte Stelle aus, was sollte er für ein Motiv haben. Und Erika? Warum sollte sie Thomas Pfaff so wehtun wollen?

»Könnte denn Margarethe etwas verraten haben?«, fragt Falter weiter, aber Yvonne Pfaff schüttelt den Kopf.

»Sie hat es mir versprochen. Schon aus Rücksicht auf Thomas. Den hat sie gemocht.« Yvonne Pfaff hält ihre Teetasse hoch und bittet Falter nachzuschenken. Während er aufsteht, spricht sie weiter. »Ich hatte gehofft, sie würde Thomas das Haus vermachen. Dann hätte er etwas Eigenes gehabt. Aber sie war nicht umzustimmen. Es sollte unbedingt ein Jugendheim werden. Warum auch immer. Sie konnte sehr dickköpfig sein.«

Falter reicht ihr den Tee.

»Aber vielleicht wird ja doch noch alles gut«, sagt Yvonne Pfaff und pustet in ihre Teetasse. »Mein Schwiegervater will Thomas noch eine Chance geben und hat ihm den Verkauf von Margarethes Haus anvertraut. Wenn das klappt, können wir wieder normal leben. Hoffe ich.« Sie lächelt Falter unsicher an, und er wundert sich über die weichen Züge ihres Gesichts, die vorsichtig durch die Fassade aus Sonnenbankbräune und Make-up schimmern.

»Mich interessiert noch etwas anderes«, sagt Falter nach einer Weile. »Sie kennen sich doch aus in Mainz und hier ganz besonders. Ich bin auf der Suche nach einem Neffen von Hans Körner, dem Mann von Margarethe.«

»Meinen Sie Wolfgang?«, fragt Yvonne.

»Wolfgang? Ich weiß nicht. Deshalb frage ich ja. Heißt der Neffe von Hans Körner Wolfgang?«

»Ja, Wolfgang irgendwas mit F. Falkenstein. Oder Falkenberg. Das weiß ich nicht mehr genau. Ich habe ihn seit Jahren nicht mehr gesehen. Ich glaube, er wohnt schon lange nicht mehr hier.«

»Ich danke Ihnen«, sagt Falter glücklich. Von dieser Seite hätte er nie auf Hilfe gehofft.

»Na, dann werd ich mal«, sagt Yvonne Pfaff und steht auf. Nichts ist mehr übrig von ihrer abwehrenden Haltung und der eisernen Maske, mit der sie Falter auf der Treppe empfangen hatte. Sie reichen sich die Hand zum Abschied, und Falter bringt sie zur Tür.

»Wissen Sie, wann das Testament eröffnet wird?«, fragt er sie noch.

»Wir erwarten den Brief vom Nachlassgericht in den nächsten Tagen. Vielleicht schon morgen.«

Falter hat seinen Schreibtisch leer geräumt. Die Dose mit den Stiften, ein Stapel Akten, die beiden Teetassen, das Drehgestell mit den Stempeln und die Ablagekörbe stehen auf dem Boden. Man könnte es reinen Tisch machen nennen, aber Falter braucht einfach nur Platz. Aus dem Wandschrank holt er einen DIN-A2-Block mit weißen Blättern. Es ist ein Geschenk einer Mainzer Baufirma und eigentlich als Schreibtischunterlage gedacht. Falter hat ihn nie gebraucht. Er legt ihn auf den Tisch, nimmt einen Stift aus der Dose am Boden, rückt seinen Stuhl zurecht und schreibt mit Druckbuchstaben in die Mitte des Blattes Margarethe Körner. Darunter den Namen ihres Mannes Hans und den Neffen Wolfgang Falkenberg oder Falkenstein. Links ordnet er die Pfaffs an, Walter, Thomas und Yvonne, und ein wenig daneben Adelheid Dietrich mit einem großen Fragezeichen. Auf der rechten Seite steht Erika Hess und neben ihr Theo. Falter zieht Linien zwischen den Namen, bis ein Netz entsteht, dessen Sinn er entwirren muss. Der Neffe ist nach wie vor eine dunkle Figur in diesem Koordinatensystem. In Gedanken nennt er ihn Frankenstein, so künstlich und mysteriös kommt er ihm vor.

»Vielleicht heißt er auch Frankenstein.« Den Satz hatte Ritzen gesagt, damals in der Praxis, als es Falter so schlecht ging. Er versucht, sich die Szene ins Gedächtnis zu rufen. Ritzen war in Begleitung des Mannes gewesen, mit dem Falter vor Erika Hess' Haus zusammengestoßen war. Es ist nur der Hauch einer Spur, aber er muss das klären. Falter wählt Ritzens Nummer und lässt sich verbinden.

Ritzen klingt erfreut, gibt Falter aber zu verstehen, dass er gerade einen Patienten behandelt. »Was gibt es denn, Benno?«

»Kannst du dich an den Mann erinnern, der bei dir in der Praxis war, als ich die Lungenentzündung hatte? Du sagtest, er käme von einer Pharmafirma und hieße Falkenberg oder so ähnlich.«

»Ach du liebe Güte. Weißt du, wie viele Leute ich täglich zu Gesicht bekomme? Nein, Benno, tut mir Leid, ich kann mich nicht erinnern. Aber ich werde meine Mädels vom Empfang fragen.«

»Bitte tu das. Es ist verdammt wichtig. Du hast damals noch einen Witz gemacht, von wegen, der könnte auch Frankenstein heißen. Kannst du dich wirklich nicht erinnern?«

»Benno, ich bin fünfundvierzig Jahre alt, da merkt man sich nicht mehr jeden Scherz. Aber ich verspreche dir, ich melde mich, wenn den Mädels was eingefallen ist.«

Falter legt enttäuscht auf. Er starrt auf das Blatt vor sich und die Namen. Um den Neffen macht er einen roten Kringel und ein Ausrufezeichen. Dann zieht er eine Linie zu Erika Hess. Sie hatte gesagt, sie könne sich nicht an den Namen des Mannes erinnern. Aber was machte er dann in ihrem Haus? Falter ist nicht bereit, das für einen Zufall zu halten.

Bleibt noch ein Fragezeichen. Adelheid Dietrich. Das Grab. Falter nimmt das Telefonbuch vom untersten Brett des Wandschranks und sucht nach der Nummer der Friedhofsverwaltung. Er rufe außerhalb der Bürozeiten an, wird ihm gesagt, aber er will das jetzt wissen. Als Besitzer der Grabstätte wird ihm E. Dietrich genannt. Keine näheren Angaben. Falter sucht nach allen Dietrichs im Telefonbuch. Es ist kein E. Dietrich dabei, aber er ruft sie trotzdem alle an. Von dem Grab weiß niemand etwas, und an eine Adelheid Dietrich kann sich keiner erinnern. Trotzdem ist irgendwo da draußen jemand, der E. Dietrich heißt oder sich so nennt und der sich das Grab mit dem blanken Marmorstein etwas kosten lässt.

*

Vor Theos Haus steht eine Gruppe Jugendlicher mit Inlinern und Kickboards. Falter hatte im Sommer kurz darüber nachgedacht, sich auch so einen Roller zu kaufen, um die Streifengänge durch seinen Bezirk zu beschleunigen. Er hatte aber kein Modell gefunden, das zu seiner Größe gepasst hätte. Auch wenn der Lenker in der höchsten Position stand, musste sich Falter unbequem weit hinunterbeugen, um ihn zu erreichen. Er hatte schweren Herzens auf den Kauf verzichtet und seither neidvoll die Jugendlichen des Ortes beobachtet, für die eine Fortbewegung ohne Roller nicht mehr denkbar schien.

»Alles klar, Jungs?«, sagt Falter und geht auf Theos Tor zu. Die Jungen machen den Weg frei. Falter kennt die meisten mit Namen. Seit Theo Millionär ist, stehen sie oft hier. Ob sie es sind, die Steine über die Mauer werfen und »Lotto-Theo, gib uns Geld« rufen, weiß er nicht.

»Gibt's was Neues da drin?«, fragt Falter und zeigt mit dem Kopf zum Tor.

»Nö, alles ruhig«, sagt einer. »Der kommt nicht mehr raus, seit ihn einer zusammengeschlagen hat.«

»Woher weißt du das?«, fragt Falter. Soviel er weiß, hat niemand Theo besucht seither.

»Weiß nicht«, sagt der Junge. »Hab ich gehört.«

»Hast du vielleicht den Mann gesehen, der das getan hat?«

»Wann soll denn das gewesen sein?«

»Letzte Woche Donnerstag.«

Der Junge sieht sich unsicher um. Die anderen blicken zu Boden. Keiner sagt etwas.

»Was ist jetzt? Habt ihr oder habt ihr nicht?«

»Da war was. Ich glaub, es war Donnerstag. Ein Mann. Mike ist ihm mit dem Roller in die Hacken gefahren, deshalb war der ziemlich sauer. Er hat uns angebrüllt, wir sollen abhauen.«

»Wie sah der Mann aus? Wisst ihr das noch?« Falter spürt seinen Herzschlag an den Schläfen.

»Ganz normal. Braune Haare. Die Daunenjacke war cool. So schwarz mit silbernen Reißverschlüssen.« An mehr kann sich keiner erinnern.

»Danke, Jungs«, sagt Falter und öffnet Theos Tor. »Ihr seid prima Zeugen.«

Theo sitzt am Küchentisch. Der Geruch, der von ihm ausgeht, erinnert Falter daran, dass er Theos Körperpflege vernachlässigt hat.

Er hilft ihm hoch ins Bad und zieht ihn aus. Die Milchsuppe mit der Vitamincreme hat an seiner Magerkeit nichts geändert.

»Theo, du musst wieder mit dem Essen anfangen. Du bist viel zu dünn. Weißt du, dass die meisten alten Leute an Unterernährung sterben?«

Theo sieht Falter zweifelnd an und deutet auf seinen Kiefer. »Ich kann noch nich«, nuschelt er.

»Du willst nicht«, antwortet Falter. »Der Doktor hat gesagt, es ginge wieder.« Falter lässt Wasser in die Wanne laufen und hilft Theo hinein. Von dem Geld, das der Alte auf dem Konto hat, könnte er dreimal täglich in Eselsmilch baden und sich von bildschönen jungen Pflegerinnen den knochigen Rücken massieren lassen.

»Ich weiß jetzt, wer dich zusammengeschlagen hat«, sagt Falter, während er Theo die Haare wäscht. Der Kopf unter seinen Händen erstarrt.

»Nein«, schreit Theo. »Ich will nich ins Gefängnis.«

Falter greift zur Dusche und spült Theos Haare aus. »Theo, du musst nicht ins Gefängnis. Der Mann muss ins Gefängnis.«

Theo schüttelt den Kopf. Wischt sich den Schaum aus den Augen. Die Angst steht wieder darin. Falter setzt sich auf den Rand der Badewanne. »Willst du mir nicht endlich sagen, was los ist?«

»Ich hab was gestohlen.«

»Was hast du gestohlen?«

Theo antwortet nicht.

»Hast du dem Mann was gestohlen?«

Theo nickt, dann schüttelt er wieder den Kopf. »Nich direkt.«

Falter seufzt. »Ich verspreche dir, dass du nicht ins Gefängnis musst, Theo. Wegen Diebstahls kommt heute niemand mehr ins Gefängnis.«

Theos Körper entspannt sich. Er nimmt die Seife und wäscht sich die Hände. Den Schaum verteilt er auf Brust und Bauch. Theo denkt nach. Seine Hände kreisen langsam über den Körper bis zu den Füßen.

»Ich war mal in einem. Im Gefängnis, mein ich«, sagt er und taucht ins Badewasser ein. Grauer Schaum schwimmt auf der Oberfläche. An der weißen Wand der Wanne bleibt ein dunkler Rand zurück.

»Wann warst du im Gefängnis?«, fragt Falter.

»Is lange her.«

»Weil du etwas gestohlen hast?«

Theo nickt. »Die haben gesagt, es war 'ne Krankheit.«

»Meinst du Kleptomanie?«

»Ja, so was.«

Falter denkt an Theos Hof und das Gerümpel, das sich dort stapelt. »Hast du das ganze Zeug da draußen gestohlen?«, fragt er.

»Nein. Das musst du mir glauben. Hab schon lange nix mehr geklaut. Ich hab alles gefunden.«

»Aber dem Mann hast du etwas geklaut?«

»Ja, weiß auch nich, wieso. Kam einfach über mich. Ich wollt das gar nich. Hat ja auch nich funktioniert.«

»Was hat nicht funktioniert?«

»Der Stift.«

Der Stift. Es dauert ein paar Sekunden, bis Falter begreift, wovon Theo spricht.

»Du meinst die Spritze?«

Theo nickt unwillig. »Ja, die Spritze. Und jetzt hilf mir mal raus hier.«

Falter greift unter Theos feuchte Arme und zieht ihn aus der Wanne. Er reicht ihm ein Handtuch und rubbelt ihn ab. Wenn er Kinder hätte, würde er sie abends baden. Nicht jeden Abend, das ist nicht gut für Kinderhaut, hat er mal gelesen. Aber nach einem Tag im Sandkasten oder in den Feldern. Er würde ihre verschwitzten Haare waschen und die lehmigen Hände. Und am Ende würde er die Pfützen vor der Wanne aufwischen und glücklich sein.

»War die Spritze von dem Mann?«, fragt Falter weiter, als Theo trocken ist und seinen Schlafanzug übergestreift hat.

»Nee. Die lag bei Erika in der Schublade.«

»Welcher Erika?«

»Mann, bist du blöd? Wie viele Erikas gibt es denn?«

*

Es ist nicht zu erklären, und auf sein Warum hat Falter keine Antwort gefunden. Er ist von Theo aus zu Margarethes Haus gelaufen und hat lange davor gestanden. Er hat zu Erikas Wohnung nebenan hochgeschaut, aber gezögert hineinzugehen. Er versteht die Zusammenhänge nicht. Erika Hess versteckt Margarethe Körners Insulinspritze in ihrer Küchenschublade. Theo klaut die Spritze und wird von Hans Körners Neffen zusammengeschlagen. Wie kommt die Spritze zu Erika? Hat sie sie aus Margarethes Haus gestohlen? Der Neffe sollte Theo zum Schweigen bringen, das hatte ihm der Alte erzählt. Er sollte nicht verraten, woher die Spritze stammt. Das bedeutet, Erika und Frankenstein haben mehr miteinander zu tun, als er dachte. Mit welchem Ziel?

Im Gravitationsfeld von Krisen hat Falter noch nie Schlaf gefunden. Das Warum steht in seiner Wohnung und sendet Wellen aus, die ihn gegen die Wände drücken. Er bekommt kaum Luft und ist den Druck auch nicht durch einen Schrei losgeworden, den er in den nächtlichen Ort geschickt hat. Niemand scheint ihn gehört zu haben, und auch hinter dem Rollladen von Ernst Brendels Badezimmerfenster ist es ruhig geblieben. Falter hat sich eine Dose Würstchen warm gemacht und wie in Trance gegessen. Danach ist ihm schlecht geworden, und er hat sich übergeben müssen. Er hat vor der Toilette gehockt und die Schubkraft des Warum in seinem Rücken gespürt. Er hat sich auf dem Badezimmerboden zusammengerollt und eine Stunde bewusstlose Ruhe gefunden. Aber lange vor seiner üblichen Aufstehzeit ist er wach geworden, zitternd vor Kälte und Angst, weil er wieder vom Wasser geträumt hat und dem Gefühl, in die Tiefe gerissen zu werden. Er hat seinen Mantel im Traum gesehen, der wie ein Rochen über ihm geschwommen ist und sich langsam auf ihn gesenkt hat.

Die Nacht hat keine Klarheit gebracht, und keine Frage ist beantwortet. Falter ist matt und zaghaft und in der Stimmung, sich sein altes Leben zurückzuwünschen. Ein Leben in Eintönigkeit, gewiss. Aber ist nicht gerade diese Eintönigkeit eine verlässliche Größe? Ein Freund, der einen nie enttäuscht? Ist er nicht noch genauso allein wie zuvor?

Nichts hat es ihm gebracht, seine festen Bahnen zu verlassen, außer blutende Hähne im Briefkasten und einen Sturz in den Rhein. Er ist sich seiner unsicherer denn je. Ein versierter Ermittler hätte längst die Verbindung zwischen Erika und Frankenstein hergestellt. Silvia Münster hatte völlig Recht damit gehabt, dass persönliche Gefühle bei einer Untersuchung nichts zu suchen haben. Aber er hatte alle Einwände zur Seite geschoben.

Aber was hatte er erwartet? Die fernsehreife Vorstellung eines einsamen, aber begnadeten Schnüfflers, der auf eigene Faust loszieht und der Gerechtigkeit zum Triumph verhilft? Er ist Bezirksbeamter in einem Mainzer Stadtteil und nicht Derrick. Er hat sich in diese Rolle eingelebt und füllt sie völlig aus. Daran ist nichts Verwerfliches. Warum sich falschem Ehrgeiz aussetzen? Man braucht ihn hier im Ort. Er macht seine Arbeit gut. Die Leute mögen ihn.

Falter zieht sich am Waschbecken hoch und blickt in den Spiegel darüber. Er müsste zum Friseur und wundert sich über diesen banalen Gedanken. Er fährt sich mit den Händen durchs Haar. An den Seiten ist es viel zu lang. Er sieht aus wie Männer, die ihre beginnenden Stirnglatzen mit langem Resthaar kaschieren. Falter dreht kaltes Wasser auf und wirft es sich ins Gesicht. Er wiederholt die Bewegung so lange, bis seine Haut funkelt. Mit der rechten Hand fährt er sich über Kinn und Wangen und schätzt den Bartwuchs ab. Er wird heute auf das Rasieren verzichten. Er zieht seine zerknitterten Kleider aus und steigt in die Dusche. Steht nur da und lässt heißes Wasser über seinen Körper rinnen und schaut zu, wie sich die Haut rötet. Zum Schluss schaltet er auf kaltes Wasser um und genießt den Schock. In ein Handtuch gewickelt verlässt er das Bad und geht in die Küche. Auf dem Tisch steht noch die leere Würstchendose und sondert einen unangenehmen Geruch ab, der Falter an die Übelkeit der Nacht erinnert. Er wirft die Dose in den Mülleimer und steckt zwei Scheiben Weißbrot in den Toaster. Er isst sie noch heiß mit Butter, die ihm über die Hände läuft. Der Toast hat seinen Appetit geweckt. Er gibt zwei Eier in den Eierkocher und setzt Wasser für den Tee auf. Dann geht er zurück ins Bad und putzt sich die Zähne. Nicht fünfzehn Minuten lang wie sonst, denn der Eierkocher brummt.

Falter genießt das träge Frühstück. Es ist erst sechs Uhr. Er hat keinen Zeitdruck. Gleich wird Ernst Brendel seinen Rollladen hochziehen. Seit auf Falters Schrei kein Verlass mehr ist, sehen sie sich kaum noch. Morgen wieder, denkt Falter. Nichts wird ihn von diesem Stuhl in der Küche fortbewegen können, bis seine Mahlzeit beendet ist. Die beiden Eier hat er gepellt und in ein Glas gegeben. Mit dem Löffel durchsticht er das feste Eiweiß und lässt einen Strom flüssigen Eigelbs herauslaufen. Er tunkt einen schmalen Streifen Toast hinein und kaut ihn langsam und bewusst. Sobald er den Schutz der Küche verlassen und seine Uniform angelegt hat, wird er wieder Benno Falter, der Bezirksbeamte, sein, dem niemand ansieht, dass er dabei ist, einen Mord zu lösen. Die Angst wird wieder da sein und der Zweifel, ob es richtig ist, was er tut. Aber bis dahin wird er sein selbstvergessenes Frühstück genießen und die Ruhe auskosten, die seinen Körper füllt.

Es ist halb zehn, als Falter sein Büro betritt. Er war noch beim Friseur und hat sich gegen den Protest der Friseuse die Haare ganz kurz schneiden lassen. Wenn er mit der Hand hindurchfährt, fühlt er einen dichten, drahtigen Pelz. Sein Gesicht wirkt schmaler, entschlossener. Falter kann plötzlich Frauen verstehen, die zum Friseur gehen, um sich neu zu erfinden. Katja Petri hat ihn prüfend angesehen, als er ihr einen guten Morgen gewünscht hat, und gesagt, er sähe so verändert aus. Ohne Wertung, nur verändert. Falter hat sich ein bisschen verlegen in den Nacken gefasst und dann gesagt, er bringe ihr gleich die Ortschronik zurück.

Auf Falters Schreibtisch liegt das weiße Blatt mit dem »Diagramm des Schreckens«, wie er es für sich selbst nennt. Daneben der Chiffre-Brief seines Retters Stephan. Jetzt nicht.

Falter schlägt die Chronik an der Stelle mit dem Stammbaum der Familie Pfaff auf und legt sie auf das Blatt. Das Kind. Adelheid Dietrich hatte ein Kind. Wieso hatte er nicht früher daran gedacht? Könnte das Kind E. Dietrich sein?

Das Klingeln des Telefons empfindet er als ärgerliche Unterbrechung seiner Konzentration. Er meldet sich mürrisch, sauer auf sich selbst, einen so wesentlichen Punkt übersehen zu haben.

»Hier ist Yvonne. Pfaff.«

»Hallo«, sagt Falter, schon eine Spur höflicher.

»Der Brief ist da. Vom Nachlassgericht«, sagt sie. »Es ist alles ganz anders, als wir dachten.«

»Was ist passiert?«

»Erika Hess. Sie erbt das Haus.«

Plötzlich ist alles so klar. Bis auf das Warum. Falter zerreißt das Blatt mit den Namen und Linien und geht hinunter in die Bücherei. Seine Füße finden die Stufen wie von selbst. Seine Hand drückt die Türklinke herunter, und sein Körper tritt ein. Sein Mund sagt etwas, und seine Ohren hören die Antwort. Jemand fasst ihn am Arm und führt ihn zu einem Sessel. Dann ist es dunkel und still. Wie ein abgestürzter Computer. Irgendwo in seinem Gehirn muss es einen Kurzschluss gegeben haben. Mühsam bootet sich Falter ins Bewusstsein zurück. Die Festplatte seines Gehirns ist noch vollständig. Es hat keinen Datenverlust gegeben, auch wenn er es sich insgeheim wünscht.

Katja Petri hockt vor ihm mit einem Glas Wasser, als würde das helfen, aber es ist gut gemeint. Er ist versucht, ihr alles zu erzählen, weil er einen Mitwisser braucht, für alle Fälle. Aber da kommt nur einer in Frage. Falter bittet Katja Petri um ein Stück Papier und einen Umschlag. Er schreibt nur einen Satz darauf, adressiert das Kuvert und steckt es in seine Jacke. Er wird gleich zur Post gehen, den Brief frankieren und abschicken. Dann hat ihn Arnulf Ritzen schon morgen. Morgen. Er wird warten bis morgen. Er muss sich beruhigen, irgendwie ablenken. Er weiß, dass es klüger wäre, Silvia Münster anzurufen und den Rest die Kriminalpolizei machen zu lassen. Dass er es ihr versprochen hat. Aber hier geht es um mehr als nur um Mord. Man hat ihn benutzt und missbraucht. Die Wut reißt an seiner Seele. Er darf nicht wütend sein. Er muss kühl sein. Morgen. Bis dahin muss er sich ablenken.

»Würden Sie heute Abend mit mir essen gehen?«, fragt sein Mund, und sein Ohr hört: »Ja.«

ACHT

Sie öffnet ihm ohne Erstaunen.

»Da bist du also«, sagt sie und schließt die Tür hinter ihm. »Ich hatte dich früher erwartet.« Sie geht voraus ins Wohnzimmer. Ihr Kleid sieht neu aus, beige, zweiteilig. Auch die Frisur ist anders. Falter sagt es ihr, und sie lächelt. Sie bittet ihn, auf dem Sofa Platz zu nehmen, und entschuldigt sich für einen Augenblick.

»Ich hoffe, du hast nichts dagegen, wenn ich noch jemanden dazubitte«, sagt sie und greift zum Telefon. Falter zuckt mit den Achseln. Er staunt über den höflichen Ton, die fast feierliche Atmosphäre.

Erika Hess wählt eine Nummer und sagt nach kurzem Warten: »Er ist jetzt da.« Sie legt auf und entwirrt umständlich das verdrehte Telefonkabel. Als wolle sie Zeit gewinnen, denkt Falter.

»Möchtest du etwas trinken?«, fragt sie, nachdem sie mit dem Kabel fertig ist. Falter nickt, und sie geht in die Küche. »Trinkst du Champagner mit mir oder lieber etwas anderes?«, ruft sie von nebenan.

»Lieber was anderes«, ruft Falter zurück. Erika Hess scheint in Feierstimmung zu sein.

Sie kommt mit einem Tablett zurück. Die Champagnerflasche ist noch verschlossen, daneben stehen Mineralwasser und Orangensaft und drei Gläser.

»Machst du mal auf?«, fragt sie und reicht Falter den Champagner. Er schüttelt den Kopf. So weit kommt es noch.

Sie zieht ihre Hand zurück und macht sich selbst an der Flasche zu schaffen. »Dann eben nicht«, murmelt sie und lässt den Korken knallen. Falter greift spontan an seine Jackentasche und fühlt seine Waffe darin. Er füllt Orangensaft in ein Glas und trinkt. Erika Hess wartet darauf, dass der Schaum des Champagners absinkt, und gießt nach. Sie stellt die Flasche zurück auf das Tablett und hebt ihr Glas.

»Zweiundsiebzig Jahre lang habe ich auf diesen Augenblick gewartet«, sagt sie und prostet erst Falter und dann dem Fenster zu, hinter dem in der Dämmerung Margarethe Körners Haus liegt, das jetzt ihr gehört.

»Und, hat es sich gelohnt?«, fragt Falter.

»Für mich schon«, sagt sie und leert das Glas in einem Zug. Sie wischt sich mit dem Handrücken den Mund ab und verschmiert dabei ihren Lippenstift. Wie ein Clown nach der Vorstellung sieht sie nun aus. Wie ein trauriger Clown, der sich die fröhliche Maske vom Gesicht nimmt. Frauen mit verwischtem Lippenstift haben immer Mitgefühl in Falter ausgelöst. Aber das verbietet er sich jetzt.

»Du bist Adelheid Dietrichs Tochter«, sagt er.

Sie schaut ihn anerkennend an. »Alle Achtung, wie hast du das herausgefunden?«

»Ich habe in einer alten Ortschronik geblättert und bin auf den Stammbaum der Pfaffs gestoßen. Mir fiel auf, dass Walter Pfaffs Vater schon einmal verheiratet war. Das interessierte mich. Später war ich auf dem Friedhof und habe das Grab von Adelheid Dietrich gesucht. Ich hatte nicht damit gerechnet, es zu finden.«

»Und dann hast du dich gefragt, wieso das Grab so gepflegt aussieht«, sagt sie.

»Das stimmt. Ich bin zweimal dort gewesen, in der Hoffnung, denjenigen zu treffen, der sich um das Grab kümmert. Bei der Friedhofsverwaltung sagte man mir, ein E. Dietrich habe das Grab gekauft. Dann habe ich mich daran erinnert, dass Adelheid Dietrich ein Kind hatte, und bin auf dich gekommen.«

»Gratuliere«, sagt Erika Hess und füllt ihr Glas erneut.

»Ich hätte nicht gedacht, dass du schon so alt bist. Jahrgang 1929«, sagt Falter, und sie dankt es ihm mit einer leichten Verbeugung.

»Hass hält jung«, sagt sie, aber Falter geht nicht darauf ein. Später.

»Was ist damals passiert?«, fragt er und hofft auf eine ehrliche Antwort.

»Willst du das wirklich wissen?«

»Natürlich. Es ist wichtig für mich. Ich will verstehen, warum du das alles getan hast«, sagt er.

»Wie lange hast du Zeit?«, fragt sie.

»Wie lange gibst du mir?«, fragt er zurück und hofft, dass der, für den das dritte Glas bestimmt ist, noch auf sich warten lässt.

Erika Hess denkt nach. Sie ist nicht vorbereitet auf die Verzögerung ihrer Pläne. Aber dann sieht sie doch ein, dass sie Falter etwas schuldig ist.

»Meine Mutter war zwanzig, als sie heiratete. Sie tat es nicht freiwillig, die Familien hatten das verabredet. Aus einem Stück Land der Pfaffs und einem Stück Land der Dietrichs sollte ein großes Stück Land werden. Das war üblich so. Meine Mutter war sehr gläubig. Sie ging in eine Nonnenschule und wollte danach ins Kloster, eine Braut Christi werden. Aber das hat ihr Vater nicht zugelassen. Sie musste Ludwig Pfaff heiraten. Noch in der Hochzeitsnacht ist etwas mit meiner Mutter passiert.«

Wahrscheinlich aus Furcht vor ihrem Ehemann stürzt sich Adelheid Dietrich aus dem Fenster des Schlafzimmers. Sie fällt drei Meter tief in den Rhabarber, fügt sich aber keinen ernsthaften Schaden zu. Sie kehrt zurück ins Schlafzimmer und lässt offensichtlich die Ehe an sich vollziehen, denn kurz darauf ist sie schwanger. Nun nimmt eine merkwürdige Veränderung ihren Lauf, die die Familie mit Besorgnis beobachtet. Adelheid Dietrich sucht die Nähe der Menschen im Dorf und segnet sie. Sie legt ihnen die Hand auf und sagt, sie sei die Jungfrau Maria und gebenedeit unter den Weibern. Sie geht in die Geschäfte und segnet die Kunden. Sie erscheint während des Unterrichts in der Schule und schlägt das Kreuz über den Kindern. Sie spricht Fremde auf der Straße an und zeigt ihnen den Bauch, in dem der Heiland heranwachse. Die Kinder rufen ihr bald Spottverse nach, und wer sie von weitem sieht, dreht um oder wechselt die Straßenseite. Der Pfarrer sucht die Familie auf und bespricht sich mit Adelheids Mann und den Eltern. Er rät zu einem vorsichtigen Exorzismus, doch davon sieht man ab, um das Kind nicht zu gefährden. Die letzten Monate ihrer Schwangerschaft hält man Adelheid Dietrich im Haus versteckt, in der Hoffnung, die Geburt werde ihren verwirrten Geist heilen.

»Mein Vater gab mir den Namen Erika, nach seiner Großmutter. Meine Mutter nannte mich Jesus. Nichts hatte sich geändert.«

Falter hört mit klopfendem Herzen zu. Katja Petri hatte Recht gehabt. Adelheid Dietrich war wirklich verrückt gewesen. Und der religiöse Wahn stimmte auch.

»Woher weißt du das alles?«, fragt er.

»Von der Schwester meiner Mutter. Sie hat es mir erzählt, nachdem sie mich aus dem Waisenhaus geholt hat. Aber das kommt später.«

Adelheid Dietrich ist der Pflege des Kindes nicht gewachsen. Eine Amme kümmert sich um Erika, während die Mutter die Zeit in der Kirche verbringt. Bei der Taufe greift Adelheid Dietrich nach dem Kind und hält es hoch, damit alle es sehen können. Die Kirche ist voll, es ist Sonntag, und die Taufe hat Neugierige angezogen, die sich sonst nur selten blicken lassen. »Euch wurde der Heiland geboren«, ruft Adelheid Dietrich, »Er wird uns alle erlösen.« Der Pfarrer gibt dem Küster geistesgegenwärtig das Zeichen, die Orgel zu spielen, um die gotteslästerliche Rede zu übertönen, und die Familie führt Adelheid durch die Sakristei aus der Kirche.

»Danach durfte meine Mutter das Haus nicht mehr verlassen. Noch im selben Jahr ließ sich mein Vater scheiden. Er hatte eine neue Frau gefunden. Eine normale«, sagt Erika Hess bitter.

Adelheid Dietrich wird weggeschlossen in ein Kloster bei Worms, die kleine Tochter abgeschoben ins Waisenhaus im Hunsrück. Infiziert sei sie vom Wahnsinn der Mutter, da will man sich nicht anstecken, kann es der neuen Frau Pfaff nicht zumuten, mit so einer unter einem Dach zu leben. Auch die Dietrichs stimmen dem zu. Die Schande ist zu groß. Falter versucht sich ein Waisenhaus vor siebzig Jahren vorzustellen. Er sieht endlose Schlafsäle vor sich, mit gleichen, eisernen Betten, kleinen für die Babys, großen für die Heranwachsenden, die in gleichen Schürzen zum Gottesdienst antreten und danach in die Schule gehen, wenn überhaupt. Die Pflegerinnen werden keine Zeit haben für Gefühle, das Haus muss funktionieren. Kindheiten sind die Hypotheken des Lebens, das weiß auch Falter. Kann es Trostworte geben nach so einer Geschichte? Er findet sie nicht. Nur neue Fragen.

»Das Waisenhaus. Wie lange warst du dort?«

»Meine Tante hat mich rausgeholt, als ich elf war. Ich wusste gar nicht, dass ich überhaupt Familie hatte. Ich hatte plötzlich sogar einen Vater, aber der wollte nichts von mir wissen.«

»Hast du deine Mutter wiedergesehen?«

»Nein, sie ist im Kloster gestorben. Ich bin später einmal dort gewesen, und die Barmherzigen Schwestern haben mit sehr viel Liebe von ihr gesprochen. Das hat mich getröstet. Dort hat sie es besser gehabt als in der richtigen Welt.«

»Hast du mit deiner Tante hier in Mainz gelebt?«, fragt Falter.

»Zum Glück nicht. Es wäre für mich bestimmt furchtbar gewesen. Zu viele Leute konnten sich noch an die Jungfrau-Maria-Geschichte erinnern. Nein, meine Tante lebte in Budenheim. Sie und ihr Mann hatten eine Bäckerei und keine Kinder. Deshalb hat sie mich geholt.«

»Hast du Kontakt zu deinem Vater gehabt?«

»Mein Vater!«, ruft Erika Hess aus. Zweiundsiebzig Jahre Enttäuschung und Verachtung liegen in diesem Wort. »Mein Vater hat mich verleugnet. Meine Tante ist einmal mit mir zu seinem Haus gegangen, und wir haben wie Bettler vor der Tür gestanden. Weggejagt hat er uns.«

Auf der Wiese hinter dem Haus hatte eine Schaukel an einem Baum gehangen. Ein Mädchen, etwa drei Jahre jünger als Erika, hatte darauf gesessen. In einem Laufstall aus Holz hatte ein kleiner Junge mit einem Ball gespielt.

»Das waren Margarethe und Walter. Damals habe ich sie zum ersten Mal gesehen. In diesem Garten da unten.« Erika Hess weist mit dem Kopf zum Fenster.

Es ist dunkel geworden. Selbst wenn Falter zum Fenster ginge, könnte er kaum etwas sehen. Aber den Baum kennt er. Margarethe hatte ihm von der Schaukel erzählt. Falter betrachtet Erika Hess von der Seite. Er fragt sich, wie sie aussähe, wenn sie eine glückliche Kindheit gehabt hätte, mit Vater und Mutter und Geschwistern, die durch einen wunderschönen Garten toben. Ob Hass ein Gesicht verändert? Ihm ist die Bitterkeit darin nie aufgefallen. Vielleicht hinterlässt sie nur Spuren auf der Seele.

»Wieso hat Margarethe dir das Haus vererbt?«

»Ah, jetzt nähern wir uns also den eigentlichen Fragen.« Erika Hess lacht, aber es ist kein freudiges Lachen. »Weil sie ein schlechtes Gewissen hatte. Wollte alles wieder gutmachen, was ihr Vater mir angetan hat.«

Erika Hess kehrt 1950 nach Mainz zurück. Der Onkel ist im Krieg gefallen, die Tante zu krank, um das Geschäft in Budenheim zu führen. Erika findet Arbeit in einer Bäckerei und lernt Margarethe kennen. Nur Erika weiß, wen sie vor sich hat.

Falter fällt das Foto aus Theos Album ein. Erika und Margarethe bei irgendeinem Fest 1953. Wie die besten Freundinnen hatten sie ausgesehen. Oder wie Schwestern.

Erika wird von niemandem erkannt. Sie hat den Namen ihres Onkels und ihrer Tante angenommen, nennt sich jetzt Hess und verschweigt ihre Herkunft. Die Großeltern sind tot. Beide gestorben bei einer Grippeepidemie 1946.

Margarethes Familie ahnt nicht, wer die Freundin der Tochter ist. Der Vater ist im Jahr zuvor tödlich verunglückt. Mit dem neuen Opel, dessen Motorkraft er unterschätzt hat. Man munkelt, dass noch Alkohol im Spiel war. Glücklich ist Ludwig Pfaff auch mit seiner zweiten Frau nicht geworden. Erika erbt nichts.

»Wann hast du dich Margarethe zu erkennen gegeben?«, will Falter wissen. Er schaut auf die Uhr. Er rechnet damit, dass jeden Moment der fehlende Gast eintrifft und die Geschichte unvollständig bleibt.

»Das war 1959, glaube ich. Sie hatte eine Fehlgeburt und war sehr unglücklich. Ich dachte, es sei eine schöne Idee, ihr mit meinem Geständnis ein bisschen Familienersatz zu gönnen.« Schon wieder dieser gehässige Ton. Falter schwankt zwischen Mitleid und Abscheu. Sie hat ein grausames Schicksal erfahren, das leugnet er nicht. Aber sie hat andere, unschuldige Menschen mit sich gerissen, und dafür kann es keine Entschuldigung geben. Er versucht seinen Zorn hinunterzuschlucken und fragt so emotionslos wie möglich: »Wie hat Margarethe reagiert?«

»Sie hat reagiert, wie ich es von ihr erwartet hatte. Sie hat sich zum Engel der Gerechtigkeit erhoben und ihrem Bruder die Hölle heiß gemacht, er sollte mich wie eine Schwester in die Familie aufnehmen. Aber der Walter war damals schon knallhart. Der hat mich behandelt wie sein Vater. Zum Teufel sollte ich gehen. Lügen hat er über mich erzählt. Ich sei genauso verrückt wie meine Mutter und hätte seiner Schwester mit religiösen Wahnvorstellungen die Sinne verwirrt. Meinem Chef hat er erzählt, er hätte mich dabei beobachtet, wie ich Geld aus der Kasse genommen hätte. Der wollte mich hier weg haben. Niemand sollte von der Familienschande erfahren oder daran erinnert werden. Ich verlor meine Arbeit und bin erst mal nach Kostheim gezogen. Auf der anderen Rheinseite kannte mich keiner.« Trotzdem hatte Margarethe Körner erreicht, dass der Halbschwester eine monatliche Rente gezahlt wurde. Ihr Verhältnis zum Bruder Walter war darüber aus dem Gleichgewicht geraten, das sich auch über die Jahre nicht wieder herstellen ließ.

»Das heißt, Margarethe hat für dich den Familienfrieden riskiert«, sagt Falter.

»Ja, das hat sie. Sie war eine echte Freundin. Natürlich hat sie es nur wegen ihres schlechten Gewissens getan.«

»Für dich ist es wohl unvorstellbar, dass jemand etwas tut, weil er einfach nur ein guter Mensch ist.«

»Stimmt, so einen sentimentalen Unsinn glaube ich nicht. Ich habe in meinem ganzen Leben keine selbstlose Freundlichkeit erfahren. Du hast ja keine Ahnung, wie es ist, im Waisenhaus aufzuwachsen. Da ging es Auge um Auge, Zahn um Zahn. Wenn ich daran zurückdenke, wundere ich mich selbst, dass ich so alt geworden bin.«

»Hass hält jung, hast du selbst gesagt.«

Erika Hess überhört die Ironie in Falters Stimme. »Hass ist der Motor des Lebens, wusstest du das nicht?«

»Deiner vielleicht, meiner nicht«, sagt er und überlegt, was der Motor seines Lebens sein könnte. Gerechtigkeit war es einmal, aber das ist lange her. Aber hat nicht auch Erika Hess nach Gerechtigkeit gesucht? Nur eben anders? Auf eine zerstörende Weise?

»Warum liegt dir an dem Haus so viel? Dass du dafür sogar tötest?«

Sie schaut ihn verwundert an, als müsse er das längst begriffen haben. »Weil mir dieses Haus zusteht. Ich war zuerst da. Ich habe mein Leben lang verzichten müssen. Ich habe keine Familie, keinen eigenen Namen, kein Heim. Nichts. Niemand kann sich vorstellen, was das bedeutet.«

»Aber Margarethe hätte doch damit rechnen können, dass du vor ihr stirbst. Wieso vererbt sie dir dann dieses Haus?«

»Margarethe war kranker, als du ahnst. Sie hatte eine Herzmuskelschwäche. Muss sie wohl schon als Kind gehabt haben, aber es ist nie behandelt worden. In den letzten Jahren fiel sie ständig um, und dann noch der Diabetes. Sie hätte es nicht mehr lange gemacht. Und dann kam sie eines Tages auf die Idee, mir ihr Haus zu vermachen. Ich glaube auch, um Walter zu ärgern. Dem hat sie die ganze Zeit weisgemacht, er kriege das Haus.«

»Und dann ist plötzlich alles anders. Sie will das Haus der Stadt schenken.«

»Ja, sie steigerte sich in so einen sozialen Tick rein. Wollte ein Jugendheim draus machen. Als ob das nötig wäre. Die haben doch heute alles zu Hause, was sie brauchen.« Erika Hess schüttelt den Kopf.

Falter denkt an die Jungen mit ihren Kickboards und Inlinern, die jeden Tag vor Theos Haus stehen. Egal, was sie sich wünschen, sie scheinen es zu bekommen. Ob auch die Zeit der Eltern dazu gehört, bezweifelt er. »Es gibt mehr Kinder, um die sich keiner kümmert, als du denkst«, sagt er.

»Ach Quatsch. Die Margarethe ist nie damit fertig geworden, dass sie keine Kinder hatte. Nach der dritten Fehlgeburt war Sense. Dann hat sie eine Zeit lang gehofft, der Thomas und die Yvonne würden sie zur Großtante machen, aber das wurde ja auch nichts. Den Grund kennen wir ja«, sagt Erika und lächelt Falter anzüglich zu. Er schaut schnell weg.

»Und dann sagt sie mir eines Tages, sie könne mir das Haus nicht geben. Sie hat tatsächlich geglaubt, ich würde das einfach schlucken. Gerade ich müsste doch Verständnis dafür haben, wenn sie was für junge Menschen tun wolle. Sie hatte nichts begriffen. Nichts.«

»Wie sollte sie auch. Sie hat dich geliebt. Von deinem Hass hat sie nichts gemerkt.«

»Da hast du wahrscheinlich Recht. Sie hat mich wirklich gemocht. Arme Margarethe«, seufzt Erika Hess, und es klingt nicht bedauernd.

Falters Wut schnellt ungebremst hoch. »Hör auf, dich über sie lustig zu machen!«, schreit er. »Was bist du für ein Monster.« Er könnte noch schlimmere Sachen sagen, aber die würden an dieser Frau doch nur abprallen, die über siebzig Jahre lang Zeit hatte, ihre Boshaftigkeit zu pflegen. Wahrscheinlich werden unabhängige psychologische Gutachten zu dem Schluss kommen, dass Erika Hess ein Opfer ihrer Lebensumstände war, und man wird ihr aufgrund ihres Alters eine Bewährungsstrafe zugestehen. Aber um Strafe geht es Falter auch gar nicht.

»Du warst sehr überzeugend, damals in Margarethes Küche, als sie da auf dem Boden lag«, sagt er. »Ich hatte deine Tränen für echt gehalten.«

»Waren sie auch. Ich weine immer, wenn jemand stirbt.«

Falter möchte ihr am liebsten ins Gesicht schlagen für diese Bemerkung. Es klingelt. Er hat die ganze Zeit darauf gewartet, und jetzt ist es doch zu früh.

»Warum ich?«, fragt er hastig und hofft, sie erklärt es ihm noch. Aber da ist sie schon aufgestanden und zur Tür gegangen. Er hört, wie die Haustür unten ins Schloss fällt und Schritte auf der Treppe näher kommen. Falter steht auf und geht ans Fenster. Draußen sind die Bäume mit Lichterketten geschmückt. Bald ist Weihnachten. Und das Wetter ist plötzlich viel zu mild für die Jahreszeit.

*

Falter spürt die Anwesenheit des Mannes wie eine Spinne, die über seinen Rücken kriecht. Es fällt ihm schwer, sich vom Anblick der Lichter im Dunkeln loszureißen und sich umzudrehen. Er will noch einen Moment verharren, bevor es losgeht.

Der Mann steht im Türrahmen. Die Beschreibung der Jacke, die die Jungen Falter gegeben haben, stimmt mit dem Original überein. Aus der Nähe betrachtet wirkt er jünger, als Falter gedacht hat. Er schätzt ihn auf Ende zwanzig. Erika Hess ist hinter dem Mann ins Wohnzimmer getreten und stellt ihn Falter vor.

»Das ist Wolfgang Frankenberg.«

Der Mann schweigt, und Falter hat keinen Grund, höflich zu sein. Frankenberg also. Er sieht ihn an und rührt sich nicht von seinem Fensterplatz weg. Sie betrachten sich wie Rudelführer, die ihre Breitseiten präsentieren, um den anderen zu beeindrucken. Eigentlich sind wir doch nur verkleidete Tiere, denkt Falter und erlaubt sich einen kurzen Moment der Schwäche. Seine Haltung wird weich, signalisiert Aufgabe. Der andere strafft sich. Will zeigen, dass er keine natürlichen Feinde mehr hat und mit dem Wesen am Fenster leicht fertig wird. Falter fragt sich, wie viel von dem Mann übrig bleibt, wenn er seine Rüstung abgelegt hat.

Erika Hess nimmt Frankenberg die Daunenjacke ab und bringt sie in die Diele. Der Mann ist kräftig. Kräftig genug, um Theo zusammenzuschlagen. Aber auch kräftig genug für Falter?

»Setzt euch doch«, sagt Erika Hess und schaut aufmunternd von einem zum anderen, aber keiner reagiert. Falter verschränkt die Arme vor der Brust und mustert Erika Hess. Sie bewegt sich souverän. In ihr muss eine Stärke sein, von der er nichts geahnt hat.

»Was will er hier?«, fragt er.

»Er wird mir helfen«, sagt sie.

»Wobei?«

»Das wirst du dann sehen«, sagt sie und schaut zu Frankenberg hinüber. Der grinst und lockert seine Haltung. Aus der Brusttasche seines Hemdes zieht er eine Packung Zigaretten. Erika Hess bittet ihn, mit dem Rauchen bis später zu warten. Sie möge keinen Qualm mehr in ihrer Wohnung. Der Mann lacht wie über einen absurden Witz, steckt die Zigaretten aber wieder ein. Falter schaut von einem zum anderen und versteht nicht.

»Warum er?«

»Sagen wir, auch er ist eine enttäuschte Seele«, antwortet Erika Hess.

Falter sieht den Mann an. »Und, was hat Sie so enttäuscht?«

Frankenberg zuckt die Achseln und grinst weiter.

»Kann der auch reden?«, fragt Falter Erika Hess.

»Natürlich kann er reden. Aber es geht schneller, wenn ich dir alles erzähle. Wolfgang war so nett, mir bei meinem Problem mit Margarethe behilflich zu sein. Er arbeitet als Fahrer bei einer Pharmafirma und kommt an Insulinspritzen heran. Das brachte mich überhaupt auf die Idee, es so zu machen.«

»Und wieso war er so nett? Er hat geholfen, einen Menschen umzubringen. Das macht man doch nicht umsonst.«

»Richtig. Wolfgang hatte genau wie ich noch eine Rechnung offen. Du weißt ja, dass er der Neffe von Hans ist. Wolfgangs Eltern sind vor vierzehn Jahren nach München gezogen und haben ihn bei Margarethe und Hans gelassen. Er sollte hier die Schule fertig machen und dann nachkommen. Aber dann hat er ein kleines Drogenproblem bekommen, und Hans hat ihn rausgeschmissen.«

Falter sucht in Frankenbergs Gesicht nach einer Bestätigung für Erikas Worte. Aber die Miene des Mannes blickt unverändert heiter.

»Zu seinen Eltern hat er sich nicht getraut. Er hat eine Zeit lang auf der Straße gelebt und manchmal was von Margarethe zugesteckt bekommen. Damals war sie noch auf seiner Seite. Sie hat ihm versprochen, wenn er runter von den Drogen käme, könnte er zurückkommen. Dann starb Hans, und Wolfgang glaubte, Margarethe würde ihn wieder aufnehmen. Aber sie hatte sich wohl in einer Drogenstelle beraten lassen, und die meinten, er müsse sich selbst helfen. Das hat sie auch konsequent durchgehalten. So war sie.«

»Damit hatte sie auch völlig Recht«, sagt Falter. »Und offensichtlich war ihre Haltung erfolgreich.«

»Das täuscht. Wolfgang ist nach wie vor abhängig. Frag mich nicht, was er alles schluckt. Sein Job ist ihm natürlich sehr behilflich.«

»Und nur weil er sauer auf sie ist, bringt er sie um?« Falter kann es nicht fassen, dass dieses grinsende Stück Fleisch schuld daran ist, dass Margarethe Körner sterben musste.

»Sauer ist nicht der richtige Ausdruck. Oder, Wolfgang? Du bist sehr enttäuscht gewesen von Margarethe, nicht wahr?« Erika Hess spricht mit dem Mann wie mit einem Kind, das man für seine Taten nicht verantwortlich machen kann. Das Kind nickt und sagt: »Sehr.«

Falter entspannt sich. Er befindet sich in einem absurden Theater, das er beenden muss. Es hat keinen Sinn, hier noch länger zu stehen und Publikum für einen Racheengel und seinen tumben Helfer zu sein. Er dreht sich wieder zum Fenster hin und blickt auf die dunkle Schneise, die Margarethe Körners Garten zwischen den beleuchteten Bäumen bildet. Er tastet nach seiner Waffe in der Jackentasche. Sein Zeigefinger legt sich auf den Abzug.

»Umdrehen«, befiehlt Frankenbergs Stimme.

Falter sieht in die Mündung einer Pistole, die der Mann auf ihn richtet. Er hält sie mit beiden Händen. Falters Finger krampfen sich um die Waffe in seiner Tasche. Er ist aus der Übung, aber wenn er jetzt reagiert, hat er eine Chance, noch vor Frankenberg zu schießen. Seine Beine zittern, pumpen eine Schwäche durch seinen Körper, die er kennt. Martin Broschek. Das Loch in seiner Stirn. In seinen Augen hatte ein fast kindliches Staunen über den eigenen Tod gestanden. Über Falters Wirbelsäule kriecht ein Schweißtropfen langsam wie ein Wurm.

»Nimm die Arme hoch«, schreit Frankenberg.

Falter bewegt sich nicht. Kann nicht. Frankenberg löst eine Hand von der Pistole und springt auf Falter zu. Er greift in die Jackentasche und zerrt an der Waffe, um die sich Falters Finger krallen.

»Lass die Knarre los«, brüllt er Falter ins Gesicht. Mit einem Knacken löst sich Falters Hand. Er hat das Gefühl, seiner Niederlage von oben zuzusehen. Als sei nicht er es, dessen Waffe gerade in die Diele geschleudert wird, wo sie auf dem Fliesenboden hart aufschlägt.

Frankenbergs Pistole bohrt sich in Falters Wirbelsäule und holt ihn wieder herunter in Erika Hess' Wohnzimmer. Falters Arme werden schmerzhaft nach hinten gebogen und an den Händen mit einem rauen Strick zusammengebunden. Er versucht, sich dem Seil zu entwinden, aber Frankenberg zieht den Strick fester. Dann stößt er ihn in einen Sessel und setzt sich ihm gegenüber auf den Couchtisch.

»Na, Schnüffler, was sagst du jetzt? Hab ich dich wieder erwischt.«

Die Schadenfreude in Frankenbergs Gesicht widert Falter an. In seinen Ohren meldet sich der Pfeifton zurück und breitet sich über Stirn und Augen aus. Er versucht, seine Arme zu bewegen, aber es geht nicht. Blaue Punkte kreisen an seinem unteren Lidrand. Er schreit gegen die drohende Ohnmacht an, aber Frankenberg hält ihm den Mund zu und presst ihn gegen den Sitz. Die Pistole drückt sich in Falters Nasenflügel.

»Ganz ruhig, oder ich knall dich ab.«

Falter nickt. Er hofft, dass irgendjemand im Haus seinen Schrei gehört hat. Aber es bleibt alles still. Erika Hess hat das Wohnzimmer verlassen.

Frankenberg hat seine Hand aus Falters Gesicht genommen. Die Demütigung des Rollenwechsels nagt an Falter. Er fühlt sich hilflos. Wie damals, im Wasser. Die Stimme des Mannes vor ihm sickert in sein Bewusstsein. »Jetzt geh baden«, hatte sie zu ihm gesagt, als er zu den Sternen geblickt hatte und im Fluss gelandet war.

»Sie haben mich in den Rhein gestoßen«, sagt Falter mehr verwundert als fragend.

Frankenberg grinst wieder und nickt stolz. »Ich konnte nicht widerstehen, als ich dich da so rumturnen sah.«

»Ich hätte sterben können.«

»Mensch, das war doch nur Spaß.«

Falter erinnert sich daran, wie viel Spaß es ihm gemacht hatte, gelähmt vor Kälte und Angst in dem kalten Wasser zu treiben und seither jede Nacht im Traum wieder zu ertrinken. Er wird das alles auf die Rechnung setzen. Wenn er hier rauskommt, wird Frankenberg für alles bezahlen.

»Haben Sie mich an dem Abend verfolgt?«, fragt Falter nach.

»Ich hab mit ein paar Kumpels vor diesem schicken Hotel gesessen, und da bist du vorbeigelaufen. Ich wollt nur mal gucken, was du da machst. Ich hab noch gedacht, der Typ ist doch bekloppt. Bleibt immer stehen und guckt in den Himmel.«

Frankenberg also. Die Wahrheit ist plötzlich so banal, aber auch beängstigend. Der Mann ist unberechenbar, und das macht

Falters Situation heikel. Wer ihn bei minus fünf Grad aus Spaß in den Rhein stößt, wird auch nicht zögern, ihm eine Kugel in den Leib zu jagen, wenn ihm danach ist.

»Sie haben an dem Abend mit Thomas Pfaff zusammen getrunken. Kennen Sie ihn?«

»Geht so. Wir trinken halt.«

»Hat er mitbekommen, dass Sie mir gefolgt sind?«

»Keine Ahnung. Ich hab's ihm jedenfalls nicht gesagt.«

Falter hatte sich also nicht getäuscht, als er Thomas Pfaff geglaubt hatte. Irgendwie erleichtert ihn das.

»Wo Erika nur bleibt«, sagt Falter. Er muss so tun, als habe er sich in sein Schicksal ergeben.

»Die kommt schon.« Frankenberg schaut auf seine Uhr. »Wir müssen dann auch mal los.«

»Wohin?«

»Das wirst du dann sehen.«

Falters Mund ist trocken. Er würde gern etwas trinken, aber das Tablett mit den Gläsern und Flaschen ist fort. Erika Hess muss es mitgenommen haben, als sie das Wohnzimmer verließ.

»Ich bin so weit«, ruft sie aus der Diele. Sie trägt ihren braunen Wintermantel und hält Frankenberg die Daunenjacke hin. Er erhebt sich und gibt Falter ein Zeichen, ebenfalls aufzustehen. Während Frankenberg die Jacke überstreift, hält Erika Hess die Pistole, ohne Falter anzusehen. Frankenberg schiebt ihn zur Tür hinaus, die Erika Hess aufhält. Sie schließt zweimal ab und steckt den Schlüssel in ihre Handtasche.

»Wo gehen wir hin?«, fragt Falter wieder. Statt einer Antwort legt Frankenberg ihm die Pistole auf die Lippen. Schweigend gehen sie die Treppe hinunter.

Es ist nicht nur Angst, die Falter empfindet, als er von Frankenberg wie ein Blinder hinüber zu Margarethe Körners Haus geführt wird. Es ist die Ahnung, in etwas Unvorstellbares gestoßen zu werden und ihm nicht mehr ausweichen zu können. Sie gehen über den schmalen gepflasterten Weg am Haus vorbei zum Hintereingang.

»Den hast du neulich vergessen, als du das Schloss ausgewechselt hast«, sagt Erika Hess zu Falter und schließt die niedrige Tür auf, an deren Sturz sich Falter mehr als einmal den Kopf gestoßen hat. Jetzt zieht er ihn sofort ein und tritt in das dunkle Haus.

»Kein Licht machen«, sagt Erika Hess zu Frankenberg und holt zwei Taschenlampen aus ihrer Handtasche. Die eine reicht sie Frankenberg, mit der anderen geht sie voran und leuchtet ihnen den Weg durch den langen Flur zum Wohnzimmer. Im zitternden Kegel der Lampe nimmt Falter mehrere eckige Gegenstände wahr, die ihn an Koffer denken lassen und vor ein paar Tagen noch nicht da gestanden haben. Wenn Erika Hess und Frankenberg fliehen wollen, warum führen sie ihn dann noch in dieses Haus?

Falter wird auf das Sofa gestoßen, dessen Stoff sich kühl und klamm durch seine Hose drückt. Das Haus steht seit über einem Monat leer. Es riecht nach Schimmel und feuchtem Keller. Erika Hess geht zum Fenster, zieht die Rollläden hoch und öffnet es mit einem Ruck.

»Du kannst schon mal anfangen«, sagt sie und zeigt mit der Hand Richtung Diele. Frankenberg gehorcht, und Falter registriert beunruhigt die Geräusche, die schwere Gegenstände machen, wenn sie die Treppe hochgezogen werden.

»Was hast du vor?«, fragt er Erika Hess.

»Abwarten. Es dauert nicht mehr lange. Bis dahin möchte ich dir deine Frage beantworten, die du mir vorhin gestellt hast.«

»Warum ich?«, sagt Falter, und sie nickt.

»Ich mag dich Benno, wirklich. Aber du hast leider einen Fehler gemacht, als du den Arzt dazu gebracht hast, diese Blutprobe zu entnehmen. Mir war klar, dass dadurch rauskommen würde, dass Margarethe zu viel Insulin genommen hatte.«

Falters Aufmerksamkeit spaltet sich. Solange Frankenberg nicht im Raum ist, muss er versuchen, seine Fesseln zu lösen. Gleichzeitig darf er keines von Erika Hess' Worten versäumen. Ihm ist, als spräche sie ein Urteil über ihn. Als hinge seine gesamte Existenz daran.

»Du warst von selbst auf Walter gekommen. Und das schien mir plötzlich die beste Lösung. Sie führte weit weg von mir, und außerdem dachte ich, dass du bei der Gelegenheit rausfinden würdest, dass der Walter die ganze Stadtverwaltung geschmiert hat, damit die Äcker zu Bauland wurden. Ich musste dich natürlich ein bisschen bei deiner Ehre packen, sonst hättest du wahrscheinlich gar nicht erst angefangen. Deshalb hab ich damals nach der Beerdigung gesagt, du seist kein Polizist.«

»Du hast mich wach gerüttelt, das stimmt«, sagt Falter. »Und dafür müsste ich dir eigentlich dankbar sein.« Er hat ein Ende des Stricks zu fassen bekommen und zerrt daran. Der Knoten zieht sich nur noch fester. Schweißperlen rinnen ihm über Brust und Rücken. Er ist dankbar für das schwache Licht im Raum, das seine Befreiungsversuche verbirgt.

»Trotzdem verstehe ich das alles nicht«, sagt er und bemüht sich, die Anstrengung aus seiner Stimme zu nehmen. »Ich sollte Pfaff verdächtigen, Margarethe umgebracht zu haben, weil er an ihr Haus wollte, und dabei sollte ich herausfinden, dass sein Reichtum auf Korruption gebaut ist. So weit alles klar. Aber in dem Moment, wo du als Erbin feststandest, gehörtest du auch zu den Verdächtigen.«

»Das stimmt. Aber hätte ich das verhindern können? Du hattest herausgefunden, dass die Spritze manipuliert war. Du wusstest, dass es einen Mord gegeben hatte. Bis zur Testamentseröffnung wollte ich Pfaff so viel antun wie nur möglich.«

»Du hättest noch eine Chance gehabt. Die Spritze. Ohne sie hätte es keinen Beweis gegeben. Warum hast du sie nicht wieder vertauscht?«

»Weil sie weg war. Geklaut, aus meiner Küchenschublade. Theo war an dem Abend bei mir, nachdem ich Margarethe die neue Spritze ins Badezimmer gelegt hatte. Dass er sie genommen hatte, ist mir erst später klar geworden, zu spät.«

Sie verlässt den Raum und ruft die Treppe hinauf. »Wolfgang, wenn du oben fertig bist, gehst du dann in den Keller?« Sie wartet keine Antwort ab und kommt zurück. Sie atmet hastig und setzt sich auf einen Stuhl.

»Ich wusste, dass mir ein, vielleicht zwei Monate bleiben würden bis zur Testamentseröffnung. In der Zeit hoffte ich, sei Walters

Ruf schon so stark beschädigt, dass er sich nicht mehr davon erholt. Leider hast du in diesem Punkt völlig versagt.«

»Du wirst ins Gefängnis müssen.«

»Ich werde nicht ins Gefängnis gehen«, sagt sie bestimmt, und Falter glaubt es ihr. Irgendetwas wird passieren. Beide schweigen.

Auf der Treppe hören sie Frankenbergs Schritte und dann das Öffnen der Kellertür. Falter hat es aufgegeben, seine Fesseln lösen zu wollen. Ohne Hilfsmittel wird er sich nicht befreien können. Seine Schultern schmerzen von der ungewohnten Armhaltung. Er senkt den Kopf, um die Muskeln zu dehnen, legt ihn auf die eine, dann auf die andere Seite. Er muss bereit sein, wenn es so weit ist. Er darf sich keine körperlichen Schwächen erlauben. Und sein Kopf muss klar denken können. Vielleicht gibt es dann einen Ausweg.

»Mit einem guten Anwalt und psychologischen Gutachten könntest du davonkommen. Du hast bestimmt noch mindestens zehn Jahre vor dir«, sagt Falter. Wenn er sie überzeugen kann, sich doch der Polizei zu stellen, wird ihm erspart bleiben, was auch immer hier passieren wird.

Erika Hess lacht kurz und hart auf. »Du meinst, ich kann den Rest meines Lebens in der Klapsmühle verbringen. Nein danke. Ich bereue nichts. Es ist anders gekommen als geplant, aber im Grunde bin ich dir sogar dankbar.«

Falter sieht sie fragend an.

»Am Anfang hatte ich natürlich Angst, dass du mir auf die Spur kommst, und was dann mit mir passieren würde. Aber ich hatte genug Zeit mich darauf vorzubereiten, und am Ende gefiel mir sogar die Vorstellung, dass alle erfahren, was ich getan habe. Wenn du nicht gewesen wärst, wüßte niemand, dass ich Margarethe umgebracht habe.«

»Soll das heißen, du wolltest entdeckt werden?«

»Sehnt sich nicht jeder Mörder nach Entdeckung? Er hat eine Tat geplant, sie ist sein Werk, und dann soll ihn niemand dafür bewundern?«

»Du willst bewundert werden? Für einen Mord?«

»Ich will, dass die Leute wissen, was ich getan habe und warum. Sie sollen sagen, die Erika Hess hat ihre tote Mutter gerächt. Ob sie das verstehen, ist mir egal. Aber jeder wird sich daran erinnern, und sie werden die Pfaffs schief ansehen. Das ist meine Rache.«

Hass ist zu allem bereit. Genau wie die Liebe. Wenn Erika Hess Liebe erfahren hätte, was hätte sie alles erreichen können, denkt Falter. Insgeheim bewundert er diese Kraft, die ihm selbst abhanden gekommen war. Die Frau hat ihn benutzt, sie hat getötet und betrogen, aber er hat Respekt vor ihr.

»Du bist eine mutige Frau«, sagt er und steht auf.

Erika Hess sieht ihn erschrocken an. »Was machst du? Bleib sitzen.«

Falter überhört den Befehl. Er tritt in den Flur und nimmt diesen Geruch wahr, der ihm schon im Wohnzimmer aufgefallen ist. Benzin. Er rennt zur Küche. Obwohl es dunkel ist, kennt er sich aus. In einer dieser Schubladen hat Margarethe ihre Messer aufbewahrt. Falter dreht sich mit dem Rücken zum Schrank, greift nach dem Knopf der obersten Schublade und zieht. Sie öffnet sich widerstrebend. Falter tastet nach den Gegenständen, die darin liegen. Erika Hess hat Frankenberg gerufen, und Falter hört schon seine Schritte auf der Kellertreppe. Das muss ein Messer sein. Falter setzt die Klinge an den Strick an und rutscht ab. Die Messerspitze bohrt sich in die dünne Haut oberhalb seiner Pulsadern. Beim zweiten Versuch findet die Schneide das Seil, aber Frankenberg kommt schon auf ihn zugerannt. Den leeren Kanister in seiner Hand wirft er auf den Boden und packt Falter. Das Messer schleudert er wütend von sich.

»Du kommst hier nicht mehr raus«, sagt er drohend und zwingt Falter zurück ins Wohnzimmer. »Hol noch ein Seil. Wir binden ihn am Stuhl fest«, befiehlt er Erika Hess und zielt mit der Pistole auf Falters Stirn. Erika Hess geht in die Diele und kommt mit einem langen Strick zurück. Sie beginnt, seine Füße zu fesseln. Ihre Hände zittern.

»Es tut mir Leid, Benno, aber es muss sein.« Umständlich wickelt sie das Ende um die Stuhlbeine, führt es über Falters Schoß und Brust und verknotet es an der Rückenlehne.

»Was soll das Ganze?«, fragt Falter. Er versteht seine Rolle in dem Spiel nicht.

»Ich werde gleich nach oben gehen, eine Tablette nehmen und mich in Margarethes Bett legen. Wolfgang wird den letzten Kanister hier unten ausleeren, das Haus anzünden und verschwinden.«

»Was ist mit mir?«, schreit Falter sie an. Er zerrt an den Seilen, die nicht nachgeben.

»Du bleibst hier und leistest mir gewissermaßen Gesellschaft«, sagt Erika Hess.

»Warum? Warum ich auch?«

»Weil du leider etwas zu viel über unseren lieben Wolfgang weißt. Ich musste ihm versprechen, dass du nichts mehr über ihn ausplaudern kannst. Ich bin ihm was schuldig, wie du sicher verstehst.«

Sie würden ihn hier verbrennen lassen. Einfach so. Damit der liebe Wolfgang abhauen konnte. Er muss raus aus diesem Alptraum.

»Du bist verrückt«, schreit er. »Verrückt. Verrückt. Wie deine Mutter.«

Erika Hess kommt mit schnellen Schritten auf Falter zu und schlägt ihm ins Gesicht.

»Sei still«, zischt sie. Dann gibt sie Frankenberg das Zeichen, einen Kanister zu bringen. Das Benzin fließt gluckernd auf den Boden des Wohnzimmers. Die Dämpfe steigen in Falters Nase und machen ihn benommen.

»Es wird euch alles nichts nützen«, flüstert er.

»Du irrst dich«, sagt Erika Hess. »Dieses Haus wird brennen. Das Haus, in dem alles angefangen hat. Und alle werden es erfahren.«

»Niemand wird irgendetwas erfahren, wenn du tot bist und ich auch.«

»Dafür ist gesorgt. Ich habe eine Erklärung beim Notar hinterlegt. Nach meinem Tod geht sie an die Zeitung. Vom lieben Wolfgang wird dort natürlich keine Rede sein.«

»Ihr könntet noch fliehen. Du könntest fliehen«, beschwört Falter sie.

»Für so etwas bin ich zu alt. Nein, Benno, es ist schon richtig so.«

»Ich habe Angst«, sagt Falter leise. Nichts ist vergleichbar mit der Verzweiflung, die er empfindet. Er sucht nach einem Ausweg. Ritzen. Wenn er den Brief bekommen hat, sucht er vielleicht nach ihm. Es kann noch nicht sehr spät sein. Vielleicht zehn Uhr. Er könnte noch kommen. Oder Theo. Nein, Theo nicht. Um Gottes willen.

»Theo. Theo weiß auch Bescheid«, flüstert Falter.

»Für Theo ist gesorgt, nicht wahr, Wolfgang?«, sagt Erika Hess zu Frankenberg. Er nickt und grinst wieder.

Sie haben Theo umgebracht, schreit es in Falter.

»Du verdammtes Schwein«, spuckt er in Frankenbergs Richtung. »Du verdammtes mieses Schwein.« Der Schmerz in Falters Brust blockiert seinen Atem. Er ringt um Luft, Übelkeit steigt hoch und füllt seinen Mund. Er ist gestern Abend nicht mehr bei Theo gewesen, weil er mit Katja Petri essen war. Er hätte ihn vielleicht retten können.

»Ich bin mit dem Alten noch bei der Bank gewesen«, sagt Frankenberg. »Von dem Geld kann ich eine Weile leben. Wahrscheinlich sogar länger.«

»Leb wohl, Benno«, sagt Erika Hess und geht aus dem Raum. Die Treppe nach oben knarrt. Etwas piept. Direkt über Falters Herz.

Das Handy.

»Piept es bei dir?«, fragt Frankenberg. Er tastet Falters Taschen und Brust ab. An dem Seil vorbei greift er in die Innentasche von Falters Jacke.

»Das brauchst du wohl nicht mehr«, sagt er und drückt das Gespräch weg. Er geht zum offenen Fenster und wirft das Handy hinaus. Falter hört, wie es auf dem gepflasterten Weg aufschlägt und noch ein Stück weiterrutscht. Seine letzte, vage Hoffnung ist eben davongeflogen. Frankenberg schließt das Fenster und lässt den Rollladen herunter. Er geht hinüber zur Küche und prüft, ob auch dort Fenster und Rollläden geschlossen sind. Vom Türrahmen zum Wohnzimmer aus leuchtet er Falter ins Gesicht. Dann wird es dunkel. Falter sieht, wie sich ein Streichholz in Frankenbergs Hand entzündet. Im nächsten Moment brennt der Boden. Die

Feuerbahn rast an den Wänden entlang. Die Tür zum Hintereingang fällt zu. Ein Schlüssel wird umgedreht.

Er hat nur eine Chance. Er darf den Flammen nicht ausweichen. Er muss sie an sich herankommen lassen wie einen Hund, der an den Beinen schnuppert, und sie die Seile fressen lassen und hoffen, dass sie schneller brennen als seine Hosen. Falter versucht, sich auf den Augenblick zu konzentrieren. Er muss auf den Schmerz vorbereitet sein, wenn er an seinen Schuhen nagt und sich mit wachsendem Appetit zu seinen Knien hochfrisst. Die Flammen ziehen einen Kreis um seinen Stuhl. Er zögert, ihnen entgegenzurutschen, aber er darf nicht länger warten. Wenn sich das Feuer in der Küche ebenso schnell ausbreitet wie hier, wird es bald den Gasboiler erreicht haben, und dann ist sowieso alles zu spät.

Rauch brennt in seinen Augen, aber er zwingt sich, sie nicht zu schließen. Er muss das Feuer sehen, das tänzelnd näher kommt. Falter versucht, kaum zu atmen, und beißt stöhnend die Zähne zusammen. Die Flammen haben seine Knöchel erreicht und zupfen an den Fußfesseln.

Nichts kann einen Körper auf diesen Schmerz vorbereiten. Alles scheint still zu stehen. Das Herz schlägt nicht mehr, jeder Gedanke ist blockiert, und die Nerven warten auf den Zusammenbruch. Falter schreit. Er braucht Adrenalin, schreit lauter. Seine Körpermaschine kommt langsam wieder in Gang. Er zerrt mit den Füßen an den Seilen und schlägt mit den Beinen um sich. Das Seil reißt. Falter kommt auf die Füße, mit gebeugtem Körper, denn der Stuhl klebt noch an ihm. Er tanzt um sein Leben. Mit den Füßen versucht er, die Flammen an den Hosenbeinen auszutreten, sein Oberkörper zuckt, um den Stuhl und die letzte Fessel abzuschütteln.

Den Moment der Befreiung kann er nicht genießen. Seine Hände sind immer noch auf dem Rücken zusammengebunden, und vor ihm steht der Türrahmen wie ein Flammenbogen mit einem brennenden Vorhang darin. Falter schließt Augen und Mund und rennt hindurch. Seine Jacke hat an der Schulter Feuer gefangen. Er scheuert an der Dielenwand entlang, um die Flammen zu ersticken.

Die Hitze und der Rauch sind nicht mehr zu ertragen. Irgendwo am Ende des Flurs mit seinen lodernden Inseln ist die Tür. Falter läuft mit eingezogenem Kopf darauf zu und prallt dagegen. Es ist eine alte, morsche Tür, aber sie hält stand. Falter nimmt einen neuen Anlauf. In seiner Schulter kracht etwas. Er atmet den Rauch tiefer ein, als gut für ihn ist. Er hustet, kann nicht mehr aufhören. Die brennende Luft versengt ihm die feinen Haare in der Nase. Er versucht, nur noch durch den Mund zu atmen, und glaubt, flüssiges Feuer zu schlucken. Er wirft sich noch einmal gegen die Tür, ohne Anlauf, kraftlos schon. Sie gibt nicht nach. Er muss es anders versuchen. Falter geht einen Schritt zurück, kann die Tür fast schon nicht mehr sehen durch den Rauch, hebt ein Bein und tritt mit dem Fuß gegen die Klinke. Das Holz knarrt. Beim nächsten Versuch springt die Tür auf, und Falter stürzt ins Freie. Keuchend stolpert er ein Stück in den Garten hinein, nur weg von diesem Inferno. Er spuckt Rauch und Ruß in die klare Luft, trinkt gierig den Sauerstoff. Der Mond ist aufgegangen. Falter ruft »Hilfe«, viel zu leise, als dass ihn jemand hören könnte. Die hohen Bäume um ihn schlucken jedes Geräusch. Das Handy, er muss das Handy finden. Er läuft zum Weg neben dem Haus. Mit den Füßen fegt er das Laub beiseite, hebt Zweige hoch, die in den Weg hineinragen. Er rutscht auf Knien über den Boden und duckt sich unter die Büsche. Hinter ihm piept es. Falter kippt auf die Seite und robbt sich an das Piepen heran. Das Telefon ist in den Lichtschacht vor dem Kellerfenster gefallen. Falter reckt sich über das Loch und sieht es da unten leuchten. Er dreht sich auf den Rücken und lässt seine Beine in den Schacht hinunter. Er muss versuchen, das Handy mit den Füßen zu packen. Seine Schuhe wühlen in altem Laub, fühlen einen harten Gegenstand und klemmen ihn ein. Falter schaukelt seinen Körper nach hinten, legt sich wieder auf den Rücken und reißt die Beine hoch. Das Handy fällt auf seine Brust und rutscht neben ihn auf den Boden. Das Display leuchtet, und Falter kann die Taste mit dem grünen Hörer erkennen. Mit der Nasenspitze drückt er darauf, noch mal, dann endlich.

»Hilfe«, ruft er. »Kommen Sie zu Körner. Es brennt. Feuerwehr. Krankenwagen.« Er rollt sich auf den Rücken. Kann nicht mehr.

»Benno. Ich komme.« Es ist Ritzens Stimme.

Das Haus explodiert, als sich Ritzen über Falter beugt. Ritzen wird im Rücken von herausgeschleuderten Mauerstücken getroffen. Er sackt auf Falter zusammen und rührt sich nicht. Falter ruft seinen Namen und wird den Verstand verlieren, wenn nicht bald Hilfe eintrifft. Die Explosion muss Nachbarn geweckt haben. Wo bleiben sie? Endlich die Sirenen. Gleich, Arnulf, gleich kommt Hilfe, halt durch. Wir schaffen das.

Ein Notarzt tritt in sein Blickfeld und hockt sich neben ihn. »Kümmern Sie sich um Dr. Ritzen. Seien Sie vorsichtig. Die Mauer ist auf ihn gefallen. Seine Wirbelsäule könnte verletzt sein«, sagt Falter.

Der Arzt nickt und ruft nach einer Trage. Zwei Sanitäter rollen den schweren Körper von Falter herunter und legen ihn auf die Trage. Der Notarzt reicht Falter eine Hand, um ihn hochzuziehen. Aber Falter dreht sich auf die Seite und bittet ihn, erst seine Fesseln zu lösen.

»Was ist mit Ihnen passiert?«, fragt der Arzt. Aber für eine Antwort bleibt keine Zeit. Die Feuerwehr ist eingetroffen und hat mit dem Löschen des Brandes begonnen. Wasserkaskaden prasseln auf Falter und den Arzt nieder. Sie laufen über zerbrochenes Glas und Mauertrümmer zur Straße, wo der Krankenwagen steht.

»Ich fahre mit ihm«, sagt Falter und steigt zu Ritzen in den hinteren Teil des Wagens. »Lebt er?«, fragt er die Sanitäter, und sie nicken. »Warten Sie noch einen Moment«, bittet er und steigt wieder aus. Die Kollegen vom Lerchenberg sind vorgefahren. Er sagt ihnen so viel, wie nötig ist, gibt eine Beschreibung des flüchtigen Wolfgang Frankenberg und weist sie an, bei Theo Eschweiler vorbeizufahren, gibt ihnen den Schlüssel zu Tor und Haus und bittet sie, sich zu beeilen. Dann geht er zurück zum Krankenwagen und steigt ein. Er kauert sich neben Ritzen und hält seine Hand. Durch die milchigen Autoscheiben sieht er den Schein des brennenden Hauses.

»Wir kennen uns«, sagt der Notarzt und tupft ihm mit einem Wattebausch eine Brandwunde an der Stirn ab. Falter schaut müde zu ihm hoch. Dasselbe Haus, derselbe Arzt, Dr. Kugel, wenn er sich recht erinnert.

»Was ist passiert?«, will der Arzt noch einmal wissen, und jetzt erzählt Falter es ihm. Dr. Kugel beugt sich zu Falters Beinen hinunter.

»Ach, du Scheiße«, sagt er, und Falter sieht zum ersten Mal hin. Dann wird er ohnmächtig.

NEUN

Sie haben ihnen ein gemeinsames Zimmer gegeben, obwohl das eigentlich nicht geht. Ritzen auf der Orthopädie, Falter wieder im Wirkungskreis von Schwester Renate, aber Falter hat so lange getobt, bis man ihn zu Ritzen gelassen hat.

»Dem Mann verdanke ich mein Leben«, hat er dem Chefarzt gesagt, und der hat schließlich zugestimmt. »Bevor Sie wieder mit schreien anfangen.«

Wenn er bei Ritzen ist, wird alles gut. Die zertrümmerten Wirbel sollen wieder aufgebaut werden mit Metallplatten und Knorpel. Die linke Niere war nicht zu retten, aber man kann auch mit einer leben. Die Platzwunde am Hinterkopf ist das kleinste Problem. Nur mit dem Joggen wird es wohl nichts mehr. Flach muss Ritzen liegen, Wochen noch, dann ist Falter längst entlassen, aber er wird jeden Tag kommen und alles tun. Sie lösen zusammen Kreuzworträtsel, solche, bei denen man um die Ecke denken muss, und Ritzen freut sich, dass in seinem Kopf noch alles funktioniert. Überlegt schon, ob er seinen Schädel einmal der Forschung schenkt, so unverwüstlich, wie er ist.

Falters Wunden heilen gut, die Ärzte sind zufrieden. Sechs Stunden lang haben sie die verschmorten Cordhosen aus seiner Haut gepult und nicht geglaubt, dass noch was zu retten wäre. Ein Spezialist hat ihm Haut vom Hintern transplantiert, seither steht Falter lieber. Die Beine brennen wie die Hölle, aber es war ja auch die Hölle. Vom Haus ist nur noch eine verrußte Ruine übrig, hat ihm Jutta Ritzen erzählt, die jeden Tag kommt und neben Selbstgekochtem Neuigkeiten mitbringt. Theo liegt im Koma, da kann man noch nichts sagen. Die Scheiben der Nachbarhäuser sind bei der Explosion zersprungen, und es hat mehrere Leichtverletzte gegeben. Es wird über nichts anderes mehr gesprochen im Ort, und die Gerüchte wechseln so schnell wie das Wetter. Es heißt, Erika Hess habe einen Brief hinterlassen, den man in ihrer Wohnung aber vergeblich gesucht hat. Niemand weiß, welche Rolle der arme Theo gespielt hat und was mit Walter Pfaff passiert ist, der ließe sich nicht mehr blicken, und auf Kartoffel-Tara seien die Rollläden heruntergelassen seit Tagen.

Silvia Münster ist die Einzige, die alles weiß. Sie hat an Falters Bett gesessen, als er aus der Narkose erwachte, und ist so lange geblieben, bis er die ganze Geschichte erzählt hat. Als sie ging, hat sie ihm mit weichen Händen über die angesengten Haare gestrichen und feierlich versprochen, den Mann zu finden, der ihm das angetan hat. Aber noch haben sie ihn nicht.

In Falter ist kein Zorn mehr. Er hat die Erinnerungen an das brennende Haus in einer Ecke seines Gehirns zusammengeschoben und die Tür zugemacht. Nur nachts schleichen sie sich in seinen Schlaf, aber dann ist Ritzen da und macht das Licht an. Dann schmieden sie Pläne für die Zeit danach, wenn sie beide wieder ohne Schmerzen gehen können, und sie träumen von einem Haus am Meer, es muss nicht im Süden sein, mit einer großen Küche für Falter und einem Schreibzimmer für Ritzen. Sie wissen jetzt viel über einander. Falter hat von Martin Broschek erzählt und der Sache mit dem Foto und wie ihm der Schrei geholfen hat, nicht verrückt zu werden. Ritzen hat schweigend zugehört, und die Tränen sind ihm in die Ohren gelaufen. Die Nachtschwester war auf ihrem Kontrollgang ins Zimmer gekommen und hatte Falter vorwurfsvoll angesehen und ein Taschentuch für Ritzen geholt. Da hatten sie beide lachen müssen, Ritzen unter Schmerzen, weil ihm jede Erschütterung in die kaputten Wirbel fuhr. Irgendwann würde er das alles aufschreiben, hatte er gesagt. Und wenn er den Rest seines Lebens im Rollstuhl sitzen müsste, wäre Schreiben sowieso das Beste. Falter hat ihm verboten, so zu reden, aber Ritzen hat sich reingesteigert in die Vorstellung. Er denke schon lange daran, alles hinzuschmeißen und Medizinkrimis zu schreiben. Unter dem Pseudonym Mabuse, Dr. Mabuse aus Mainz.

Weihnachten kommt, und draußen singen die Vögel. Sie haben einen kleinen Tannenbaum auf dem Tisch in der Ecke stehen, mit einer Lichterkette, die in zehn verschiedenen Farben blinkt. Wenn sie es im Zimmer dunkel machen, tanzen die bunten Punkte über ihre Gesichter. Max Ritzen hat am Heiligabend ein Gedicht aufgesagt, vom Christkind, das betrunken aus der Kneipe kommt, und alle, außer Jutta Ritzen, haben gelacht. Falter hat ein Buch über die Geschichte des Schwarzweißfilms bekommen, das er schon hat, aber nichts gesagt. Es ist das erste Mal seit Jahren, dass er Weihnachten nicht allein verbringt. Katja Petri ist gekommen und hat Rotwein mitgebracht. Den haben sie heimlich getrunken und jedes Mal die Gläser versteckt, wenn ein Pfleger reinschaute.

Am zweiten Weihnachtstag hat plötzlich Stephan im Zimmer gestanden, der Blonde, Falters erster Lebensretter, und Ritzen hat ihm »Willkommen im Klub« zugerufen. Falter hat beiden versprechen müssen, künftig keine Schutzengel mehr zu brauchen. Aber das wäre gar nicht nötig gewesen, denn er hat so viel Abenteuer gehabt, dass es ihm fürs ganze Leben reicht.

Neujahr noch, danach kann er nach Hause. Er spricht oft mit Ritzen darüber, wie es weitergehen soll. Die Kollegen aus den anderen Mainzer Bezirken haben ihn besucht, und er hat zum ersten Mal gespürt, dass man ihn wirklich schätzt. Geflachst haben sie über ihn, dass er doch zum Branddezernat wechseln sollte, aber lieber würden sie ihn natürlich als einen der ihren behalten. Das hat Falter gefreut, obwohl er noch nicht weiß, ob er tatsächlich alles beim Alten lassen soll. Ritzen weiß auch keinen Rat. Vielleicht ist es noch zu früh. Falter könnte sich beurlauben lassen für unbestimmte Zeit und auf Reisen gehen. Das Haus am Meer suchen. Aber er will Ritzen nicht allein lassen, und Theo wird ihn auch brauchen. Er ist wieder wach, seit dem Heiligen Abend. Falter nimmt es als gutes Zeichen.

Was von Erika Hess noch übrig ist, soll im Grab von Adelheid Dietrich beigesetzt werden. Falter hat Silvia Münster gebeten, sich darum zu kümmern. Sie hat sich gewundert, dass er daran denkt, nach allem. Aber er findet es richtig so. Wird das Grab pflegen, so gut es geht, kann nicht anders.

Das Feuerwerk in der Silvesternacht macht ihr Zimmer hell. Falter und Ritzen sind allein. Wollten es so, es ist ihr vorletzter Abend, und später wird es nie wieder so sein wie jetzt. Sie prosten sich mit Sekt im Zahnputzbecher zu und wünschen sich ein gutes neues Jahr. Nächste Woche soll Ritzen noch einmal operiert werden. Danach wird man weitersehen. Falters Beine sind rot und narbig bis zum Knie. Die Haut spannt, er wird sie noch Monate lang täglich cremen müssen. Er hat Angst vor dem Alleinsein, wenn er wieder in seiner Wohnung ist. Er hat Angst vor seinem alten Leben, wenn man das Leben nennen kann. Yvonne Pfaff hat ihm geschrieben. Sie ist auf irgendeiner Insel vor Afrika, bis sich alles beruhigt hat. Thomas ist bei ihr. Sie hat ihm alles erzählt und hofft, dass sie genug Kraft haben fürs Weitermachen. Danke wolle sie Falter sagen und gute Besserung.

Noch siebenunddreißig andere Briefe hat Falter bekommen, dazu fast ebenso viele Blumensträuße, und Ritzen hat gerufen, raus mit dem Zeug, ich krieg keine Luft mehr. Helene hat Brausebonbons geschickt, die hätten Falter für zwei Monate gereicht. Ritzen hat die meisten gegessen und eine rosa Zunge und Durchfall bekommen. Das war nicht gut in seiner Lage.

So viel Post wie Falter bekäme er nicht, hatte er gemault. Die Leute mögen dich, Benno, hat er gesagt, das sei doch ein gutes Zeichen. Ja, vielleicht. Vielleicht sollte er bleiben, wo er ist.

*

Bis oben seien es dreihundertzwei Stufen, hatte der Küster gesagt. Ob er sich das wirklich zutraue, und Falter hatte entschlossen genickt. Es war nicht einfach gewesen, die Erlaubnis zu bekommen, aber Ritzen hat gute Kontakte zum Dombaumeister. Sie spielen einmal im Monat Schach in der Ost-Krypta, aber das darf keiner wissen.

Der Küster ist ein kleiner Mann im dunklen Anzug, der ein wenig gebückt vor Falter herläuft. Er weiß nicht, wen er erwartet hatte, eine Art Quasimodo vielleicht, der ihm den Weg nach oben zeigt, dort, wo die Glocken hängen. Der Mann vor ihm hat ein freundliches, glattes Gesicht, und seine gebückte Haltung rührt von einem Hexenschuss, der noch nicht auskuriert ist. Er bewegt sich schnell und sicher und führt Falter am Westaltar vorbei in einen hellen, hohen Raum. Ein paar in Stein gehauene Heilige sitzen oder stehen dort, der Boden ist aus altem Marmor, glatt und stumpf von den vielen Schuhen der vielen Touristen, die auch jetzt hier sind und schweigend die Erhabenheit des Raumes betrachten. Falter würde gern eine Weile bei ihnen bleiben, schließlich ist er zum ersten Mal im Mainzer Dom. Aber der Küster winkt ihn zu einer zweiflügeligen Tür, in die Rosetten geschnitzt sind. Er öffnet sie und lässt Falter hinter sich eintreten.

»Ich begleite Sie noch ein Stück, den Rest dürfen Sie allein gehen«, sagt er und zieht die Tür hinter sich zu. Wortlos nehmen sie Stufe für Stufe. Falter zählt mit. Bei einhundertdreißig machen sie eine Pause. Der Küster sagt, er warte hier. »Machen Sie nicht zu lange da oben. Es ist bald zwölf Uhr, und dann schlagen die Glocken. Das kann sehr laut werden.« Falter bedankt sich. Mit den Glocken hat er gerechnet.

Die meisten Stufen sind flach, das ist gut für Falters Beine, über denen sich die Haut immer noch unangenehm spannt. Er glaubt nicht mehr daran, jemals wieder ohne Schmerzen gehen zu können. Deshalb läuft er jetzt besonders viel, lässt keine Treppe aus, auch wenn es Aufzüge gibt. Er will, dass sich sein Körper an den Schmerz gewöhnt. Seit er den Flammen standgehalten hat, weicht er den Dingen nicht mehr aus. Eine verkapselte Entschlossenheit ist in ihm entstanden, die ihre Wirkung regelmäßig in seinen Körper abgibt. Die Ärzte sagen, er dürfe nach zwei Monaten noch keine Wunder erwarten, wie Ärzte so reden. Geduld müsse er haben, sagen sie, aber Geduld ist das letzte, was Falter haben will.

Noch achtunddreißig Stufen, dann ist er am Ziel. Ritzen hat ihn gefragt, warum er unbedingt da hoch will, auf den Westturm. Weil das der höchste Punkt des Doms sei, den man betreten könne, hatte Falter gesagt, und weil er dort zum letzten Mal in seinem Leben schreien will, das habe er sich mal geschworen. Danach müsse er allein klarkommen, ohne seinen morgendlichen Begleiter. Ritzen hatte geantwortet, er sei froh, wenn er die Stufen hoch zu seiner Wohnung schaffe, es aber nicht vorwurfsvoll gemeint. Das Stützkorsett wird er noch mindestens ein halbes Jahr lang tragen müssen. Dazu dreimal in der Woche Physiotherapie beim blonden Stephan.

Durch eine niedrige Tür gelangt Falter ins Freie. Vorsichtig tritt er an die Brüstung, tastet sich mit den Augen langsam an die Höhe heran. Er müsste sich genau über der Uhr mit den goldenen Ziffern befinden, zu der er immer aufblickt, wenn er auf dem Marktplatz steht. Noch fünf Minuten, dann schlägt sie zwölf, und die Glocken werden sich in Bewegung setzen. Falter geht einmal um den Turm herum. Der Rhein fließt grau und ruhig dahin, es sind viele Schiffe unterwegs. Ein Kohlenschlepper gleitet in rascher Fahrt Richtung Wiesbaden. Selbst das Biebricher Schloss kann Falter von hier oben erkennen. Ganz nah und fast so hoch wie er selbst liegt die gläserne Kuppel auf dem Theater, die die Mainzer »Handkäs« nennen. Im »Handkäs« ist Brunch-Zeit. Durch die Scheiben sieht Falter die Schemen umherlaufender Kellner und essender Gäste.

Es stimmt nicht, dass die Dinge kleiner werden, wenn man sich von ihnen entfernt. Sie werden klarer, weil man die Zusammenhänge sieht. Irgendwo am Horizont im Dunst liegt seine Wohnung. Das Auge kann über einen Teppich aus Dächern gehen, ohne an ein Ende zu kommen. Das Zentrum und die Stadtteile rücken zusammen und verschmilzen. Erst hier oben fällt ihm das auf. Falter blinzelt angestrengt in die Ferne. Er bildet sich ein, den Turm der Kirche neben seinem Büro zu erkennen, obwohl er weiß, dass das unmöglich ist. Aber allein die Ahnung fährt ihm warm in den Bauch.

Nichts im Ort ist mehr wie früher. Von Margarethes Haus ist kaum noch etwas übrig. Die Bagger haben es Stück für Stück abgetragen. Pfaff will nichts mehr damit zu tun haben, aber Theo hat gesagt, er könne ja etwas darauf bauen. Von dem Geld, das ihm noch geblieben ist. Etwas für Kinder.

Der erste Glockenschlag. Das Kribbeln in Falters Magen verstärkt sich. Er wird noch eine Minute warten, bis das Läuten vielstimmig wird. Sein Atem strömt langsam und regelmäßig in ihn hinein und wieder hinaus. Auf dem Markt laufen Punkte durcheinander, suchen sich auf Ameisenstraßen den Weg. Jetzt. Falter breitet die Arme aus und ballt die Fäuste. Sein Schrei schießt wie ein glückliches Schluchzen aus ihm heraus und torkelt mit dem Wind davon. Unten neben der Heunen-Säule steht Katja. Lacht sie?

ENDE